吴越历史文化丛书
通识读物

一剑霜寒十四州

云烟百年吴越国

张爱萍 著

杭州出版社

（杭州市文联文艺精品工程扶持项目）

图书在版编目（CIP）数据

一剑霜寒十四州 : 云烟百年吴越国 / 张爱萍著. --
杭州 : 杭州出版社，2023.5
（吴越历史文化丛书）
ISBN 978-7-5565-2093-0

Ⅰ. ①一… Ⅱ. ①张… Ⅲ. ①长篇小说－中国－当代
Ⅳ. ① I247.5

中国国家版本馆CIP数据核字（2023）第 067023 号

项目统筹　杨清华

YI JIAN SHUANGHAN SHISI ZHOU——YUNYAN BAINIAN WUYUE GUO

一剑霜寒十四州——云烟百年吴越国

张爱萍　著

责任编辑　邓景鸿
文字编辑　陆柏宇
封面设计　蔡海东
美术编辑　卢晓明
责任校对　陈铭杰
责任印务　姚　霖
出版发行　杭州出版社（杭州市西湖文化广场32号6楼）
　　　　　电话：0571-87997719　邮编：310014
　　　　　网址：www.hzcbs.com
印　　刷　浙江新华数码印务有限公司
经　　销　新华书店
开　　本　710 mm×1000 mm　1/16
印　　张　21.25
字　　数　275 千
版 印 次　2023年5月第1版　2023年5月第1次印刷
书　　号　ISBN 978-7-5565-2093-0
定　　价　128.00元

"通识读物"丛书审订：王旭烽

"吴越历史文化丛书"总序

文化是一个国家、一个民族的灵魂。文化兴，国运兴；文化强，民族强。城市历史文化遗存是前人智慧的积淀，是城市内涵、品质、特色的重要标志。

坐落在浙西边陲的临安，西揽黄山云雾，东接天堂风韵，山水秀美，积淀丰厚，吴越文化特色尤为鲜明。唐末五代之际，出生于临安、发迹于临安的吴越国王、"上有苏杭，下有天堂"的缔造者——钱镠，布衣起家，以雄才大略和仁心善政，创造了吴越国百年繁华，成就了后世江浙苏杭坚实的经济文化基础，为中华的强盛作出了不可磨灭的历史贡献，给后世留下了一笔宝贵的文化遗产。北宋著名诗人苏轼曾高度评价吴越钱氏治理吴越国的成绩："其民至于老死，不识兵革，四时嬉游歌鼓之声相闻，至于今不废，其有德于斯民甚厚。"此后千年，江南经济富庶、文化繁荣，经久不息。

日月恒升，山高水长。自公元 907 年至今，吴越国的时光已经走过了 1100 多年。它下佑了宋的高贵，成全了元的融合，点亮了明代文化科技的璀璨，增添了清代康乾的盛世荣光。个中力量，绵延不绝。

吴越国形成的"善事中国、守城为业、家国天下"的文化特质，在中华文明的发展长河中具有重要的历史文化价值和现实意义。秉承优良的钱氏家风，吴越钱氏后世人才辈出，群星闪耀，千余年间，载入史册的钱姓名家不胜枚举。吴越文化根脉相承、生生不息，始终涵养着天目儿女的精神家园，滋养着"钱王故里"的人文风物，也为文化发展提供了肥沃土壤和动力源泉。

临安这座城市不但拥有优渥的自然生态资源，还有着特殊的历史文化魅力。吴越文化不但是临安城市发展和文化形象的一张金名片，还是临安的"根"和"魂"。一直以来，临安历届党委、政府高度重视吴越文化的研究、传承和弘扬，做了大量卓有成效的工作。进入新时代，临安努力把吴越文化融入到城市肌理之中，妥善处理好文物保护与城市建设、经济发展之间的关系，在城市规划建设层面更加突出文脉传承，让历史文化和自然生态永续利用、同现代化建设交相辉映；深入探索吴越文化的当代价值，有效推动吴越文化活在当下、服务当代，用吴越文化浸润百姓心田，以现代文明点亮幸福城市……

"东南乐土，吴越家山"，让生活在这座城市的人能够从厚重的岁月积淀中汲取文化自信的养分。我们要以"文化为魂"，加快建设"吴越名城"，使临安在"两个先行"时代征程中打造出独具魅力的幸福之城。我们必须把这种精神发扬光大，牢牢把握"文脉之力"，以文塑城、以文育人、以文铸魂，激发城市文化发展的内在活力，让文化成为现代城市发展的不竭动力。为此，区委宣传部牵头，专门组织省内外有关专家学者对吴越历史文化梳理文脉、提炼精华，进行深入全面系统整理研究，从文献集成、基础研究、通识读物、应用研究四个方面进行学术攻坚，深入发掘吴越文化背后的人文、历史、哲学、艺术等价值，挖掘当代价值与内涵，编辑出版"吴越历史文化丛书"，并全力推动吴越文化纳入"浙江文化研究工程"。

我们出版该套丛书的思路，以晚唐—五代十国—两宋为纵横，以吴越历史文化为主题，对吴越国的发展过程史和吴越钱氏家族史进行全景式研究，深入挖掘并提炼吴越文化的当代价值。在此，衷心感谢为这一丛书撰稿的作家、学者，用生花妙笔书写了吴越文化的锦绣华章，从而以更细的颗粒度还原出吴越文化一幕幕真实的历史瞬间。

"吴越历史文化丛书"作为首套关于临安历史文化的大型丛书，具有里程碑式的意义。丛书融知识性、文学性和可读性为一体，兼具科学性、地域性和系统性。丛书的编纂出版，无疑向社会开启了一扇触摸历史、感知文明、认识人文临安的窗口，对提升临安对外形象将起到积极的推动作用。当然，因条件所限，在编纂过程中挂一漏万或者疏误之处在所难免，我们衷心希望得到学术界及其他社会各界的批评指正，以期今人及后人对临安历史和吴越文化的研究进一步深入，取得更大的成果。编纂"吴越历史文化丛书"是我区吴越文化研究领域的一种尝试，我们希望通过文化建设，进一步提升全社会的凝聚力和向心力，使之成为建设"吴越名城"的文化支撑和精神动力。

当前，打造浙江新时代文化高地的号角已经吹响。临安作为吴越文化的发祥地，文化自信是我们实现高质量发展的人文基因和精神密码，也是临安未来发展最基本、最深沉、最持久的力量。我们将继续努力挖掘和弘扬吴越文化，以文化的软实力推动经济社会发展，不断增强临安高质量发展的文化自信。

带着泥土的芬芳，踩着时代的鼓点，让我们蹚进历史的长河，寻觅吴越文化的星光灿烂；让我们跨上文化的航船，驶向"吴越名城·幸福临安"的繁华盛景。

"吴越历史文化丛书"编纂指导委员会

2023 年 4 月 21 日

深入浅出　娓娓道来

——吴越国通识读物浅介

有史以来，五千年中华民族，向以大时代为纲，譬如春秋战国、秦皇汉武、唐宗宋祖、元明清朝……就此纲举目张，铺开统一大网，以二十四史为坐标，由代代史家书宏文巨著，付后人记录春秋相传。

而那些夹在大时代间的过渡性时段，诸如三国两晋、南北数朝、五代十国、元末明初、清季北洋，纵然史书中不曾或缺，亦不乏古今大儒贤良于书海中研读订校，诚如金瓯残爿，吉光片羽，打捞历史缝隙中的珍珠，演绎茶馆戏台上的本事，虽成就一番自家品格，但相较于数百年大朝，这些狂飙激荡的历史转折期，因其短暂，终苦于无法天衣无缝地嵌入五千年宏大叙述，虚构与非虚构混淆一体，民间更多以演义、说书等方式口口相传，这些历史篇章，自然便难以构成中华民族庄重严谨的史学文化品格。

故，此番吴越历史文化研究的全面计划（2023—2025）启动，推出文献集成、基础研究、通识读物及相应的应用研究，由此拉开大中华分合之远景格局，聚焦唐宋夹缝间五代正朔与十国藩属间的变迁，回眸当时明月，爬梳吴越肌理，深究裂变与重合的家国规律，寻察时代演进中的永恒与消亡。以史为鉴，视古喻今，此番文化举措，庶几重大焉。

通识读物以吴越地域呈现的物质与精神生活形态为内容，以深入浅出、图文并茂的通识体例为风格，以流畅清晰的笔力向广大读者娓娓道来。具体内容，一是定位在吴越国和钱氏家族上，包括吴越国近百年建国与纳归的历史进程、钱氏家族三代五王的家国境遇、吴越王陵墓葬所反映的时代规制和政权表达、吴越国时期钱氏著名后裔的人生状态；二是提炼吴越国的物品特质，包括秘色青瓷的考证与欣赏，丝织品的发展与供销，山林文化中的动植物生态；三是吴越国的信仰表达，主要集中体现在佛教艺术及道家文化上，以及相应的寺院塔庙建设等；四是吴越国的名人故事，他们基本属于非钱氏家族但在吴越国时期留下深刻印记的人物，他们的故事在基本实事的基础上亦有可能包括一定程度的传说；五是吴越国的民间故事，包括人物、地名、事件、习俗等一系列相应的小说演义、传说故事、山歌民谣等，其中折射出那个时代给后人留下的丰富的精神遗产。

然而，浮光掠影地数点一番当时岁月，记录一些特产风物，构勒几个人物剪影，归纳几条进步意义，毕竟不是写作者们的初衷。深入浅出不是一个简单的成语，而是一番艰辛的历史叙述。把历史写透写深，固然艰辛；但把它写得通透易懂，难道不也是一件不亚于前者的修炼吗？

因此，一套通识读物，毫无疑义，是要有前沿学术来支撑的，是要有新鲜史料作论据的，是要有扎实观点来点石成金的。比如，我们如何来认识中央集权和边缘地域的关系；我们如何在人性层面上剖析历史趋势和个人希冀的纠缠；我们如何解读信仰与信仰间的相互对峙；我们如何评价在动荡年代中创造的无与伦比的美；我们如何正视智慧与死板、忠诚与背叛；等等。有时，胆怯恰好与善良同行，无奈却又和通透并举，自嘲有时和智慧同在，博大有时和虚无掺和。我们的通识中，如果有这样的丰厚认识、价值评判、辩证角度，那么我们的吴越小时代，就融入了今天的大时代，我们吴越国的短暂岁月，就是个贡献永恒精神的无垠长途，陌上花开，可缓缓归矣。

当然，我们还要奉献出我们的才华，我们的文辞表达需要精准朴实，又需要有韵律节奏，还需要拿捏文采，过犹不及。放眼全球，就文字而言，在通识读物中，许多人都是极赞赏荷裔美国人房龙的，他的《〈宽容〉序言》曾进入中国高中课本，开篇第一句便言："在宁静的无知山谷里，人们过着幸福的生活。永恒的山脉向东西南北各个方向蜿蜒绵亘。知识的小溪沿着深邃破败的溪谷缓缓地流着。"

如果我们能把知识、历史和信仰表达成这样，我们的通识读物，目的就真正达到了。

王旭烽

2023 年 4 月 21 日

（王旭烽　茅盾文学奖获得者、浙江农林大学茶学与茶文化学院名誉院长）

目录
Contents

壹

草莽万丈，好男儿降世谁家

小婆留

东海滨有条江，原本是由北向南的流势，遇山来了个急转弯，折向东面入海，也就有了"之"字的形状，因此被称作折江、浙江或之江。又因为江水流经钱塘县域，因此又被称作钱塘江。

钱塘江边，有一座濒临东海的城市，便是杭州城。杭州城在隋朝时候才修建，到了唐朝，又在隋城的基础上进一步整饬，当时的城域，南起凤凰山，北达钱塘门，东临盐桥河，西至西湖。可以说，这样的城域是十分狭小的。杭州城之所以狭小，是因为钱塘江还没有得到较好的治理，时常江水泛滥，海水倒灌，流域内往往是一片汪洋泽国，也就没办法利用土地，开拓城域。所以说隋唐时期，临江面海的杭州城，就像漂浮在汪洋中的一条船。

再说钱塘江流域有许多溪流，其中的一条河溪，因河溪两岸长满了苕苇，一到夏末初秋，两岸苕花苇絮飘飘飞舞，如同漫天撒花扬雪，十分美丽壮观。这条溪河，也就被称作苕溪。苕溪水量充足，引渠灌溉两岸田地，溪流中水草肥美，鱼虾丰富。苕溪两岸的农户，农忙季躬耕种植，空闲时入溪捕鱼，正是所谓的渔耕之家。

沿着苕溪西行，过丁桥铺，再过渡马桥，眼前一座八角凉亭。亭上有匾，上面写的是"十里亭"。这十里亭，看着普通，却是一座界亭。亭东为余杭界，亭西为临安界。余杭与临安，都是杭州的下辖县。相传余杭有大禹南下治水开凿的航道，称作"禹航"，这"禹航"也就成了地名，后来照音改字成了"余杭"。临安，因为境内有座临安山，就将山名用作了地名。而临安这个地名，从西晋时期开始起用，也算是历史悠久了。临安境内多山，可谓是山连着山，山叠着山，大山延绵，峰谷起伏，一望无际，可谓灵山多奇秀，松风代琴鸣。

再说十里亭的正前方，就有一座高山，叫径山，一眼望去，山颜葱翠，山体壮丽。山的东面受辖余杭，叫东径山；西面受辖临安，就叫西径山。关于西径山的景色，有诗说"空山虬舞三千尺，疑是松声带雨声"。从诗意中想象，龙山虬舞，松风带雨，无疑是既壮伟又幽旷，令人神往。

西径山上还有座千年古刹，叫双林寺。双林寺坐落在灵峰下，四周还有天掌、骊珠、云笔、娥眉等九座高峰环绕，展眼望去，好像端坐在莲花深处的神祇，可谓是美丽又庄严，清幽又神秘。寺内常年香火旺盛，善男信女远近赶来，虔诚膜拜寺里的神仙菩萨，然后会试问一回迷惘的前程，或者恳请缓解一下眼前的困顿，总是有求必应。

再往西行进，又有一座山，叫石镜山。这石镜山，矗立在苕溪南岸，要是拿它与名山大川比较，既没有高达百丈的气势，也没有深谷通幽的佳境。石镜山的奇异之处在于，山上有块大石头。说是这块大石头可不是一块普通的石头，不仅石体巨大稳当，直立山间，岿然不动，而且石面异常光滑，光滑得像镜面。人往石头镜前一站，竟然能照出影像。只是说这石镜中照出的，并不是这个人原本的形象，而是陌生又莫名的形象。比如：有昂首挺胸穿锦袍的往石镜前一站，现出个鳌衣黑衫的，还趴在断头台上；一身绫罗华衫的贵妇往石镜前一站，现出的人影竟然脖间勒根麻绳，悬挂在屋梁下；有头戴乌纱帽的一站，现出的是个披头散发穿囚衣的；有腰缠万贯的一站，现出的是个衣衫褴褛、手举破碗的……林林总总，奇奇怪怪，不胜枚举。只说这石镜照像，总之是一个词：莫名其妙。

再想想，好好的一个人，经过这石镜一照，怎么就一个个都破败不堪了呢？看来就是一块糟践人的破石头，不必当回事。

只是，其中有个人，从石镜里照射出的形象，却特别光鲜。这个人，倒不是什么大人物，竟是整天在苕溪里捞鱼摸虾的野小子。乌脸黑眉的野小子，跟随大人上山，见大人照石镜，他也挤上前去，往石镜前一站。这一站，奇了怪了，石镜里出现的，竟然是个戴金冠、穿蟒袍的大人物。难道这小小石镜山下竟然能冒出个王侯将相来？那一定是公鸡下蛋，葫芦藤上结南瓜，不可能的。

这真是糊涂镜子糊涂影，糊涂人才信糊涂事，不值一提。

再看石镜山的东面，有块开阔地，名叫八百里。为什么叫八百里？要说这之江地域，从东到西，从南再到北，加起来恐怕也够不上八百里。其实这八百里的里，不是长度，是个行政区划的单位名称。比如，一里少者八十户，多则百来户甚至几百户；再比如，里的职位上有里正；等等。而这八百呢，倒是个数字，却又不是户数，是一个人的寿数。八百岁？谁这么长寿？八百岁的老寿星，还有谁，肯定是彭祖。彭祖，传说与尧舜出生在同一个时代，是大彭氏国的始祖，原名叫篯铿，擅长中医，养生有术，从夏朝一直活到了商朝末年，活了八百岁，成了旷古绝今的老寿星。那么老寿星彭祖与临安又有什么渊源？说是彭祖养生修行，就在临安东郊，所以后人把彭祖修养的地方，称作"八百里"。

据说彭祖有许多后人，其中不少留在了临安。只是留在临安的后人不姓篯了，篯姓去了竹头，简化成了钱姓。

临安钱姓家族，要是从彭祖出生年代算起，一代代传承下来，传到唐末乾符年间，该有九九八十一代了吧。

如今，在石镜山下坞垄里，就有一户钱姓人家。这户人家，男主叫钱宽，女主水丘氏。夫妻俩靠种田打鱼，纺麻织布，艰难度日，还养育了四五个儿女。农户人家的儿女，也没个正规体面的名字，平时也就大郎二郎、大囡二囡地叫着。

这钱家长子钱大郎，还算有个名字，叫婆留。说是大郎出生时，做父亲的钱宽还在外面干活，干完活荷锄回家，远远听到有种异样的声音从他家屋里传来。这声音，不是平常所闻的狗叫鸡鸣，好像是夹刀带枪的打斗声。农户人家，从来静悄悄的，怎么会有刀枪声？难道出事了？再说这声音，越听越真，越听越激烈，不由让听到的人感觉心惊肉跳。钱宽也便赶紧冲进家门，看看发生了什么。

一看，家里并没有异样。

只见娘亲迎面走来，满脸带笑说："生了生了，是个胖小子！"

钱宽一听，家中孕妻顺利生产了，心里自然升起一股初为人父的欣喜。只是，这时候出现在耳朵里的刀枪声更响了——"铿锵铿锵，铿铿锵锵，锵锵锵！"

再听，这些莫名的刀枪声，是从产房里传出来的！

一下子想了起来，先前听村里的长者说过，产房里要是传出异响，不是发生伤母伤子的血祸，就是妖孽降生现身。

妖孽，来钱家投胎出世了？

这还了得！

这么一想，钱宽这么个老实本分的庄户人，不由被吓懵了。只见他一把扔了手里的锄头，然后一头扑进了产房。

他这是——急着去看辛苦生产的妻子和新生的孩子？

却见他才进房，又马上出来了，脚下奇快，飞身一般。还有，进去的时候明明空着双手，出来的时候，手上好像捧着什么。

即刻，产房里传出妇人撕心裂肺的喊叫声。

钱宽的娘亲，水丘氏老夫人，原本打算去河边清洗血衣，见儿子扑进产房，以为他急着去看老婆孩子，哪里想，才一会儿，他就捧东西出来了，还竟然引来了媳妇的哭叫声。这般情景让水丘氏稍稍愣了一下，但很快明白过来。

出坏事了！

坏事，出在不孝子的手上！

当下，水丘氏二话不说，扔了手里的东西，踮起脚尖就追。

眼看钱宽跑到了村口的水井边，举起手。他的手里，一定是新生儿！是不是他想把儿子往井里丢？作为人父，他是想亲手结果由自己带来的世上的妖孽？

只要钱宽那双沾满泥巴的大手一松，他手上那个娇嫩如破壳雏鸟般的新生儿也便会随即落下，掉进井里。

新生儿落井，那是必死无疑！

就在千钧一发时刻，水丘氏赶到，朝儿子巨吼一声："不孝子！你……现在敢松一下手，老娘就……跟你拼命！"

钱宽听到老母亲的骂声，也便稍稍迟疑。这时候，水丘氏便一个箭步扑了上去，从儿子手里生生把孙子给夺了回来。

被水丘氏老夫人救下的孙儿，给起了个小名，就叫婆留。

婆，就是奶奶。临安当地人的叫法，孙辈称呼奶奶为阿婆，称呼爷爷为阿公，儿女称呼父亲为阿爹或爹爹，称呼母亲为阿娘或娘。而父母长辈称呼儿孙往往叫小名，阿猫阿狗地往贱里叫，好养活；称呼女儿、孙女儿则为囡囡、囡头，疼爱小棉袄，所以叫得亲热又软乎。

小婆留大难不死，也是好养活的猫狗命吗？

看看这个乡间顽童吧，每天都干些什么好事：从摇摇晃晃会走路开始，便和垄坞里的同龄孩子一起，泥塘里打滚，坟堆里躲猫猫；等到再大一点，便上树掏鸟窝，下河摸鱼虾。反正只要睁着眼，就没见过他哪一刻是闲着的，除了调皮就是捣蛋。

却说有一阵，家里养了些鸭子，就给他指派了任务，让他每天放鸭子捡鸭蛋。但是他每次捡回来的鸭蛋，总是少了。这样一来，家里人不由怀疑，是不是他和他的小伙伴偷偷拿去吃了。为此，小婆留的屁股上，也没少挨他爹的揍。

虽然大人怀疑，但是小婆留自己明白，他和小伙伴们并没有偷吃鸭蛋。为此，他下定决心，要把偷鸭蛋的家伙揪出来。从此，放出鸭子之后，他就在草丛间伏下身子，悄悄看着池塘。只见鸭子下塘后，有几只便蹲在堤岸边，等这些鸭子站起来时，身后就出现了一个个蓝白圆圆的鸭蛋。然后，起动静了！躲藏在暗处的家伙，立马现身，嗖一声，奔向了鸭蛋。

是一条大蛇！

婆留赶紧起身，把大蛇偷蛋的事情告诉了大人。待大人赶到，大蛇还没走。一定是吃了太多的鸭蛋，肚子胀大，趴着动不了了。

没费多少力气，把大蛇给逮住了。

婆留的冤屈，也就洗清了。

还说宰蛇时，大人接了一大碗蛇血，作为奖励，递给了小婆留。小婆留接过血碗，看了一眼，微微皱了下眉头，然后扬起脖子，一口气便将一大碗通红的蛇血喝了下去。却说喝了蛇血之后，他钱婆留的身体，就像壮实的禾苗一样拔长，从此身强力壮，无病无灾，百毒不侵。

其实，小婆留和他的玩伴们，也不光整天耍枪舞棒，他们也会玩一些文戏。这新郎娶新娘的文戏，就是他们玩得最多的。扮演新郎的，胯下夹根竹竿，双腿起蹦，驾驾驾，跑过来接新娘。而扮演新娘的，往头发上插枝野花，再盖条布巾，羞羞答答地等待新郎。

小婆留扮演新郎的时候，总是小灵茵扮演新娘。小灵茵是青龙桥下甄铁匠的女儿，一张小圆脸，一双大眼睛，十分好看。待婆留骑竹马上前，揭去新娘子的盖头。

灵茵抬起小脸，含羞笑着，轻轻地叫一声："婆留哥。"

这声音听在婆留的耳朵里，就像小鸟唱歌，舒服极了。

几次，小婆留偷偷伏在小灵茵的耳朵边，悄悄地说："茵妹妹，等我们长大了，我一定娶你做我的新娘。"

却被众玩伴也听到了，随即一同起哄，大声地叫着唱着："钱婆留，骑竹马，骑上竹马娶新娘，新娘罩盖头，拿了竹杆子，一把挑开花盖子，哎呀，原来就是茵妹妹！"

这么一闹，让青梅竹马的俩小可爱，都红了小脸。

再说回先前发现的那桩怪事，也就是有个小孩，往石镜山上大石镜前一站，让镜子中现出高冠蟒袍身影的。这个小孩，不是别人，正是眼前的这名山乡顽童，坞垄里钱氏人家的长子钱婆留。

关于小婆留在石镜里照出穿蟒袍影像的事情，虽说谁也没有当回事，可还是在乡间传开了。不过呢，也就是个杂谈，说的说一说，笑的笑一笑，也不会真正当回事。要是真当回事，不妨想想看，那个连他爹都想扔掉的小子，平日里也就跟四里八村的野小子们一个模样，整天往沙里刨，往泥里滚，只见眼睛不见鼻的，将来会是个有出息的主？要是相信他真能蟒衣玉带上高堂，还不如去捡公鸡生下的蛋，去摘葫芦藤上结出的大南瓜。

是的，没人在意这件事，连小婆留的亲爹亲娘也不会在意。可偏偏，有个人在意了。

在意的人是谁呢？是戴先生。

戴先生是马溪郎碧人，光启年间中过秀才，后来还想再往上追，却屡试都没能再中。之后，他也就死了功名心，来到垄坞里开了家蒙馆，给乡间的懵懂小儿启蒙授业，靠挣点微薄的脩金来养家度日。所以戴先生的日子，也就像案头的墨渍，在日月的轮番辗轧下，一天天淡去。

这一日，只见案桌前的戴先生，搁下了手里的书卷，站起身离开案桌，走出了蒙馆。再看看先生的模样，一张方长脸，猿眉管鼻，双颊微陷，尖削的下巴上飘着几茎短须，头上扎着条旧巾子，身上穿了件圆领青衫，脚上一双半旧的布鞋。

先生背拢了双手，朝前慢慢踱去。

一路过去，看这眼前的乡景，远处一围青山，颜色有浓有淡，朝着远天，渐次打开，就像一面巨大的扇屏。而眼前，几间茅屋，几道篱笆，屋前有老阿婆牵小囡，小囡逗着小狗，小狗摇尾巴，倒是一幅乡间美景图。

往前，只见前面的田地里禾苗青绿，阡陌间野花点点。一阵风吹过，只见绿影起伏，花草颤颤。再走几步，二三亩茶园，采茶季已过，茶农在修剪茶株。又是三五亩桑地，桑干粗壮，桑叶硕大，采桑人正在树上树下忙碌。迎面走来几个扛锄背竹箩的，都是垄坞下的农人，见了戴先生笑着打声招呼，又脚步匆忙地过去了。又见两个穿皂衫褡裢的，坐在老槐树下打扇吃西瓜，有说有笑。那是官府的人，禾苗还在田里青绿，蚕也还在箔中吃桑叶，他们就早早过来催税了。

戴先生来到山下一户人家的屋前，也是茅屋，屋前的院子里种植了几株桃李，一丛青竹。桃李竹林间，几只鸡鸭，鸡在刨土啄食，鸭子卧在树影下趴着打盹。

这处茅屋不是别人家，正是垄坞里钱宽家。

见屋门敞开着，戴先生便喊着钱宽的名字，迈步进了屋。到了后院，看到钱宽了，正在修补渔网，穿线走针，手下倒也麻利。一旁，一团麻秆，已经渍透。水丘氏正坐在凳上搓麻，一个小女将线卷成团，还有两个小儿在剥麻。

钱宽和水丘氏见来了戴先生，都赶紧停下手里的活，起身搬凳倒茶招待先生。

戴先生接了茶水坐下，再看看屋里，倒不见大郎钱婆留。

他也就直接跟钱宽说："眼下农忙季已经过了，大郎也到了开蒙的年纪，送到我那里去吧，迟了，可就耽误了。"

钱宽听着便叹气，说："先生啊，不是不想让孩子上学堂，实在是年岁艰难，看看我这屋里，老的老，小的小，靠我一双手哪里撑得住，也就大郎年长些，还能指望帮个手，等这渔网修好了，就要他同我一起到苕溪打鱼去。"

戴先生说："钱兄啊，你自己好歹也是读了几年书的，你自然明白，不读书，眼界就低了，就好比那鸡鸭，只能在篱笆下啄食求个肚中饱。只有读了书，眼界高了，才能飞上高空成鸿鹄。"

钱宽听了，却还是摇头叹气，再说："读书成才的道理我也明白，只是先生你抬眼看看吧，这田地里，一年只能种一季稻菽一季麦，可官府却要收三季四季的税，这样的日子，叫人怎么活？"

戴先生听了，也微微叹息，却又压低了声音说："钱兄啊，这人间世道，有太平盛世，也有纷扰乱世，要怪就怪你我自己，不能生在太平盛世，偏偏撞入了这纷扰乱世。不过呢，世道再乱，你我自个儿的心思，万万不能乱啊！"

戴先生跟钱宽说了一通之后，站起身，来到水丘氏跟前，把一串钱放在她身边的凳子上，只说："我这里预订两丈布，织好了，过来取。"

他又说："你的几个孩子，个个都很好，你将来会享福的。"

水丘氏连忙起身，想开口道谢，却先流下泪来，一面颤着声音说："戴先生，你真是好人。"

戴先生回到学馆后，有学童提了饭罐过来。他进了屋，提罐往碗里倒，倒出了一碗白米饭。一定是学子的父母家人自个儿紧抠着，省出点米粮来供养先生。

戴先生只吃了小半碗，将另一半让给学童吃。学童扭缩着身子，不敢接。戴先生就把碗端起来，送进孩子的手里。学童接住，再抬头看一眼先生，看到先生一脸疼爱的笑，也就放胆接了。学童端到嘴边，扒拉起来，三口两口便扒完了。

学童回去之后，天已经黑了。戴先生掩上门，点了油灯，把灯芯又剪短一点，好再节省点灯油，一面依旧拿起旧卷，就着微弱的灯火读起来。

忽然，听到门外响起踢踏声，心想是不是才回去的学童有事又过来了。

接着，响起轻巧的敲门声，继而传进孩子的声音。

"先生，先生，我是钱婆留，我可以进来吗？"

戴先生听了，赶紧起身，把门打开。

门外，一个小小的黑影子，站在月光下。定睛看，结壮的小身子，圆硕的脑袋，果真是小婆留。

他连忙让孩子进屋，一面拿起夹子，夹住灯芯往上提了一提。

初看，红黑的小脸上还沾着泥巴呢，这孩子，够野的。又看，两条卧蚕眉，一双清泉眼，鼻梁周正，脸庞宽阔。还看，站势端正，体态沉稳。

小家伙，果然一身虎气。

小婆留说："戴先生，我爹同意让我来上学了，还让我给你送鱼来。"

孩子手上果真还提了东西，举起来，是一串柳叶鱼，用草绳穿着。

戴先生连忙把鱼接了，说："好好，能来上学最好了。"

戴先生又说："快回去洗洗，洗干净了，今晚早点睡觉，明天一早就来学馆。"

小婆留也就弯腰给戴先生鞠了一躬，转身朝门外走去。

戴先生跟随出门，想提醒孩子走慢一下，看着路，小心别把脚给崴了。只不过戴先生的话还没说完，他的眼前一晃，孩子的小身影早就闪过树影不见了。

戴先生在门前再站了会，一时间觉得风清月明，心旷神怡。

回屋前，又抬起头来看天，只见头顶那颗紫微星熠熠生辉。

学童

进了学馆，戴先生给婆留起了学名，沿用小名婆留这个"留"字的音，换成了"镠"字。

钱镠，字具美，小字婆留。

看，钱镠已经把小脸蛋洗干净了，还束起了头发，扎了条帻巾，端端正正地坐在了书桌前。书桌上，摆着他的小书箧。箧子里，有笔和纸墨。

戴先生开始带领蒙童们诵读。

"子曰：自行束脩以上，吾未尝无诲焉。……"

先生诵读一遍，学童们跟着诵读。诵读之后，再背诵，一字一句地背。待到学童们一个个背诵顺溜了，也便让他们取出纸墨，一字一句习写圣人文章。

再说戴老师虽然在科举道路上受阻，但问学并没有止步。多年的潜习与苦练，使他在品学与文才上不免有超凡之处，除了保持读书人的品格，坚持仁义礼智信，更将旧籍经史日夜饱读。也便，胸中自有丘壑，心间怀有河海。除此之外，他的一手楷书，也非同一般。笔尖落纸，便看得出来，研习的是书圣王羲之，但与王羲之的法度严谨有所不同，笔锋间有自个儿的回旋与抒情。待书写完毕，整篇书字看上去清雅秀逸，平正刚健，气韵尽现。

垄坞里的学童们，也就照着戴先生的帖子，一笔一画地细描。

钱镠一双捉鱼摸虾的手，也只好安耽下来，试着握笔摁纸，一笔又一笔地练习起来。

戴先生走来看时，只见孩子的字迹虽然稚嫩，但笔画之间，似乎自带锋芒。再看孩子写字的手势，一撇成江，一捺成山，力度不凡。站在孩子身后看着，不由悄悄拈须微笑。

钱镠的后桌，坐着两个男童，一个脸蛋圆润，另一个长脸大眼。这圆脸的叫高彦，长脸的叫成及。两人虽然年岁比钱镠稍长一些，但都是乡邻小儿，打小就在一起，也没少撕扯干仗。这回见钱镠也进了学堂，自己的眼睛对着他的后背，而他那后背上又没长眼睛，他俩觉得机会来了。曾经同他干仗时失掉的威风，如今，总算有机会找回来了。

先是，高彦和成及直接同钱镠开口，说是他们两个先进学堂，钱镠后进，所以他们是学长，钱镠必须是跟屁虫。既然是跟屁虫，就必须给学长磕头行礼。

让钱镠给他们磕头，可能吗？想想吧，钱镠从小到大，在乡邻小儿中从来是个孩子王，他要是朝谁一声呼喝，那谁连在他的跟前都不敢经过，低头绕道走，夹着尾巴，大气不敢出。如今让自己在人家面前低头伏小，想都别想。

眼瞅钱镠不服软，那就找机会治理他。

看，墙角那是什么？一只百足虫啊！虫子，可就有用场了。成及便给高彦示了个眼神，高彦会意，走过去，用两支笔管把虫子夹起来，再走过来，在钱镠身后，松了笔管，悄悄将虫子放在了他的衣领上。百足虫在衣领上爬动，很快越过领口，爬进了后颈。

一时，钱镠察觉到颈脖处凉飕飕的，伸手往后颈一摸，摸到什么？手指下软乎乎的。赶紧举过来一看，一条大虫！一时想不明白，这虫子怎么会爬到了自己的身上。正皱眉时，他听到了后桌传来窃窃笑声，这窃笑声听进钱镠的耳朵，一下子明白了怎么回事。

当下，钱镠立在俩人面前，一只手提着虫子，另一只捏紧了拳头。

高彦、成及赶紧说："钱婆留，你还想打我们吗？告诉你，这是学堂，你要是再打人，先生会把你赶出去！"

钱镠没把捏紧的拳头送出去，只好瞪圆眼睛，怒冲冲地看着他们，说："我不打你们，你们干了坏事，我也可以告诉先生！"

戴先生正伏在师案前埋头读文章呢，脑袋一摇一晃，看得入神。

钱镠捏着虫子过来，大声说："先生，高彦和成及拿虫子捉弄我！"

戴先生的思绪还沉在文章里，刚读到"愚顽岁月几肯教，辜负明月辜负春"，就被叫喊声惊撞，蓦然抬头，只见一条丑虫挂在他眼前。再看，虫子被一只幼嫩的小手捏着，一点点扭动，无比恶心。先生连忙摆手，令钱镠赶紧把虫子丢了。

待钱镠丢完虫子回来，戴先生叫住他，让他在师案前站立，再命令他摊开手掌。只见先生抓起案上的戒尺，上前，朝钱镠的手心里劈来。

钱镠不服，辩道："是他们拿虫子欺负我，先生为什么还要打我？"

戴先生原本打了三五下，想收手了，听钱镠这么说，便不肯了，说："不服是吗？不服就再打！"

果真又打了几下。

钱镠的手心已经被打得通红，一双眼珠子，黑黑幽幽的，分明诉说着委屈。人却还是死倔，杵在那里，不进也不退，也始终没让眼眶间溢出半粒水星子。

戴先生看在眼里，也就没再说什么，摆摆手，让他回座位去。

在孩童的背后，他却自言自语，只说："纵然是匹好马，顽劣根性不除，也跑不了千里。"

学堂放了学，高彦和成及两个心中十分得意，白白捉弄了一回钱镠，还让他挨了先生的板子，也便嘻嘻笑着，沿着田间旧路，返还家去。顽童走路时，看见田里有青蛙捉虫，便捡颗石子掷过去，要看青蛙满地乱蹦。看到蜻蜓停在草尖上，也要扑拿一番。扑玩之后再走时，忽然看到前面有人，立在那里，挡住了道路。再看，这人是钱镠呢。

只见小子伸了胳膊叉了腿，立在道路中央，一副虎虎生威的模样。

面对人家这副虎样，这两个显然比他年长的家伙，倒从心底打起了"熊摆子"。

两个人还是壮了胆，颤着声音叫："钱婆留，你一个人，我们两个，你打不过我们的。再说，你要是打我们，我们告诉先生，先生明天还会打你……"

钱镠骂："明天是明天的事，看我今天就把你们两个的骨头打碎了！"

正要动手时，却有人过来。是灵茵，提着一篮桑叶，从这路上经过，看见几个人的架势，连忙上前拦住。

灵茵对着钱镠说："婆留哥，你已经上学了，不能再跟人打架了。"

高彦和成及，本来被吓得胆颤了，见了灵茵姑娘，倒想显示一番小男子汉的豪情，便叫："钱婆留，我们不怕你，有本事，你就和你的小媳妇一块上！"

钱镠原本没想打架，只想吓吓他们两个，如今听他们这么一说，再忍不住了，一下子跳了起来。

灵茵赶紧抓了钱镠的衣角，恳求："婆留哥，你还是让他们走吧！"

钱镠看一眼灵茵，只见乌黑的眼睛里布着哀求，就像雨中的梅子，让人不忍心触碰。

钱镠还是听从了灵茵的劝告，硬生生把拳头放下了，朝两人一挥手，却又恨恨地说："今天我不打你们了，快滚吧！"

说完，果真将身子移去一边，把身下的路给让了出来。

俩人见状，试探着上前，一步步，身子在动，眼睛盯着人家，时刻保持警惕。见钱镠果真没有动手的意思，赶紧跑过去。

可这两个人，到底心里发怵，一旦过了关，撒腿就跑。这一跑，就出事了。脚下慌乱，让两只脚相互间使起了绊子，一旦被绊，不由一个大趔趄。眼看着，高彦一头栽进了泥田里。成及见同伴遭难，他倒没有再跑，返身回来拉人。小儿力气小，泥土黏力大，又怎么拉得起来？

钱镠见状，连忙跑上前去。他这出动，就像豹子下山一样，一阵风，到了跟前，推开成及，一把揪住泥中人，生生地拉了上来。

钱镠、成及和灵茵，拉着泥鳅似的高彦，下溪冲洗。

之后，他们也就各自回家了。

当晚，高彦被他娘拎着耳朵，提到了钱家门上。

高家妇人对着钱宽和水丘氏喊叫："都是你家钱大郎干的好事，把我家这个不中用的推进稻田，裹了一身烂泥，回到家，整幢屋子都是臭味。你们看看，他现在鼻孔里、耳洞里，还是烂泥！"

水丘氏面对盛气凌人的妇人，先怯了三分，又听到是自己的儿子闯祸了，越发不安，连忙问："孩子……孩子没事吧？快……快进屋喝口水。"

钱宽呢，他一听，抓起一把篾片便找儿子。钱镠正在灯下教弟妹习字呢，只见老子闯进来，脸色铁青，也不说话，朝人劈头盖脸打过来。

钱镠脑袋和胳膊上挨了好几下，好歹从里屋逃出来，出来一看，站着高家母子，也就明白了怎么回事。

钱镠也就分辩："是他自己不小心栽进了烂田，不关我的事！"

钱宽见儿子嘴巴强硬，越发打得凶狠，一面骂："还敢狡辩！今天要是再不把你这个妖孽收拾了，老子就不姓钱！"

只见钱宽怒目圆睁，果真要行凶杀人的样子，水丘氏赶紧去拉丈夫，可凭妇人的力气，怎么拉得住？

眼看钱镠在劫难逃了。

还好水丘老夫人及时赶到，一面护住孙儿，一面指着儿子骂："我的乖孙儿从来不说谎话，你不听自己儿子的，偏偏听信别人，分明是头蠢猪！"

水丘氏还是给高家娘俩赔了许多不是，还拣了几条上好的干鱼，包上，送给人家。高家妇人拿了东西，才又拎着儿子，骂骂咧咧地回家去了。

那一晚，钱镠伏在阿婆的怀里，眼角不免沁出了泪水。

阿婆拍拍孙儿的小身子，开导他说："好孩子，你听好了，那田地里的秧苗，要压一压，才能长得根深茎壮，小孩儿也一样，要挨挨板子，受受委屈，才能长得像好秧苗一样壮实。"

钱镠听了，似懂非懂，一会儿，也就伏在阿婆的怀里，沉沉地睡去了。

贩私盐

钱镠在戴先生的严教下完结了启蒙，顺利进入了县学。离开蒙馆的那天，戴先生一再叮嘱，在新学馆里一定不可懈怠，不可莽撞，不可侮慢。

又说："学而不厌。"

再说："博学之，审问之，慎思之，明辨之，笃行之。"

之后，在戴先生观看紫微亮暗正偏的时候，时间又过去了三年五载。想名下学子钱镠，也是个半大的小伙子了，该出县学入州学了，要是再勤勉一些，应该到赶考的时候了。

却听说，钱镠早就弃学了，不仅弃学，还干起了贩私盐的勾当。

贩私盐，那可是脚踩刀尖的营生。这盐和铁，官律规定只能由官方经营，私贩可就是犯法。而在暴利的驱使下，私贩子往往铤而走险。就说贩私盐，要躲开官差，过江偷运，然后暗中销售。他钱镠还不仅仅是独个贩私盐，还拉着一帮乡邻同伙一起干了，如比高彦、成及等人，都进了他的队伍。

戴先生获得消息之后，也就捶胸顿足，骂自己真是狗眼一双，看错人了。再想那石镜山上的大石镜，以为多神奇呢，原来就是块破石头！他从此每每叹气，到了夜晚，只敢盯自己脚下，再不敢抬头看天。

戴先生胸中堆起了垒块，也就感觉必须吐一吐。这一天趁着假休，一早起来，闭了馆门，也就外出了。一路走着，直接出了临安城。抬眼看时，已经到了西径山脚下。沿着山林秀径往上，看苍木幽草，听鸟语虫唱，呼吸着含香带露的山气，也便一口气上了山顶。举目再看，只见丽日新起，群峦披翠，更有山风拂岗，消浊还清。又见在九峰拱托之下，双林寺在绿影掩映下，现出真身，明黄蓝绿，祥和安宁。

几个快步，走到了山门前。

山门敞开着，走进去，只见九曲连环的拱檐下，有沙门童子僧衣布袜，手里举着把大扫帚，正在清扫阶上的落叶。

童子见了戴先生，停下打扫，先行个礼，再笑着招呼："先生多日没来，师父几次提及了。"

戴先生也便给小童还了礼，问："师父在做晨课吗？"

童子说："师父已经做完晨课，刚来了两位香客，一起在禅室里说话。"

双林寺的住持师父，叫洪谭法师。洪谭法师与戴先生，相互钦敬对方的悟性与文品，有着多年的交情，算是一对相知相惜的僧俗好友。

既然洪谭法师正在招待客人，戴先生也就不便打扰，先在寺院中转一转。

眼前这双林寺，傍山而建，庙宇玲珑，云烟相伴，树草掩映，自然是人间难见的极境。走进天王殿，只见粗大的圆柱，足够合抱，柱间的横梁，又长达数丈，气势十分宏伟。梁柱之间，又嵌着各式斗拱，有回形、锁形、梅花形，全都做工精致，叫人见之忘俗。大殿的正堂上，高大恢宏的佛像，修饰了金身，身上披了绣袍，看上去端庄威严，令人生敬。四周，又坐着十八罗汉的塑像，容貌不同，姿态各异，各持法器，各具神通，十分壮观。

佛像前摆了莲花蒲团，戴先生也就跪在蒲团上，拜了几拜。一面，想着要跟菩萨说点什么。说什么呢？竟然想请求菩萨，将自己的弟子钱镠拉上一把。

待童子把戴先生领到静室时，先来的客人已经告辞出来了，洪谭法师禀礼相送。眼前的洪谭法师，正当盛年，身形高大，面目清秀，身上一件广袖衲衣，脚上白袜僧履，自然是束身自修人，六尘不染躯。

洪谭法师见了戴先生，连忙迎进静室。一面说刚才的居士送了包顺溪大方茶，戴先生来得正好，一起尝尝。亲自将一包茶揭了封，拿过一柄荷叶匙取了茶，盛入一把长颈砂铫壶里，一面让童子扇了风炉煮上。

待到茶香盈室，戴先生已经把自己心里的失落与困惑，跟法师掏明了。洪谭法师听后，没有给予是非评判，也没有及时宽慰戴先生，却和他谈论起经道。

洪谭法师说：“我佛慈悲，万事从不强求，只是顺应因缘。这众生在世间，免不了十二因缘，无明、行、识、名色、六入、触、受、爱、取、有、生、老死，所以说世事种种，都是因缘而取，因缘而受，因缘而生，因缘而灭。就算我祖释迦牟尼，也是因缘起才拂去俗尘蒙蔽，了脱三界束缚，觉悟入定，修得正果。”

戴先生说：“法师讲授的道理，小老儿也略懂。你说的是，万事万物离不开一个缘字，比如说一个人，要是与某个人某件事有缘，也便一定会结缘，而结缘不在早迟。”

洪谭法师点点头，说：“我佛祖本是一国世子，要是因俗循旧，应该继位理国，享受俗世荣华，却因缘成佛，求索苦行，普度众生。"

戴先生说："法师这番禅理可点醒了小老儿。小老儿更想起来了，结缘还不限于行业，古往今来从不缺乏这样的例子，比如伊尹起于阡陌，再比如乐毅拔于行伍，都是这个道理，所以不能守墨妄断，认为一个人一旦迈入了哪一行，就将终生归入哪一行。"

洪谭法师笑着点了点头，又问戴先生："这天目大方茶的味道怎么样？"

戴先生举盏抿了一口，接着再深品，大叫："过齿留香，饮后回甘，好茶！"

二友便在茶香中继续谈经论道，直到童子送来斋饭，也就一起简单受用了。

转眼，夕阳坠落，早星跃出。戴先生这才向洪谭法师告辞，说要享受一回月下归舍的情境。洪谭法师也就没有强留，起身相送，一直送出山门外。

站在山门外台阶上，戴先生再跟法师说："要是来日有缘，还请法师多多指点我那个愚顽的弟子，他叫钱镠。"

洪谭法师遥望远天，却说："想当年晋朝郭仙士游天目山时留下了谶诗：'天目山垂两乳长，龙飞凤舞到钱塘。海门一点巽峰起，五百年间出帝王。'现今掐指算来，差不多五百年了。"

戴先生说："这帝王不帝王，倒不是寻常百姓关心的事，如同小老儿，只想着眼前这世道太纷乱了，大风卷狂沙，江河扬怒涛，只希望早日有根砥流之柱立起来，替万民抵风镇浪啊！"

洪谭法师抬手指向头顶，再说："先生你看，这中天不仅紫微明亮，连紫微旁边的太微也白亮放光。"

戴先生也便疑问："难道……这临安境内将出现双龙同璧？"

洪谭法师听后，只微笑不语。

告别洪谭法师，戴先生拾级而下，只见眼前月朗星稀，天地澄明，也就一路脚步轻快，走下山径直接回到了临安城。

钱家，钱镠又将出发挑盐。

钱镠的父亲钱宽，对儿子贩卖私盐的行为十分不屑，甚至说了，他要是继续走这条贼路，干脆不要回家了，只当自己早年就灭了妖孽，没他这个儿子。

钱宽痛心地跟儿子说："我们钱家世代居住在这石镜山下，虽然从来没有大富大贵，但是靠着耕田打鱼，日子也一天天过下来了，祖祖辈辈从来安守本分，家族里从来没出过违法乱纪的人，更不要说出强盗贼匪！"

钱镠不服，顶了父亲一句："谁是强盗？谁是贼匪？"

钱宽："不孝子啊，你如今冒着被官府缉拿的风险，去祟卖私盐，不就是个强盗贼匪？"

钱镠说："爹啊，不是我想干这刀尖上舔血的活儿，可你看看当今的官府都干了些什么！盐，千家百户每天需要的盐，不许平常商家买卖，必须经他们的手，由官商来买卖；再看他们是怎样卖盐的，坐地起价，天天涨价，一天还要涨三个价！再看看，满满一担粮食，也换不来一小包盐啊！这样下去，叫百姓们怎么过日子？"

钱宽听儿子这么说，不由一时无语。

钱镠再说："爹，你看看我娘的手，整天沤麻剥麻搓麻，一双手长年是烂的，一道道裂口，沁着血，搓一个月的麻，换不来一口盐；再看看阿婆，一直盼着能好好吃口咸的，她的眼睛都快盼瞎了；还有二弟三弟要上学，得给他们凑师资，大妹小妹爱漂亮，想穿件完整的衣裳。我要是不出门，跟着你老实本分地种田打鱼，家里的日子还能过吗？"

钱镠说完，再不管他爹说什么，只顾一头扎出了门外。

　　这贩私盐的活，可不是走街串巷做买卖。挑盐，先出临安，抵达杭州后，过江往东，一直走到海边。沿途，都有官差搜捕捉拿，一旦捉到，盐担没收，人投牢狱。所以，私盐贩子总是大路不敢走，人群中不敢去，夜行日伏，翻山越岭，十分艰难。

　　这些盐贩子，出门前先备上十数双草鞋，拴在腰上。肩上一条扁担，扁担两头各挂一口布袋。为了掩人耳目，袋子里装些蓬松的草药。看上去，也就是替药房或粮庄挑货的脚夫。队伍中，往往有个带头大哥。大哥走的趟数多，一来二去，知道一路上哪里会遇上关卡，哪里有避险的小道，哪里能歇脚过夜。有的跟盘查的差人也混熟了，给人送点好处，那些差人也会睁一只眼闭一只眼。

　　队伍顺利过了江，到了提货点，赶紧把枯草柴根倒掉，把袋子空出来装盐。初次入行的人，看着眼前白花花的盐堆，忍不住贪多。谁都知道，把这白花花的盐挑回去，就能变为白花花的银子。认为自己的力气好，不要命地装盐，一心要把袋子装满了，再满一点。

　　挑着盐担再上路，那可就不一样了，要避人耳目，要赶路程，还得追得上队伍，千万不能掉队。跟着带头大哥，就算队伍被官差盯上了，封了一条道，可以马上掉转方向，换条道。要是掉队了，面对荒山野坡，只怕连东南西北也分不清，还谈什么挑盐贩盐。

　　挑着盐担，披着暗月晓星，在陡峭狭窄的山路上奔走。翻了山，越了岭，又在悬崖边贴着石壁行进。一面迈步，一面还得屏声敛气。要是漏出声响，产生动静，只怕就会引来官差追击。

　　钱镠和高彦、成及几个，一起上路，一路辛苦来到盐场。几个人都血气方刚，虎崽牛犊，见到大堆的盐，也就不管不顾，把袋子都装满了。钱镠到底背宽腰粗脚大，力气异于常人，再沉的担子，架上他的肩，也就成了鹅毛团、杨絮球。上路后，踩烂了一双草鞋，再换一双。高彦、成及就不一样了：高彦长得胖，力气虽然也不小，但是一路走去，汗如泉涌，也就缺乏耐力；成及身子瘦弱，更不行了。为了不让他们掉队，钱镠只得劝他们把袋子里的盐倒掉一点，再倒掉一点。

这白花花的盐，是多少父老乡亲眼巴巴地期盼啊，眼睁睁看着倒掉，真是心疼。只是，不倒掉一些，能带回去吗？高彦和成及的袋子，眼看越来越瘪。

走吧，走，不能掉队。

突然间，耳朵里炸出一声呼喝："贼人，别跑！"

有官差！

一时间脚步声四起，追喊声四起，击打声四起。

哀号声同样四起。

"叫你跑！"

"饶命啊——"

"嗯呀！"

"哇呀……"

眼看，盐贩子的队伍一团纷乱，四散开来。

而穿皂夹衫的，一个个手里提风火棒的，满山追赶。

再看逃命的人，有的拼命往深林里跑，有的赶紧攀峭壁险崖，还有腿脚慢的只能就地躲避，哪里躲得开，只好专挑茂盛的荆棘丛来钻。

然后，仍然有各种声音，喝骂声，噼里啪啦的打斗声，来自喉咙粗哑的号啕声，还有被荆棘扎伤后的咒骂声。

不出意外，不少贩子和盐担落入了虎狼人的手中，被带走了。

攀上险崖的钱镠，保住了自己和盐担。钻进荆棘丛里的高彦和成及，也躲过了一劫。只是，再看高彦和成及的盐袋，什么时候被撕开了口子，盐全撒了，成了两只空袋。

这贩私盐，真是搭着性命的活儿。

钱镠挑回了满满两袋盐，以比官商低廉许多的价格，卖给了四邻百姓。遇上实在拿不出钱粮交换的贫户，便不收钱，暗暗送上一点。这些受益的穷邻贫户，平时只能吃口淡菜喝口淡汤，如今终于尝到了咸味，少不了对钱镠感恩戴德。

钱镠的父亲钱宽，眼见实在难以引导儿子走回渔耕正道，又见他确实救济了不少贫困邻居，也就没再多说什么，只好自个儿低头叹气，牵牛耕地去了。

随着一趟趟来往奔走，钱镠很快摸熟了贩盐的门道，不久之后，也便成了队伍中的带头大哥。

再说钱镠身强力壮，脚板厚实，走起路来，虎虎生风，连满山遍野的草木都纷纷让路。每次挑盐的重量，还在不断增加。只是呢，他钱镠挑得起重重的担子，扁担却受不了。竹扁担，断了。木扁担，断了。找了千年才长成的硬木来做扁担，还是断了。他思来想去，只有锻造一根铁扁担。

钱镠也就走出家门，过马溪来到青龙桥头。

青龙桥下，有家临安城内最有名的铁匠铺，叫甄记铁匠铺。

过了青龙桥，只见一幢土坯屋，屋前支了两个草棚。进了棚看，屋中间摆了只大火炉，便是熔炉，熔炉一边连着风箱，另一边是个大铁镦，也叫砧子，砧子旁边又摆放着大锤、小锤、铁钳等工具。熔炉里装满了点燃的木炭，再放入铁块，风箱一拉，在大风鼓吹下，炭火通体红旺，很快把铁块烧红了。提钳子把烧透的铁块夹出来，摆上大铁镦，打铁匠便一手拿铁钳夹住红铁块，一手抡起铁锤，一锤接一锤砸打。叮当，叮当，是铁匠铺里日日持续的响声。一旦锤打声停下，便响起吱啦一声，那是将铁块锤打成形后，将热块浸入水中淬火。冷水受火铁相攻，火铁被凉水淋浇，冷热乍遇，水火不容，热铁冷汤间的爱恨恩仇，也就成了一股白烟，倏倏然飘走了。

甄记铁匠铺现今的当家，叫甄灵锋。甄灵锋正当青壮之年，脸膛黑红，虎背熊腰，手臂上结出的肉球就好像个锤子。

看到好兄弟钱婆留来到铺子里，他就停下手来，迎面笑着招呼。

甄灵锋说："小子，枭盐发财了吧？还有空来看我？"

钱镠压住了声音说："甄大哥，可不能乱喊，你这里来的人多，要是被狗当差听见，又要把我当成兔子撵了。"

甄灵锋听了哈哈大笑，说："你早成兔精了，谁能撵得上？"

说着，一面放下手里的把式，转身拎起墙角边大壶，往两只粗瓷碗里分别冲了茶水，一碗递给钱镠，另一碗他自己喝。先举起碗来，咕咕咕喝了个底朝天。钱镠也举了碗，直灌了两大口。

甄灵锋便问："说吧老弟，想让哥给你砸个什么称手家伙？"

钱镠说："想请甄大哥为我锻根铁扁担。"

甄灵锋说："哈哈，看来竹扁担、木扁担都不够你使了，要说这铁扁担，甄家铁铺从开张到现在，从来都没有锻造过，你是第一根。"

钱镠就嘿嘿笑着，有些得意，只说："甄哥，砸锤时可得用劲，越结实越好。"

甄灵锋说："要这么结实的家伙，是不是想把整座盐山给挑回来？"

听甄灵锋这么说，钱镠便有意顶了一句，说："这活儿愿不愿接？不接我可去别家了。"

甄灵锋说："又不是让我锻造什么干将莫邪剑，一根扁担嘛，有什么愿意不愿意的。"

钱镠叮嘱："那你可别嚷嚷，要是有人问，就说是根铁杵。"

甄灵锋听后摆摆手，只说："老弟，放心吧，哥不会给你说漏嘴。"

把事情落实了，倒还想跟人家问句什么。问什么呢，心里十分明白。只是话到嘴边，却没有勇气说出来。这真是，五大三粗的男人，也会有扭捏的时候。既然说不出口，也就不干扰人家干活了，回去吧。

钱镠正打算走时，只见外面有人来了，一看，不是别人，正是自己想打听，却又没敢打听的那个人。

谁呀？

还有谁？

甄灵茵呗。

灵茵姑娘过来时，脚步轻盈，一身青绿色衫襦，一头乌黑发亮的头发，还盘了个矮髻，髻上插了朵小红花。看在眼里，果真是春风杨柳。

待姑娘走近了再看，玉琢般的俏脸上，两腮春花微红。两条细细的弯眉，像初开的月牙，一双眼睛，再不是青涩梅子，却已然是山间深潭，而这深潭中，似乎烟霞起飞，波光隐约。

钱镠看着，也便停下了脚步，站在一旁的壁影下傻傻地笑着。

姑娘手里，拎着只篮子，走进铺子，先朝甄灵锋叫了声哥，把篮子递给他，一面声音清脆说："娘刚烙好的饼，萝卜丝馅的，趁热吃吧。"

一转头，看到了暗影下的钱镠，眼睛先闪动了一下，再笑起来，用带着惊喜的声音朝人喊道："婆留哥！"

再好好看看她的婆留哥，青梅竹马一起长大的伙伴，只见人家好像又长高了不少，身体壮实，腰板挺直，立在她的面前，就像一座结实的塔。

看到对面那双乌黑溜溜的眼睛，正盯着自己看，算是见过不少世面的钱镠，这时却感觉自己的脸腮间发烫。

灵茵再说："婆留哥，我娘多做了几个饼，一起吃吧。"

钱镠说："茵妹妹，你来得正好，我有话跟你说。"

灵茵听了，还是笑，也不问他有什么话。

钱镠赶紧给灵茵递了个眼神，一面说："茵妹妹，是这样，出门时我娘给我了句话，说要是见到你，问你讨个新裁的鞋样。我娘说了，垄坞里算你的手最巧，剪出的鞋样最合适。"

灵茵含便笑着回答："知道了，等会我给大娘送去。"

钱镠又急急地递眼神，眼睛里分明在说："我我，你你……"

说是说了，却又哪敢多说。

甄灵锋并不在意身旁人的私意，只顾自己洗了把手，拿起妹妹送来的饼，张嘴就咬起来。

嚼了一口，还没咽下，含在嘴里，又马上声音含混地对钱镠说："我娘烙的石头饼，真香，快别走了，一块吃。"

正说话呢，突然又响起大步走来的声音，很快几个人从铺门前冒了出来。

一看，都认识，董家少爷董昌，还有几个是他的手下。

只见眼前的董昌身形高大，与钱镠并肩，还微微高出两指。脸面宽敞，眉眼明朗，鼻峰如削，两片嘴唇画过一般整齐，也算是临安城里的一位俊美少爷。说起来，他董昌还真是位少爷，他家祖上做过官，留下了不少家产，够他董昌花销的。只是董昌倒没有富家子弟的纨绔作风，从小就跟钱镠他们一样，喜欢提枪舞棒，牵狗猎豹，一来二去，多少练出了一些本事。

这回董昌带着两三个跟班过来，一进铺子就嚷："甄哥，给弄几件称手的兵器，越结实越好，刀啊，枪啊，三叉戟啊，全都要！"

一时看见了钱镠，他便说："婆留兄弟，你可知道，狼山守军王郢叛乱，官府发了告示，乡里人家可以自行锻造兵器，可以组织军团去剿贼，还说只要把狼山贼拿下，不管是官是民，都有封赏。这可是大好的建功立业机会，你要是愿意，就跟董哥我一起干吧。"

钱镠说："董哥，不是不想跟你干，只是上阵打杀，这可是件大事，我得回家先跟爹娘说说，要爹娘点头同意才行。"

董昌说："你这个婆留老弟，还在老哥面前要滑头，早听说你贩卖私盐呢，干这种活儿你爹会同意？你不想参加我们的队伍，是瞧不上土团军吧？"

钱镠连忙摆手，只说："不敢不敢，董哥怎么可以说这样的话，实在是我家不比你家，你家家底厚实，良田百亩，高墙瓦房，我家只有三亩薄田，两间草披。目前家里要是离了我，一家人不说全饿死，至少得受不少罪呀！"

董昌便说："随便你，想要加入我们的队伍便过来，随时欢迎。"

董昌再看看甄灵锋，又说："你守着个打铁铺，也是没多少指望，不妨把这兵器锻完之后，给自己也留一件，跟我上阵去吧。"

甄灵锋说："我要离开铺子半步，一家人更没着落了。"

说话间，董昌的目光又落在了旁边的一张脸上。这张脸，竟是一朵俏丽的三月花，把整间灰暗的铁匠铺都给照亮了。

董昌便挪不开目光了，喃喃地说："只知道你甄灵锋像块没烧透的铁疙瘩，没想到你的妹妹，倒转眼间都长成了一朵花，不，长得比花还好看。"

听董昌这么开口，钱镠的目光也就从灵茵那里移过来，投在了董昌的脸上。眼底，现出几丝警惕，还隐隐露出了敌意。

甄灵锋连忙说："饼都快凉了，都来尝尝，快尝尝。"

董昌也就嗅了一鼻子，说："不错，这么香。"

打潮王

钱镠拿到了铁扁担，上肩试试，到底结实坚固，足以挑起两座小山了。扛着铁扁担，也便又打算出门。出门前，想上山多砍些柴火，挑回来存着，让娘用时省心些。还想着给阿婆找些草药，老人家的眼睛越发模糊了，虽然赚了钱后去药房请郎中开了方子，撮回了不少药，吃的吃了，洗的洗了，但效果并不太好。孙子心疼阿婆，又找了几个土方子，想自己试着去深山找些稀罕的药材。

钱镠砍了柴，找了草药，下山的时候，倒不急着返家，而是朝前面的桑园走去。一路过去时，心头一直敲着一面鼓，而鼓点却异常零乱，七上八下。随着鼓点声，还有一个小声音在他心头直嚷嚷：好人好人，一定要在啊！

到了桑园，一看，果真有人，正是她。

她，不是别人，是甄灵茵。

只见灵茵爬在桑树上，正在采摘桑叶。

一时间，树上的灵茵也看见钱镠了，马上喊了一嗓："婆留哥！"

又甜又糯的声音，比莺啼还好听。

钱镠从心底笑开，将肩上的柴担靠着高埂支住了，抹一把汗，抖抖衣衫，向前走几步，进了桑园，也就直接来到了灵茵采摘的桑树下。

石镜山下的灵茵姑娘，生在开铁匠铺的人家，凭父兄打铁的手艺，家里一定不少她的吃穿。可她同临安乡村姑娘们一样，活跃又勤快，明媚又贤良，深爱着乡野间的茶桑，深爱着枝头的春风和叶片上的阳光。

走到桑树下的钱镠，抬眼痴痴盯着树上的姑娘。肚子里，一定有许多话要跟姑娘说，可话到嘴边，却还是说不出来。

他只好仰着头，对着上面的人喊："桑枝脆，可要小心了！"

灵茵在高处咯咯笑着，说："婆留哥，这树上的桑果又大又甜，我摘几颗给你尝尝。"

灵茵果真摘了一把桑果，递下来，送进钱镠的嘴里。

灵茵笑问："婆留哥，甜吗？"

姑娘喂的桑果，能不甜吗？

一面，灵茵下来了，到达末枝的时候，不当心脚下一滑，桑枝折断了。眼看人就要坠下来，这时候钱镠眼疾手快，一把就把人给抱住了。

待到危险过去，才发现姑娘的身子依偎在自己怀里，柔软的，温暖的，就像一只天鹅扑进了他的怀中。

也便一时觉得失态，连忙松了手。

灵茵也觉醒过来，一时跳开了。

钱镠也就感觉自己心和脸一起发热，也便低了头，说："茵妹，我这趟出门要经过山阴县，给你带块府绸回来做衣裳吧。"

灵茵听了，吃吃地笑，却说："我一个乡下丫头，哪里需要那么好的衣料，听说山阴的香糕好吃，你带一包回来尝尝。"

钱镠说："好啊，一定给你带上一大包。"

钱镠又说："我明天一早就要出门。"

灵茵说："婆留哥，出门的路上一定凶险，你可要当心。"

钱镠也就壮了胆，动情地说："你放心，我一定平安回来。"

他说完看着眼前的姑娘，明明还有许多话要跟她诉说，却真的不知道说什么。

而姑娘，一双秋水似的眼睛看着眼前人，好像也有许多话要说，一样不知道说什么。

年轻的小伙和年轻的姑娘，两双眼睛相互看着对方，都想说话，又都没有说话。没说呢，分明又都说了。而且，就算没有开口，也都听懂了对方的话，也就一起笑起来。

看着眼前人，一起痴痴地笑，傻傻地笑。

此情此景，是不是甜得淌出蜜汁了？看，蜂来尝一口，蝶来尝一口，啾啾欢叫的鸟儿也赶来尝一口。

乡野之间，有山歌声响起：

> 我寰花开时，侬在放牛呀。我跨青骢马，侬在垂柳下。侬迈步湖海，我追梦天涯。侬眼眸一笑，我眉间烟霞。侬我相知，不必说话。
>
> 我侬相思，谁人懂呀。从此日日与夜夜，都将放不下……

离开时，钱镠又在灵茵的手心里按了一件东西。一看，却是一枚铜钱。

这算什么？

钱镠说："这东西虽然都说它臭，可我姓它呀，所以我不在的时候，你要是想我，不妨拿着看一眼，就当见到我了。"

灵茵接了，捂在手心里，一时低下头，却又悄然笑开。

再上路，钱镠只觉得浑身都是劲。从此，他认为无论到哪里，无论何时何地，都不是他一个人了，而是有人与他相依相伴，走到哪里都在一起。

这个人在哪儿呢？在他的眼前，在他的心里，时时刻刻烙在他的脑子里。

钱镠一路走，一路笑着。

暗暗地笑，痴痴地笑，甜甜地笑。

有了浑身的劲，还有了铁扁担，钱镠就敞开来挑担了。扎扎实实两大袋，等回去倒出来，一定是两座小盐山。虽然挑得多，一路上，他的脚下依旧虎虎生风。

经过越州山阴县城时，因白天需要蛰伏，在城外找到熟悉的野店先把盐挑藏好，然后进城去街市上转上一圈。只见山阴的街市上高楼林立，店铺挤挤，车来人往，红男绿女，不一般热闹。要是拿这山阴的街市与相近的临安比较一下，可以说是繁华地与僻穷乡，不在一个档次上，相差悬殊。

边走边看，这街头上，游览的、巡查的、杂耍的、唱曲的、算命的，挤挤挨挨。街两边，金银铺、绸缎庄、酒楼、茶肆、糕饼店，遍街林立。走进一家糕饼店，指着香糕，让称了两斤，包好了。

天黑前出了城，回到之前的店里，打算歇上一晚，盘整好了，第二天拂晓再赶路。这野店中，一间连一间的客房，都阴暗低矮。房里一排大通铺，铺上茅草当褥子，但还是挤满了人。一个个乌眉黑脸的汉子，衣衫褴褛。看着这些人，也就能猜到，大都是走偏门邪道的江湖客。

弄了点吃喝，胡乱洗一把，也就上床了。钱镠养成了个习惯，出门在外，晚上睡觉，手心里要把亮石握住。这亮石也叫萤石，颜色有蓝有紫，也就是山洞间常见的石块，却在夜黑中会微微发光。照不亮脚下，不过多少有点用途。再拿扁担枕在脑袋下，扁担枕着咯人，却是个警枕。这不，刚吹灭了灯，别人都安心睡了，放出畅快的呼噜声。

钱镠也正要迷糊过去，突然觉得身下似乎有震动。这一震动，使他的脑袋与铁扁担硬碰硬，一下就醒了。一听，真有动静，一大片脚步震着地面。这样坚定有力的脚步，是训练有素才能踩踏得出来。再听，这片声响由远而近，好像正朝这里奔来呢。

有人来了，不好！

钱镠也就一跃而起，朝睡梦中人们呼喊："快起来，抓捕的来了！"

叫过之后，四周传开一片迷乱声，有人发出惊吓后的叫声，有人在黑地里乱扑腾，有人继续打呼噜说梦话。

钱镠管不了许多，他抓起自己的铁扁担，举着亮石，跳起来，飞快找到自己的盐袋，赶紧挑上肩，然后找到后门，趁黑往外走，一头扎进了旷野中。

在钱镠身后，只见一片红光，那是一个个火把，紧接着火光处传来门被撞开的声音，又是喝喊声，又是惊叫声，又是刺耳的号叫声，没多大工夫，一切都沉寂下来。

这些供邪路人落脚的野店，不少早就被官方人盯梢了，也有不少明里接客，暗里通官，而官家并不时时严查，待来往进入的人多了，带来的东西也多，才赶来捕捉，一网打尽。而那些被带走的私盐私货连同钱财，谁知道落入官库还是私房。

钱镠再一次逃出生天。

在他的面前，却是漫漫长夜。

赶了一夜的路，来到钱塘江边，已经日上三竿。要过江，必须乘船摆渡。只是走私客，哪里敢明目张胆上渡船，只能等待藏在荒滩中的野渡。野渡中的船家，专门接待贩私走黑道之类的客人，因为这些人需要隐蔽，可以要高价，还不用给官府上税。这样的野渡，就像贩私盐的一样，风险大，收益却高。

下了滩，在茅苇间找了一遍，却没见到船只。

看眼前，江天浩渺，插翅难飞。

好在处身这野外荒郊漫天的茅苇中，不用再担心被人追缉了。钱镠也便找好藏身的地方，放下了肩头的担子。

他赶了一夜的路，停下来了，也便感觉困顿乏力，想睡上一觉。到底是细心人，扯了些苇叶茅草遮在盐袋上，还在上面各压了块大石头。干完了，放心躺下，拿过扁担当枕头，叉开身子，呼呼进入了沉梦。

一觉睡得深沉，只觉得身子飘飘，似乎去了仙界，天宫烟纱缥缈，玉人貌美姿丰，叫一声婆留哥哥，正是灵茵妹妹的嗓音，去追好妹妹，却天河崩裂，大水漫卷。就在睡梦之中，他还真的感觉到身子下面凉凉的，有些惊讶，也就醒来了。

醒来一摸，怎么回事，身下全是湿的。起身一看，我的天，满江的潮水，已经漫到了他躺着睡觉的地方。幸亏还算离江远，潮水过来，只是伸长尾巴扫一扫，不至于把人卷走。要是离江再近些，说不定早就被卷入江底喂鱼了。虽然庆幸，但是再看一眼，盐好像不见了。盐袋还在，压在石头下面，但装在袋子里满满的盐，一颗也没有了。

盐啊盐，一路千辛万苦，九死一生，是拿命换来的啊！

怎么哼都没哼一声，就被偷走了呢？

这盐不是被人偷走的，是被潮水偷走的！

官府明目张胆跟人抢夺，你潮水也不要脸来偷吗？

真是恶潮！

也就想，潮水也有个领头的，叫"潮王"，找他论理去！

钱镠拿起铁扁担，抡圆了，对着潮头噼里啪啦一阵猛打。

他再骂："好你个潮王，你不知道官府是狼虎吗？你不知道你的行为，连虎狼都不如吗？你说你没偷，那你来的时候，怎么不喊一声，不吼上一嗓子？"

却说潮王一定是自知理亏，在钱镠铁扁担劈头盖脸的猛打下，呜咽一声，远远退走了。

还说潮王从此记住了这个教训，再次起潮的时候，总是先发声，又嘶又吼，如同千军万马过境一般，以此来提醒两岸，早早提防。

据说，几多年后，钱镠成了治理钱塘江的钱王，两岸百姓还有传说，说是当年钱王用铁扁担打潮王，把潮王打怂了。

传说归传说，再看看钱镠，一时大意，一担盐被潮水融没了，再看看有心带给灵茵姑娘的香糕，倒还在，只是糊成一团糕泥了。

这……这……还怎么送人啊……

钱镠忽然抓起糕泥，三口两口，全吃了，咽进肚子里。再拿起布袋，抖一抖上面的泥沙与草屑，扛起铁扁担，转过身子，依旧朝东面走去了。

钱镠再次回到家乡，已是两个多月之后了。

走的时候，树上桑叶尚嫩绿，归来后，茧已化蛹又变蛾。

双轿

回到家乡的钱镠，他要办件大事。一早，就带着千里迢迢带回来的香糕出门了。在这盛夏时节的临安城，只见苕溪水涨，鱼虾跳跃，河溪两岸，更是青草如茵，垂柳碧绿，柳影中传来一声声蝉鸣。

过了青龙桥，三步一跳，两步一飞，就闪到了甄记铁匠铺的门前。

甄灵锋正在卷铺子的草帘呢，听到脚步声，一转头，只见钱镠红光满面站在身后，不由吓得跳起来，连手里抬帘的杆子也掉了，啪一声落在了地上。

甄灵锋惊问："钱婆留，你是人还是鬼？"

钱镠以为甄灵锋开玩笑，便跟着玩笑说："我是鬼，专程过来接你！"

甄灵锋慌忙说："我上有老下有小，别跟我开这样的玩笑！"

钱镠说："你才跟我开玩笑，我一直都好好的，没病没灾，大清早问我是人还是鬼，到底怎么回事？"

甄灵锋听后，才吁出一口气，说："钱弟啊，你没事最好了，前阵听说你出了事，可让哥伤心坏了，具体什么事，你就坐下来，好好听哥跟你说吧。"

钱镠听着，果真先进铺坐了下来。

甄灵锋再说："老弟，是这样的，有和你一起出去挑盐的回来，说你们在野店过夜，半夜里来了官差，还带着不少兵丁，把整爿店给围了起来，然后把住店的一个个给逮了，有人不肯束手被拿，起了冲突，在冲突中死了人，说是之后差人把活人和东西都带走了，而死人，就被扔进了曹娥江。回来的这个人，是半路上趁人不注意，黑暗中滚下深沟，才逃了回来，而你钱婆留长时间都没有回来，说你肯定死了，被扔进曹娥江，冲进大海喂鱼了。"

钱镠听笑了，笑着说："可不是嘛，这事我也早知道了，昨天刚回到家的时候，把我爹娘也吓着了，我阿婆也抱着我大哭了一场。"

甄灵锋说："真没想到，你竟然又回来了。"

钱镠说："我钱婆留福大命大，就算潮王也叫我打上三扁担，怎么可能被喂鱼？"

甄灵锋说："老弟能回来，太叫人高兴了！"

钱镠忽而左右看看，现出有些局促的样子，再忍不住了，悄声问："灵茵妹妹，她在家可好？"

甄灵锋听问，使劲拍了一下大腿，重重地叹口气，说："她不在家了，嫁人了！"

钱镠一听愣住了，一时反应不过来了，只愣愣地问："灵茵嫁人了？是真的？"

甄灵锋说："是真的。"

钱镠听后，这才有所反应。一时，只觉得肚子里一阵翻江倒海，接着绞痛，也就艰难地再问："怎么回事？她怎么就嫁人了呢？嫁谁了？"

甄灵锋说："唉，要说这位妹夫，你也是熟悉的，就是董昌。那时董昌与你同来铁匠铺，见到了茵妹，不想就惦记上了。他从狼山回来，平乱立了功，得了朝廷的封赏，做了石镜守将，之后就来甄家提亲，凭着自己的权势，说是提亲，也就是强娶，当时就说了，甄家要是不从，就先把这个铺子掀了，再把甄家人赶出临安城。我爹有病，娘老了，要是他真来硬的，那怎么办？"

钱镠听着，一拳砸在了砧台上，骂道："这个人竟然是条恶狗，那日就该把他给劈了！"

甄灵锋再说："还有呢，董昌其实已经有了正房，我妹妹去了，不过是个妾，还听说他的正房夫人不是省油的灯，妹妹进了他家，恐怕是进了油锅，天天都是煎熬。"

钱镠把牙咬得山响，恨恨地说："这个董昌，我迟早要会会他！"

甄灵锋叹口气，再说："我也知道，妹妹心里惦记的人是你，可是，当时得到消息，说你被沉入了曹娥江，回不来了呀！她去董家之前，一直哭，一直哭。唉，这人，都是命！婆留弟，事情已经这样了，你就忘了她吧。"

钱镠蹙着眉头，捏着拳头杵了半天，才想起自己另一只手里拿着的东西，连忙把东西放下来，再对甄铁匠说："这是给茵妹带的，我答应过她，给她带山阴县的香糕，一定要帮忙交给她，还要替我给她捎句话，叫她无论如何，开心一点。"

几天后，钱镠得到回话，说是甄灵茵已经收到他的东西，也收下了他的话，还给他钱镠捎来了回话，说是他别再惦念她了，她过得挺好。

灵茵还说，西山袅柳里有户姓吴的人家，是她的姨家，有个姨表妹叫柳青，长得比她更聪慧水灵，钱镠要是有心，不妨过去看看。

钱镠哪里也不去，他一个人，浑浑噩噩地走，一直走。失魂落魄的一个人，看花不是花，看草不是草，也不知道走到了哪里。忽然一抬头，看到眼前一块大石头。记起来了，这块大石头叫石镜，曾经照出过他的人影，还金冠蟒袍呢，真是好笑。看这大石头还在，只是石头上蒙了一层青苔，什么石面如镜面，什么照得见人影，又什么照得见未来，全都看不到了。也便慢慢腾腾走到了山顶，走到石崖前，一屁股坐下来。

看看吧，眼前是临安城，这是叫个家乡的地方。以前，只觉得那些草坯与瓦房，那些人来与车往，那满城的飞花，那满城的烟火，都与自己息息相关。可现在，无端觉得，眼前所有的一切，都与自己疏远了，再无关系。

是啊，那个人，她离开了呀！

那个人啊，知道她在哪里，她在高墙后，华屋里，深帐中，她还在眼前的临安城里。她，她怎么样了？对了，她说她好，她说她过得挺好。是啊，自己也希望她过得好。好，便是好，比什么都好。可是，怎么这颗心就是放不下呢？还有，自己这浑身上下，怎么就提不起一点劲来？

曾经的健步如飞呢？曾经的翻山越岭呢？曾经的蹚江过海呢？曾经的怒打潮王呢？

此时的钱镠，恍惚中又看见，他的眼前出现了无数个自己，无数个影子，在奔，在跑，在飞，就好像逐日的夸父，是那样信心满满，不屈不挠，任凭风雨雷电，甚至天塌地陷，都无法阻挡自己前进。可眼睛一抖，这些人影一个个倒下，成了一张张被抽去骨头的烂皮。

但是她，她一定不希望看到自己就这样消沉下去。她一定希望婆留哥好好的，像以前一样活蹦乱跳，生龙活虎，坚不可摧。

那双深黑幽幽的眼睛又出现了，就在眼前呢，这双眼睛一闪一闪地，说出了许多话，这话别人听不懂，只有钱镠能听懂，说的是，婆留哥，只要你好好的，我也好好的，我们就一定能再见面……

是啊，要好好的，只有好好的才能再见面。

醒悟过来，告诉自己，要振作起来，一定等到与她再相见的那一天。

钱镠相信，会有那一天的。

一定有。

钱镠决定，去趟袅柳里。

戴先生来到钱家时，钱镠没在家。戴先生看到，钱家原先的茅屋旁边，已经盖起了一座新楼宅。这新宅前院后楼，占地宽广，院子里种植了绿树鲜花，楼房墙面整齐，黑瓦飞檐，算得上是暴发户的模样。

只是钱宽夫妇依旧住在茅屋里，并没有住进新宅。走进茅屋，看到钱宽在修理农具，水丘氏在一旁洗衣择菜。见戴先生来了，夫妇依然热情迎接招待。只是面对先生，夫妇的脸上讪讪的，似乎自己做了什么错事，愧对先生。戴先生也就不说别的，只说大郎干得不错，已经积累起家底了。他又问夫妇两个，为什么不搬进新宅去居住，还说总不会是钱大郎不懂孝道吧。钱宽才说了，是他不去住。他始终认为，儿子走的不是正道，赚了不该赚的，所以，就算儿子盖了座王宫，他也不稀罕。

戴先生听后，点头笑了笑，只说钱老哥倔犟，倒也正气。

戴先生这次过来，并不是和钱宽一样，来斥责钱镠的不是，竟然是来给学生保媒的，保的是他郎碧本家的一个闺女，叫碧云，说是长得容颜端庄，性情温良，品貌端淑。

钱宽听了，什么话都不说，只摇头叹气。问他为什么叹气，是不是嫌弃姑娘家小门小户，与发达了的钱家不般配。

钱宽再深叹了一口气，说："戴先生啊，有你保媒，那姑娘肯定是十足的好，同样的门户，哪里敢说嫌弃的话？只是，就怕好姑娘跟了他，被他糟践了。大郎这个不孝子，他要是继续干这样的营生，今天出门，保不定明天还能不能回来，上回，就以为他被打死沉了江。所以，先生你说，要是真有个不测风云，是不是害苦了人家的好女儿？"

戴先生说："说不定娶了亲，大郎就收心了。他是个有头脑有主张的聪明人，我相信，只要他认准了大道，就一定能够另外开拓出一番事业。"

钱宽听后，倒一下展开了眉眼，只说："有你戴先生这句话，我和他娘可就宽心多了。"

戴先生微笑，便问："那郎碧的姑娘，钱老哥可有心？"

钱宽说："我这就和他娘去准备些礼品，同你去郎碧提亲。"

垄坞钱家与郎碧戴家顺利定下了婚约，紧接着便商定婚期。

可钱镠他，竟然说不娶父母定下的女子，要娶，得娶他自己看中的。

这还了得，儿女的婚姻大事，必须遵照父母之命、媒妁之言，哪有男女自个私定终身的？要知道，男女授受不亲，要是私定下终身，那是风尘女与浪子哥才会干的好事。正经的人家，哪里会允许家中发生这样的丑事？

看来这钱家大郎，真的是胆大妄为，连家规族约，他也胆敢违抗。再说，贩卖私盐的事，最后由了他，要是婚姻这件事也由他，钱氏族长肯定会站出来说话了，轻则拿族规问话，重则将一家老小踢出族谱。这人出了一趟世，家谱上连个名字都没有，百年后怎么有脸去面见祖宗？

这时身为一家之主的钱宽，放出了狠话，钱镠必须把戴家的女子娶进门，必须按期迎亲完婚。

这是十个钉子敲下去，钉钉敲定了。

但是钱镠到底不是一般人，要是一般人，父亲的话说到这份儿上了，也就只有听命，只有服从。钱镠他，他拧啊，拧得十个钉子都钉不住，钉住双脚还要踢，钉住脑袋还要拱。

不过呢，拧归拧，父命难违，真违了，实在是大不孝。钱镠可以做牛做马，但是不能做不孝子。最后，钱镠还是妥协了，他愿意迎娶戴碧云，但是有个条件，把裒柳里的吴柳青一同娶进门。还说，对外讲，可以说戴氏是妻，吴氏是妾。在家里，对她们两个，要同等对待，同是夫人，不分大小高低。否则，他就干脆不娶了，去西径山双林寺出家当和尚。

话已经说到这个份儿上了，还能怎么样？自家的孩子，从小到大，是一天天看着他长大的，他的性格，又不是不知道，他的话既然说得出来，也一定做得到。

在水丘老夫人与水丘氏婆媳俩的好说歹说下，钱宽也只好后退一步，无奈地点头答应下来。也就给戴家、吴家双双下去聘礼，选了吉日，要同时迎娶两位新媳妇。

同一天迎娶两位新娘？那不成两顶花轿一同进门了？

不过呢，钱镠话说在前头，也同戴家、吴家都商量好了，排面上还是戴家先进门，吴家后进，所以并不是齐头并进，不至于撞在一起。

怎么说呢，两顶轿子同一天进门，在临安城绝对是桩新鲜事。

眼看良辰吉日已到，钱家宅院里一派红艳，唢呐声里，鞭炮齐响。先一顶红轿抬了过来，进了大门，落地；紧接着，一顶青轿也抬了进来，同样落下。

这真是双喜临门。

这一天，临安的男女老少都跑来钱家看热闹，里三层，外三层，密密麻麻。站在前面的，被东挤一下、西挤一下，差点鞋子都掉了；站在后面的，只看到一个个人头在簇动，想看两位新娘子，裙摆都没能看上一角。

这时候，新郎钱镠从家中走出来了，只见他身穿红袍，头簪金花，脸上带笑，展肩挺胸，双手抱了拳，朝着四方拱礼，给眼前的一众亲友乡邻致谢。

一面，新郎迎向双轿。

一时间，唢呐齐响，遍地鞭炮炸开。

各从轿里扶出一位新人，都是红衣红裙红盖头，一派鲜艳喜气。

戴先生肯定到场了，作为保媒人，特意整理了一回，旧衫外面也罩上了才浆过的新衫，直挺挺、硬邦邦的，竟显得比平日更拘谨了。他手里提着一只送亲的喜篮，随着花轿进门，连忙行礼道贺，接着就被迎进了厅堂。

董昌也来了，既是朋友又是亲戚，两重身份来赴喜。众人见了他，都称唤一声"董大人"。他董昌也就拱手回礼，满脸是笑。看得出来，这位也才做了官又得了美妾的男子，春风得意，都写在了这张年轻的脸上。

钱家人内外迎客，好不忙碌。

钱镠的一些弟兄发小，高彦、成及还有甄灵锋甄大哥，都来了。大伙一起帮衬着，替好兄弟招呼满堂的亲朋好友。

再看，厅堂里的新郎钱镠，他伸出左右双臂，挈了一双新人，穿过廊台，步向正堂。

正堂，宽大的正壁上，挂着巨大的"喜"字，四周布着红花帘幔，幔下又是条桌方桌，条桌上摆着香炉香烛，一对大红的香烛身上也贴了金箔剪成的"喜"字，各燃起一簇红红火苗。桌上还摆布了各色盘盏，盘里喜瓜喜糖；又有茶盏，盏中香浓茶水。

桌两边是靠椅，钱宽和水丘氏分男左女右各坐了。

仪式开始，先是三人同拜了天地，再拜了高堂，接着便是夫妻对拜。这夫妻对拜，与别的新人可就不同了，别的新人夫妻对拜时，那是面对面躬身相拜。他钱镠这里呢，少不了左拜一回，紧接着右拜一回。不过行礼时，左右两边盖头下的新人，安静地配合了，没有出现不妥的迹象。看得出来，一起进门的两位新人，都是贤淑节制的女子，心胸一定与常人不同。

婚礼完毕时，再看高座上尊堂两位，母亲水丘氏一脸慈和，眉眼间尽是欢喜，但父亲钱宽却拉长了一张脸，又拧鼻子又皱眉，竟然没有半点喜色。要是让他老人家开口，说不定嘴里马上迸出两个字："胡闹！"

闹就闹吧，闹了一阵，亲也就结成了。

就在同一座城里，有一堵高墙，高墙后有一株桂花树，桂花树的后面有扇窗，窗门敞开了，窗下有妆台，台上摆着镜子。镜前，有个人坐着，正对着镜面在给自己描眉。原来是两条含喜带俏的柳叶眉，眼看描重了几笔，反而成了落叶眉。

也就停下手，丢了眉笔。这时候，远处传来爆竹声。听着，只觉得一声比一声响，一声比一声脆。又响又脆的爆竹声，嗖地蹿入人心，再啪啪炸开。炸开后，不见漫天红艳的礼花，只见镜中两片飘零的落叶。

耳畔隐约响起陈年旧唱："我窦花开时，侬在放牛呀……"

贰

风云乍起，乱世英雄总辈出

战乱

京师长安，龙首山川呈秀丽，古铜宝镜现繁华。大明宫，楼宇重叠，亭台相接，更有绿树红花，鲤池龙泉，一派皇尊气象。宣政殿，巍峨华彩，殿前两排高高的台阶，中间丹陛上，雕刻着九龙凌云的图案。朱红色的殿门敞开，宽大的殿堂中，两排盘龙柱，褚色大柱，龙身盘绕，龙鳞如刀是凌厉，龙目含珠带威严。正上方，摆放着金光闪闪的座椅，便是龙椅。

龙椅上，端坐着大唐皇帝李儇。

他李儇在十二岁时，父皇唐懿宗殡天，他在灵柩前即位。从此，曾与李儇交好的宦官田令孜一改身份，成了左军中尉，还成了这个年轻皇帝的阿父，把控朝野，呼风唤雨。时间过去了五年，李儇已经十七岁了。

李儇他人呢？

他在后庭踢球。看这位少年天子，早已除掉了身上的衮冕，把一件赤黄色的袍衫卷起一角，系在玉带上，把一双天子龙靴，当成了球鞋，带领一群皇家侍卫，疯狂地踢起了蹴鞠。只见他左冲右突，飞起落下，把个蹴鞠玩得溜溜直转，有形无影。侍卫们也就扔掉了刀剑，脱去了硬甲，陪着皇上踢球，一个个挥汗如雨，左拦右扑。然后，眼看侍卫们体力不支，出现漏洞，李儇飞起一脚，球进了。

得胜的李儇，好不得意，在宫女、宦官香扇盥巾的拥簇下，走下场来，对着拍手叫好的田令孜说："阿父，要是全国举办击鞠大赛，朕一定能拿个状元！"

田令孜掩藏诡心，展开笑眉，说："陛下参赛，哪个能敌？肯定是状元。"

长安城外，由南到北的官道上，一匹军马在狂奔，一口气奔到了城门下。

马上的将士举起手中的文书，大声向城门守将报告："八百里加急！"

守将打开城门，放下吊桥，报急将士直奔大明宫。宫门外，人马仆地倒下，力竭的报急将士，用最后一口气，递上报急文书。

宫门内，侍卫向田令孜通报："中尉大人，陈留、山东来报，匪贼黄巢，率领群匪摇呼北上，直扑长安！"

田令孜道："不就几个蟊贼嘛，蚂蚁想撼树，自不量力，成不了气候的，用不着大惊小怪。下命各地守将，要是见了这些小蚂蚁，踩死就是了。"

李儇问："阿父，有什么事吗？"

田令孜答："陛下，没事，如今天下太平，哪里有什么事。就算有一两桩小事，老臣自然会替陛下处置，请陛下尽管放心。"

李儇说："阿父真是大唐的第一大忠良，有阿父在，朕还有什么不放心？"

长安以南，在中原，在山东，有一支支队伍正在河川山谷间移动。看看这是什么样的队伍：没有整齐的队形，没有锋利的武器，没有统一的服饰，没有鲜艳的旗帜。他们中只有少量的马匹，绝大部分人步行，不管是领头的还是跟随的，一身褴褛，手里抓着或刀或棍或者一把锄头，而且旗帜也就是一块旧布，布面上写着大大一个"黄"字。

田令孜说得没错，这样的队伍，不就像蚂蚁迁徙吗？

但是，自从王仙芝在长垣起事，黄巢在冤句响应，起义军已经攻克濮州、曹州、郓州、沂州、淮南等地。所到之处，深受官逼府压的民众揭竿而起，纷纷加入其中。王仙芝攻汝州，枭唐将，进阳武，取黄州，接着取舒州、庐州，一时间威名震天下。不久后，王仙芝在黄梅激战中战死，义军人马归黄巢统领。

黄巢，他正在大军之中，骑一匹高头大马，头上束巾，身穿铠甲。只是呢，他手里拿的，不是一件刀叉戟之类的兵器，而是一卷书。

难道，振臂一呼，指挥万千义军的，是一介书生？

不错，黄巢是一介书生。

他是曹州冤句人，祖上也是靠贩私盐起家，到他这里，早就家境殷实，成一方富豪。黄巢从小读书，也从小就有抱负，想通过读书科考这条人间正道来实现他的人生抱负。只是几次应试，都没能上榜。可他认为，导致他落榜的，是奸贼弄权，是官官相护，是群鸦遮天蔽日，也便写下一诗，诗名为《不第后赋菊》：

待到秋来九月八，我花开后百花杀。

冲天香阵透长安，满城尽带黄金甲。

队伍中发出呼声，要求推立黄巢为王。黄巢安抚众情，自称冲天大将军。稍后，面对群情激昂的追随者，黄巢下令，队伍兵分两路，一路挥师北上，攻打长安，另一路南下，攻取杭州、越州等地。

临安钱宅内，看看钱镠原配夫人戴碧云的房间，一张漆花新月床，床上青花帐，同样青蓝色的被褥，还有两个白釉枕。一大早，床被已经叠上了，叠得整整齐齐。看来，碧云已经早早起了床。再仔细看看这个女人，一张鹅蛋脸，脸庞略略宽大了一点，脸面白皙，两道眉毛像新月，弯弯软软的，一双珠凤眼，不偏不斜，温软周正。正像戴先生所说的，是贤良端庄的女子面相。

只见碧云早早梳洗之后，来到公婆房里，侍奉公婆起床。公公钱宽下床，却摆摆手，让儿媳妇出去，他自己来。碧云以为公婆嫌弃她，便回到房里，一个人偷偷地抹了把眼泪。

一会儿，婆婆水丘氏过来了，碧云连忙拭去泪水，装作没事的样子，软软地唤一声："娘。"

水丘氏拉起儿媳妇的手，说："孩子，娘知道，你受委屈了。"

碧云说："娘，你说哪里的话，我没受委屈，我就怕侍奉不好爹和娘，让爹娘嫌弃。"

水丘氏说："你公爹就那个脾气，你不用放在心头上，娘心里过意不去的，是大郎，这么长时间了，总没见他来你房里，那边房里，柳青都已经怀上了。"

碧云听婆婆这么说，便红了脸，赶紧低下头去，说："娘，没事的，我不会嫉妒妹妹，她有喜了，能早早为钱家生养，这是天大的好事。"

水丘氏说："真是个心性宽厚的好孩子，你放心，有爹娘在，大郎迟早会转变心意，爹娘相信他不会薄待你的，会把两碗水都端平。"

在另一间房里，钱镠还躺在床上，吴柳青催他起来。这房里，描金雕花床，红被褥，红罗帐，连瓷枕也是秘色釉。这柳青，一头乌发还披散着，黑瀑一样，在晨色里闪着亮光，脸面也是鹅蛋形，更瘦长些，鼻梁高挺，嘴唇丰润，身上紫衣蓝袄，脚上绣花软鞋，真真是个美人。也正如甄灵茵说的，表妹的容貌更胜于表姐。

再看柳青，自己先梳洗了，再过来，坐上床沿，细声软语地跟丈夫说："一会儿爹娘和大姐都起来了，就你还赖床上，听话，早点起床。"

钱镠抹着眼睛说："这多少年东奔西走，从来睡不上一个囫囵觉，昨天又拉了一整天的弓，手臂都拉酸了，今天好歹多睡会儿。"

柳青说："也不是不心疼你，只是不想你我让公爹和婆婆操心，再说你也快当爹了，希望你给孩子做个好榜样。"

拉过丈夫的手，放在自己的小肚子上。

钱镠的手被二夫人温柔地拉着，贴在她的肚皮上，似乎感受到了肚皮下孩子的踢腾打闹，便咧嘴笑了起来，一面掀开身上的被子，跃身而起。

他大声说："没错，我要做爹了，爹必须给孩子们做出个好榜样！"

再说，现如今的钱镠，已然不是那个走私贩盐的野脚汉，他用贩盐所赚的钱，置办了田产，又经营了各色买卖，没出几年，早已家底厚实，呼喝一方。

他的手下，聚集了一大拨人，大家称兄道弟，歃血结盟，每天一起放马拉弓，一起磨枪擦剑，似乎成了临安城里一股暗中涌动的势力。

这时候，有消息传到了临安城，说是中原有人起事了，冲天大将军凭空出世，大旗一展，呼呼啦啦，南呼北应，天下归心。有可能，这李姓王朝长不了了，江山社稷很快要改名换姓了。

有兄弟提醒钱镠，乱世风云起，正是好时机，一定会英雄辈出，遍地开花。我们不妨也效仿人家，揭竿义字旗，杀出一条血路，占领一方山头，将来不管招安还是入伍，说不定都能弄个头衔光彩光彩。

钱镠听到，内心也有了三分动摇，只是不管是扯旗还是落草，只要踏出一步，要是想回头，恐怕就没那么容易了。而且想好了，一人起事，全家老小的人头也就系在裤腰带上了。

却有一个小声音在他耳朵里说，这样的事情太重大了，千万不能凭意气来，要三思而行啊，最好还要听听别人的意见。

这种事情，又能听谁的意见？可不能跟一般的人说呀，要是说了，来个举报，那守军会连夜围了家院，自己活不活得成且不说，家人也要跟着受罪。

钱镠想着，有一个人或许还是可以谈谈。谁？戴先生。

戴先生是钱镠的蒙师，虽然钱镠没有朝他希冀的方向行进，但戴先生还是对他另眼看待。一日为师，终身为父，说的或许就是这个道理。

戴先生已年迈，已经不在坞垄里开馆，而是回归郎碧的田园了。

说这郎碧村，还是碧云的娘家，钱镠的泰山家。去前，钱镠准备了不少礼品糕点，一来要拜访戴先生，二来也得走走亲戚。问碧云是否想回娘家住几天，碧云一听，马上腮上飞起红彩，高兴得不得了。也就准备了马车，夫妻同乘，一早就告别家人，从坞垄出发了。

去郎碧村，要经过苕溪，从南岸过苕溪长桥到达北岸，再往西面走。一路走时，眼前尽是阡陌小路，仅够一马一车通行，也就让车马慢慢地行走，也好看看沿路的风景。

眼下已经过了清明，寒冬逝去，天气晴暖，沿途只见绿树繁花，青草春柳，一片兴旺生机。再看身前的田塍阡陌上，开放着星星小花，一朵朵，一簇簇，有蓝有白有红，把乡野装扮得像绿圃花毯一般。

碧云见了家乡熟悉的景致，不由舒展开眉头，甜甜地笑开。

钱镠看在眼里，原来自己的这位大夫人，笑起来的时候，双眉好像迎风的柳叶，双眼像盈盈的秋水，看起来，如同眼前春光一样温暖柔和。而自己，自从她进门，却从来没用正眼去好好看过人家一回。

他一时间有些动情，抓起夫人的手，和悦地说："碧云，从今往后，你可以入冬后回到娘家，待到春风和暖，陌上花开，再缓缓回家。"

碧云想不到夫君这样通情达理，不由泪光闪烁。

钱镠和碧云先到先生家，给先生和师娘行礼。戴先生已经须发花白了，坐在茅舍里，还是手不离卷，卷不离手。

碧云行过礼，放下礼物，便先要回娘家门。戴先生要送碧云一程，师娘说要她送，戴先生摆摆手，让她给钱镠上茶。

路上，戴先生问碧云，在婆家可好，钱镠待她好不好。

碧云说，公婆都好，提到钱镠，迟疑了一下，还是点点头，说也好。

戴先生看在眼前，也就明白了。

见碧云娘家的房舍已经在望，戴先生也就让碧云前去，自己止步回家。

对于高足钱镠的到来，戴先生似乎并不意外，但显然很高兴，拈着白须，笑眯眯地朝人上下瞧瞧，让老婆子杀鸡，还特意吩咐打一壶酒来。

再看看眼前的这位高足吧，一张方正的脸庞，双眉如剑，双目炯炯，脸颊上透出红光，加上肩宽臂壮，脚稳如山，狮虎气势，身上发出的豪光能射到三丈开外。

一目了然，绝非凡类，戴先生也便暗暗感叹自己当初并没有看走眼。

一时酒菜上来，师生间也就免了往日的拘谨，推杯置盏喝了起来。

在先生面前，钱镠想问那句话，但终究没底气把事情直接说出来，想了想，只说如今天下好像不太平，中原有人举旗了，自称冲天大将军，想听听先生对这件事的看法。

戴先生呷口酒，看着钱镠，再慢慢地道来。

戴先生说："揭竿的事情，史书多有记载，别的不说，陈胜、吴广算一回吧，想那秦国，从始祖秦非子开始起家，庄公破西戎，襄公封诸侯，孝公用商鞅，惠文称王，直到嬴政灭六国，兢兢业业建营了六百年，华夏方才成统一，可一旦陈胜、吴广大泽乡起事，又有刘邦、项羽雄起逐鹿，也就纷乱瓦解，烽火遍地，英雄辈出。不说江山易主的事，只说百姓，乱世中会有好日子过？免不了民不聊生，生灵涂炭啊！后继有汉主大才，才能再统一，让天下百姓又得安耽数百年，汉末再乱，三国鼎立，魏晋乱，有我大唐圣主开河，从高祖皇帝到如今，已历经二百多年了。天下兴亡，总逃不过分久必合，合久必分的道理。如今一旦起事，天下恐怕又会大乱了，打来杀去，受苦受难的同样是百姓苍黎啊！"

钱镠说："恩师是仁者，学生敬佩，面对眼前这乱世，学生应该做点什么？学生想听听恩师的教诲。"

戴先生说："照我老头子说，打打杀杀的都不是真英雄，谁要是能在乱世中保住一方百姓的平安，那才是真正的英雄。"

钱镠听着，也便若有所思。

戴先生问："老头子的话，你听懂了吗？"

钱镠点点头，又摇头，说："恩师，学生愚笨，只听恩师说打打杀杀的不是真英雄，能保一方百姓平安，才是英雄。"

戴先生说："只要你能听懂这一句，就够了。"

钱镠还是想问先生，他该不该学冲天大将军做事，但是又觉得，先生好像把该说的都已经说明白了，自己该怎么行事，还是自己定夺吧。

戴先生却又说话了，他说："近日我翻了几册市井旧书，都是些俚俗故事，不过觉得其中几则也有点意思，不妨说一则给你听听。这一则，说的是汉高帝刘邦与帝后吕氏，据说他们两个还在早年，相互间并不认识，却被同一个跛足道人看过相，那道人竟然没看出刘邦有龙相，却说吕氏有异相，说她那是母仪天下的容姿，后来的事也便知道，刘邦成了天子，吕氏成了皇后，之后乡野也便有人谬议说，或许不是刘邦有龙相，而是吕氏有凤容，也就是说，谁娶了她吕氏，谁就会成为龙御天下的真命天子。"

钱镠道："还有这样的事？真是有趣。"

戴先生笑笑说："乡野趣谈而已，喝酒喝酒。"

壶中容易尽，师生情谊长。钱镠只觉得在戴先生这里又学到了许多，似乎是再次得到了开蒙。当下，告别先生与师娘，拜见泰山之后，也便携夫人离开郎碧，回到了家中。

回来的当晚，钱镠没有去二夫人柳青那里，而是进了大夫人碧云的房间。

渡仙桥

得到消息，黄巢军已经攻到宣州城下，待拿下宣州，即将从皖地进入浙境。临安与宣州毗邻，无疑是黄巢军赴浙境的通道。极可能进入临安，一番扫荡之后，再直取杭越。

作为临安守将，董昌也就带领手下人马，日夜操练，只是他麾下的兵将统共不到二百人，而黄巢军，号称有数十万。让二百人马去抵挡数十万的大军，这不是笑话吗？

董昌不免觉得丧气，想自己原本可以安心做阔少，富裕畅快地过日子，可竟然一时血心来潮，想在功名利禄这条路上钻营，真是大错特错了。

回到家中，苦着一张脸，进了如夫人灵茵的房间。却看到灵茵坐在梳妆台前，台上放了面镜子，从镜中明明照出是一张白玉俏脸，却好像凝着一层霜，冷又阴沉。看在眼里，董昌愈加郁闷，也便自行解了腰带，去了青褴，身子往床上一挺，说："茵妹，你是不是又不开心了？"

灵茵这才转过脸来，看着眼前人，淡淡地说："看不到田野，见不到桑园，成了一只笼中鸟，还谈什么开心不开心。"

董昌听了，皱眉说："茵妹，你不就是个打铁人家的姑娘吗？我董家，有权有势还有钱，在这临安城里，只要我看上哪家姑娘，哪家都会笑逐颜开，可把你娶进门后，怎么就不能端点好脸色出来让我瞧？"

灵茵脸上依然平静，冷冷一笑，再说："你那是娶我吗？半夜里一顶素轿，连大门都不能走，挤着偏门进来，往西屋里一放，真是比嫁给住草棚的人家都不如，只有东屋那位的排场，才叫娶。"

董昌说："你瞧瞧，你瞧瞧，这床，千工百子描金床，床上的东西，金绡罗绫帐，十彩织锦被，都是难得的东西，连你桌上这面镜子，知道是什么镜吗？它叫六鼻云母镜，在临安城里，恐怕找不出第二面了，难道你就一点体察不出我对你的心意？"

正说时，楼下却又传来了叫喊声，是又酸又辣的尖嗓门儿。

那声音说："有人整天摆个苦瓜脸，还就有人爱看，老娘我命苦啊，身子都这么重了，也没人愿意瞧上一眼，啊哎哎，小子又捣腾了，想踢死老娘啊——"

正是东屋那位，姓杜，自恃娘家有些来历，有叔伯在主管盐铁的任上，她便不把宅中上下放在眼里，加上挺上了大肚子，更恃贵而骄，整天在宅院里呼三喊六，指桑骂槐，直闹得宅中鸡飞狗跳，童仆抱怨。

这杜夫人倒也眉黑唇红，鼻挺脸削，模样标致，只是应该早年出痘时护理不当，鼻翼间留下了几颗麻子。只要火气一上，脸面张开，白麻子便颗颗跳跃，异常显目。

甄灵茵面对这号泼辣主，实在不屑于去争辩。惹不起就躲，也就躲在屋里不出门。只是，你虽然想躲开，人家却未必肯放过。日常间，就算眼睛不去看，耳朵里到底难清净。

董昌听到呼喝，也不敢怠慢，拍一下灵茵，算是宽慰，他自己巴巴下楼，上前去搀扶河东狮。

董昌好心好气地说："好夫人，快歇着吧，别闪到身子，伤及我的麟儿。"

杜夫人便哼了一鼻，撇了嘴角说："三天两头不见回家，回了家就往西屋跑，是看我满脸麻子，人家是天仙美女，是不是？"

董昌只好赔笑，说："看夫人这张俏脸，跟雪一样地白，哪里有什么麻子？"

杜夫人还是不依不饶，说："我的脸要是白成雪，那不是成死人啦？是不是嫌我在这家里碍眼，咒我早死？"

董昌只得低眉说："岂敢岂敢，要死让我董昌死吧，夫人百年千岁。"

杜夫人听着，倒嗤地一口笑开，说："你也不能死，你要是死了，我肚子里的孩子可就没爹了，还是让该死的人去死吧！"

这样的话，被风刮着，被鸟衔着，被树木花草烘托着，全都钻进了甄灵茵的耳朵里。耳朵痛啊，痛得红烫。可只得咬紧嘴唇，生生地咬出血印。

却把一枚铜钱握在了手心里，越握越紧，好像想嵌进肉里。

钱镠呢，还是与一群人耍枪舞棒。

这一天，众人还在挥舞，他却停了手，一个人出了门，又去青龙桥，进了甄家铁铺。早就订下一根禹王槊，这回已经锻造好了，只见槊锋尖锐，槊杆数米长，舞动起来，猎猎风响，十分称手。他与灵锋兄弟闲聊了几句，也就提槊走了。

钱镠提槊回到家，再跟大伙发话，说是谁要是耍个花拳绣腿闹着玩，那就抬屁股走人，想要留下来混，必须得舍出血汗乃至性命来真刀真枪地干。还说哪个要是受了伤，不仅付给药钱，还赏酒，赏烧鸡。

结果就是，一群人果真舍得命来打斗，从鸡叫闹到鬼嚎。当然，每天赏出去的酒几大坛，烧鸡也有好几只。

这样打着斗着，有人还是觉得不过瘾，向钱镠撺掇说："婆留哥啊，天天在窝里闹腾，到底没意思，不妨去外面展展手脚吧。听说冲天大将军已经攻打宣州了，这会儿只怕已经攻下了，要是赶去入伙，跟随他们去闯四方，你我的天地可就宽广了。"

钱镠也厌倦了小打小闹，真想闯一闯大天地。只是想想，父母会让自己这么干吗？父母年迈，二夫人刚生了孩子，自己一头扎进宽广的天地，他们怎么办？再想想，戴先生又是怎么跟他说的，恩师没说让他去与不去，只说能保护百姓便是英雄。那么，打贪官，杀污吏，除尽所有鱼肉百姓的家伙，不就是保护百姓吗？而且自家的妻儿老小，也是百姓，自己入江入湖，不也是为了保护他们？

这么一想，心就松动了，再想到在宽天厚地中舞大槊，越发迷了心窍，加上弟兄们一个比一个劝得紧，不由一腔热血冲上了头顶。

只听得钱镠大喝一声："弟兄们，走！"

当下提枪的提枪，带刀的带刀，扛槊的扛槊，一帮人出了临安城，往西直奔。

要去宣州，可以往於潜县境的千秋关，也可以过昱岭关。过这两处关隘，直通徽州地界，再往西北，便是宣州。

出门前，连爹娘，以及两位夫人，都没打个招呼说一声呢，甚至连孩子也没看一眼。当然，要是说了，他们肯定会拦着，说不定娘和俩夫人还会一把鼻涕，一把眼泪。他怕自己见后会心软，过不了那关，干脆就不打招呼，走了。

离了临安城，先到一处叫下圩桥。下圩桥旁边有个村子叫袅柳里，那便是二夫人吴柳青的娘家，也是钱镠的泰山家，更是新生儿钱元璙的外祖家。老泰山已经不在了，只有岳母吴老夫人守着家门。风烛残年的老人，在她门前经过，应该进去探望一回。但是怕耽误时间，更怕暴露行迹，也就免进了。只是遥遥对着门庭，作了一揖，便一阵风似的往前走了。

再往前，又是一座桥，就叫袅柳桥。

一行人正要过桥呢，却只那边有人先上桥，占了桥面，一步步慢慢地渡桥过来。这过桥人头上戴着个笠帽，身上穿的却是僧衣，脖子上还挂了佛珠。

只见僧人走到桥头，并没急着下桥，倒向一众人双手合十行了个礼，又朝众人看了一眼，那眼光和软如风，又疾如闪电，最后落在了钱镠的身上。

僧人问："贫僧如果没有猜错，眼前这位便是临安城里的钱镠钱壮士吧？"

钱镠有些惊讶，便问："师父法眼通透，只是不知道怎么会认得在下。"

僧人说："贫僧是西径山双林寺的住持洪湮，看你目带虎威，身形似塔，加上一路过来，脚下生风，直叫草木让路，想这临安城里，除了钱壮士有这样的威风与神气，只怕再找不出第二个了，所以贫僧才敢断定，眼前这位便是钱壮士。"

钱镠便笑起来，说："法师，你为什么不在双林寺，倒在这袅柳桥头？"

洪湮法师说："贫僧受菩萨吩咐，特意从西径山下来，等候在这袅柳桥边，想要度你钱壮士。"

这时候，队伍中有人听他说了这么多，还占着桥头不离开，早就不耐烦了。

有人就大声骂起来："秃驴，快回山上去守你的庙吧，别拦在这儿耽误我们干大事！"

洪湮法师却还是不让，顾自合起双掌，念一声："阿弥陀佛，诸位稍安毋躁。"

有人又要暴跳，还要骂人。

钱镠一扬手，把不知轻重的人给制止了。

说起来，钱镠与寺院佛门还是有段缘分的。就在一次挑盐的途中，被官差追缉，没有去路，一头逃进了山里。进了山，还是无处躲藏，只看到一处废弃的庙宇，赶紧跑了进去。进庙一看，墙倒梁断，实在没地方可供藏身。而身后，追缉的脚步已经越来越近。正紧张时，却看见神像后面一堆柴草，赶忙把盐担先埋上，人躲不进去，只好趴在了神龛下。一会儿，脚步声到达身后。趴着的人当时想，这么个四面透风的地方，逮他太容易了。实在没有办法，脑中灵光一闪，想起平时常见阿婆遇事会念阿弥陀佛，于是在龛下赶紧默念菩萨保佑，还暗暗发了个心愿，要是这回能避开灾祸，一定给菩萨多多烧香，再如果将来有了出息，一定重修这里的庙宇，给菩萨换上金衣金披，再要是有大出息，就广修庙宇，弘扬佛法。

再说差役进门后对着神龛嘀咕，一个说那里得去搜一搜，另一个说那么小的地方，就算有人钻了进去，哪里藏得住扁担和箩，一定是往前跑了，还是别在这里耽误工夫，赶快追吧。结果，差役就往前追去了，钱镠安然无恙。钱镠从龛下爬出来，对着神像嗵嗵磕头，还说多谢菩萨显灵，将来一定还愿。

所以听洪湮法师说，是菩萨让他到这里来等人的，别人不信，钱镠倒是深信不疑，也对洪湮法师十分恭敬。

再听洪湮法师说："贫僧明白你们要去哪里，要干什么，贫僧还想跟你们再说几句话。"

人群中又有人喊叫："你一个出家人，跟我们有什么好说的？"

再有人喊："是啊，快走吧，回你的庙里念阿弥陀佛去吧！"

钱镠却喝："都别吵，听法师说！"

钱镠一声喝，人群立马安静下来。

洪湮法师摘下笠帽，整整僧袍，对着众人正色说："贫僧刚刚游历回来，据贫僧了解，中原早已是兵马纵横，满目疮痍，这是为什么？据说，义军的初衷是好的，想为苦难的百姓去争权夺天下，这也就得到了穷苦人的纷纷响应，队伍飞速壮大。但是这样的队伍到底是乌合之众，因为统领者的管理不力，纪律不严，劣性难改，以致手下人很快为所欲为，北上南下，一路冲突，不光是与官兵交战，更是打劫扫荡，烧杀掳掠，所到之处田里苗尽，村里人尽，剩下的房屋村舍，全都一把火烧个精光。所以对于百姓们来说，这伙人如今已经比官府、比盗贼更可怕了，听闻黄巢的队伍要来了，全都是跑啊，逃啊。眼前，这支队伍已经南下，就在山那边，很快会来到临安。想想吧，你们每个人，都是家中的顶梁柱，难道你们忍心放下家里的父母亲人不管不顾，就这样只顾自己，狠心助纣为虐吗？"

洪諲法师说完之后，也便移了身子，把桥头让了出来，却又说："你们要是决心加入与民为敌的队伍，贫僧就算想阻拦，只怕也是有心而无力，而你们要是心里有亲人，有自己的父母兄弟与儿女，想与他们同生共死，那就回去吧。"

钱镠思量了好一会儿，想起戴先生说的话，保证一方百姓的平安，才是真英雄。脑子里便出现田园里青青的禾苗，家中的老父老母与妻儿，想到自己挑盐贩盐千辛万苦修建起来的房舍，还有小城里的百姓，那些认识的，不认识的，他们一直都是那样的慎微又平和，勤劳又简朴。

试想，要是任凭马蹄踏过，车轮碾过，千万只脚踩过，大火烧过，一切都将化为肉泥、灰烬。

当下，钱镠发出一声巨雷般的吼声："回去！"

保护临安！

保住家乡！

眼看这一群人，拿枪的拿枪，提棒的提棒，原本不受拘束，狂妄无比，却在钱镠的喝令之下，乖乖地跟着他，转身向东，返还了家乡临安。

洪諲法师见了，不由合掌念道："阿弥陀佛。"

而法师身前的这座裛柳桥，后来就被称作了渡仙桥。

回临安，想要做点事出来，甚至为家乡做点事，那么有条路就摆在眼前，钱镠和他的这帮弟兄，一起去投奔到守将董昌的麾下。

让钱镠做董昌的下手，这心里到底有点别扭。也不能说是别扭，反正就是有那么点不痛快。先说他董昌，虽然从小到大吃穿上比钱镠他们强，但是下河爬树扎马步，他哪里是钱镠的对手？更别说使唤枪骑马拉弓了。再说，心心念念的一个人，竟然被他抢走了，让自己的一颗心，日夜淌血。

如今，要是向他低头，自己还算条汉子吗？

强敌就要犯境了，还有什么好迟疑的，私人间天大的恩怨，都应该抛去脑后了。走吧，同心并肩，一起去迎敌。

钱镠带着一大帮人手来到营中，投奔董昌麾下。

董昌一见，喜出望外。大敌就在眼前，正愁自己兵马单薄，只要有人来投，不管是朋友还是仇人，只要肯为军效力，都敞开大门欢迎。就算钱镠带来的人马也不足百数，但到底队伍还是比之前壮大了，值得高兴。

因为钱镠带来的人马数量不少，董昌请示上级之后，直接给钱镠提了个副将。

董昌和钱镠，太微与紫微，二将双星，终于会合了。

退敌

临安守军，在守将董昌和副将钱镠的带领下，也便夜以继日地操练。

得到最新的情报，黄巢已经攻下宣州，开拔队伍，继续向东南挺进，正向临安扑来。并且，队伍绕过了千秋与昱岭两处险关，经广德，过湖州，再由余杭进入临安。从他们的行军路线看，一定计划着掳掠了临安之后，再扑向杭州与越州。

黄巢军数十万的人马啊，一番掳掠，只怕是地皮也会薄去三尺。钱镠他们也便想，要想保住家园，保住自己的亲人与全城百姓的身家性命，必须拒敌！说到底，既然已经投军成为军人，军人的使命，不就是保家卫国吗？只是让几百兵将去抵挡数十万人马，不就是螳臂当车？车轮一碾，螳螂碎成烂泥。

面对这样洪水猛兽一样的黄巢军，董昌在军营里踱来踱去，一筹莫展。他一定想到，要想活命，只有一条路，那就是走人，带上全家老小，尽可能往西跑，跑去於潜、昌化，那里有天目、大明等高山，深山大谷，苍岩茫林，躲藏一阵，或许能逃出一命。但身为守将，就算这次逃出性命，要想敌退后还乡，朝廷肯定会以临阵脱逃的罪责来处置，到时恐怕还是个死。

左也是死，右也是死，左右都是死，董昌实在无计可施，急得像热锅上的蚂蚁，只在原地团团转。

就在董昌无比窘迫时，忽然有个声音响起来，这个声音说："我有御敌办法！"

听人这么说，董昌先一惊，再一喜，连忙看谁在说话，一看，不是别人，是副将钱镠。

董昌沉了片刻，说："具美，你有什么好办法？"

钱镠说："黄巢军从北面过来，入境处在哪里？就在八百里附近吧，那么，我们就在八百里御敌！"

董昌听了直摇头，说："话是这么说，只是拿什么抵御？现有的人马？人家是数十万的人马啊！除非你有分身术，一分二，二分四，四分八……就算你能分，照这样分下去，大敌马上临境，恐怕也来不及了。"

钱镠道："我不会什么分身术，我也不需要大队人马，我只需要二十骑，当然，这二十骑必须是最精良的。"

董昌一听，把眼睛瞪成了铃铛，用无比惊骇的语气说："二十骑？你具美老弟用二十骑就能御敌数十万？这里可是军营啊，军中无戏言，说了就得算数！"

钱镠坚定地说："我说话肯定算数，只要二十骑，现在就立军令状！"

董昌道："这是你说的，我可没逼你，你要的二十骑人马，由你自己挑！"

钱镠道："好，立军令状吧。"

董昌道："那可就立了，你别后悔。"

钱镠道："事情不成，枭了我钱镠的脑袋！"

这边刚立下军令状，那边大军已经入境。

再说队伍进入陌生地作战，往往有个惯例，那就是遇到城池城郭，大部队行进到安全的地方，先驻扎或盘桓，一面派出先头部队，或叫前哨人马，去前方踏探。如果前方有大埋伏，那么见机行事，另辟行进路线；要是前方没有大危险，那就猛虎来扑，全线挥进。这样的作战惯例，连草莽队伍也不例外。

黄巢在径山下远远看到了城郭，下令大部队停下，让哨兵队伍前去打探。

钱镠赶到敌军到达之前赶到了八百里。只见身穿盔甲的钱镠，眉不抖，眼不闪，一副成竹在胸、信心十足的样子。在他的身后，有十数矫健的士兵，这些人都是他钱镠一手栽培的弟兄，他对每个人的身手了然于胸。他跟他的弟兄们讲述了作战的计划。

十数人按照钱镠的吩咐，来到道路两边的芦苇草丛中埋伏起来。

然后，钱镠看到路上，有老妇人在一步步慢慢地走着，便上前行了个礼，用当地的方言说："阿婆啊，等歇有骑马的人过来问侬，格里有没屯兵的地方，侬就陪伊喔，格里屯兵八百里（老婆婆啊，等会有骑马的人过来问你，这里有没有屯兵的地方，你就跟他说，这里屯兵八百里）。"

老阿婆听了直点头，笑眯眯地说："八百里呀，晓得晓得，我老太婆就是八百里格（八百里呀，知道知道，我老太婆就是八百里的）。"

随即，黄巢前哨兵马到达。只见一队人马，身形不一，衣着不同，正边走边望，十分谨慎的样子。

突然间，草丛中飞出数箭，一齐射头人。头人中箭，应身落马。

众人见头人落马，一时慌乱，知道中了埋伏，待要看清埋伏地，想要出击，只见数骑人马从丛草间跃起，人马都是十分矫健，没有一丝停留，只朝前面奔跃而去。

吃了亏的黄巢人马，有人就策马去追，只是放暗箭的那些人早就没了人影。

怎么办？追还是不追？

顶替上来的头人说，放几支暗箭立马就跑，分明不是吓跑的，这是引诱，诱敌深入，也就是说前面很可能有埋伏。

有没有埋伏，去探探不就知道了。

马上有人马上请命上去，先去沿途打探。

打探的人一路过去，小心翼翼的，只是觉得很奇怪，一路上并没遇到兵马，也没见到营寨。是不是这里压根没有队伍？不行，一定要小心，要是军情打探不实，出了差错，被上级追究，自己可就马上人头落地了。

忽然，见到村路上有人，是个老太婆。探子一见，展眉笑开，这下好了，有办法了。

探马人立马上前，朝老人问："老奶奶，你们有屯兵的地方吗？"

老人记住了钱镠的话，便回答说："屯兵，有啊有啊，屯兵八百里。"

老人还伸出手，比了个八字的手势。

探马人一听，吓得胆汁都要迸出来了，我的天，屯兵八百里啊！

两人听到结果赶紧掉头，回去心急火燎地向长官报告。

"前面有屯兵，屯兵八百里！"

这声探报马上传到了黄巢的耳朵里，这一听，了不得，八百里屯兵，那该有多少人马！并想，果然这一路南下都没有遇到强有力的抵挡，原来江南兵马都囤聚在这里啊！再说，那些人马一定是训练有素，一个个身手十分了得，要不，怎么会一眨眼工夫，队伍里这名身经百战的头领就丢了性命。

再来不及多想什么，下达命令，队伍马上掉头，将殿后的人马转换为前锋，避开这八百里的屯兵地，原路返还。

黄巢军，退了！

临安，保住了！

杭州和越州，同样保住了！

黄巢军一退，首先是董昌瘫倒在地。

原来想，数十万的人马，要是围起临安城，一定是围得像个铁桶一样，水泄不通。再说城里数百人马，就算百姓们一起上阵，恐怕也抵挡不了几天。到时候，黄巢军洪水一样淹灭全城，见人就杀，见东西就抢。自己这个守将，就算没有在城头战死，也没有在屠城时遇难，最后也一定逃不了丢失城池的罪责。所以，只觉得，自己一颗心，早拎在了手上，一颗脑袋，则挂在了腰带上。

钱镠他，不费一兵一卒，不伤一草一木，让数十万大军掉头逃跑了。

真是神奇了啊！

拎着的一颗心，终于回归胸膛了，腰带上的脑袋，也暂时按回颈上吧。

终于，董昌放下心来。却实在高兴得不行，马上让人用生花妙笔，写好喜报，赶紧让人送去上级军营。

临安军营，摆下了丰盛的酒席，董昌、钱镠以及全营的弟兄，推杯换盏，你来我往，喝了个痛快。更有人敞开嗓子，唱起了临安当地的山谣《庆功歌》："山来有山挡，水来有土掩，盗贼来了有长枪，石镜下好儿郎，个个壮又强……"

正喝得起劲，忽然有人进来，伏在董昌的耳边焦急地说："大人大人，不好了，出事了！"

董昌已经喝上头了，听后大声地说："出个什么鸟事，是不是匪兵又掉头攻回来了？"

那人说："不是黄巢军，是大人的家里出事了！"

董昌听人这么说，倒惊了一下，酒醒了一半，问："我家里，出什么事？"

那人急巴着说："是夫人，夫人她……"

董昌听到这里，再不待人家说完，朝在场的将士们拱了个身，说："弟兄们继续尽兴，我家中出了点小事，得赶回去处理一下，失陪了。"

他又对钱镠说："这里就托付给你具美老弟了，可要陪弟兄们吃好喝好啊！"

董昌出去之后，钱镠也没了酒兴，看董昌匆忙的样子，或许他家里真的出了什么大事。不过是人家的家事，也不好过问，只是这心里，总是惦记着什么。

她，现在怎么样了？

灵茵

一匹快马，奔向朝廷的前线军营。将士翻身下马，向帐中将领递交战报。

帐中坐镇的，是抗击黄巢队伍的总指挥，诸道行营兵马都统、淮南节度使高骈。这位将门之后，生得高大威严，看模样倒像个带兵打仗的武夫，却见他的军案上除了兵书，还有一册诗书，说不定还是个能文能武的全才。

只见高骈从将士手中接过报章，一一打开，一看，全是一个模样，失利，失利，失利！不由得气急败坏，把这些登记着败绩的报章一把砸在了地上。

高骈勃然大骂："朝廷用多少银子才养活了这帮人，却一个个都是酒囊饭袋，被几个扛锄头提镰刀的打得找不着北，真把祖宗十八代的脸都丢光了！"

手下连忙诺诺地说："大帅多多保重，千万不要动怒，动怒伤身。"

这时，又有士兵入报，说："大帅，杭州来报！"

高骈也便轻慢地接过报章，在手上拍拍，叹着气说："一定又是噩讯，要让本帅猜，也就是杭越失守了吧。"

他一副心灰意冷的样子，打开报章。

一时，只见高骈突然抡起胳膊，猛挥了一把，高兴地大叫："杭州大捷！"

把捷报翻来覆去看了好几遍，笑逐颜开地说："好啊，总算盼来一份捷报了，大喜啊大喜，来人，赶紧快马把这天大的喜讯呈报朝廷！"

手下听了，高兴地问："大帅，是杭州守将周宝周大人击退了敌军吗？"

高骈说："不是，是临安守将董昌和钱镠，是两位新人，本帅也还没见过两人，是他们不费一兵一卒，退敌数十万。"

手下也笑，拱礼说："真是大喜，小的先给大人贺喜了。"

高骈又笑说："哈哈哈，以区区二十骑就退敌军数十万，这是唱了场'空城计'，不仅保住了临安，还保住了杭州和越州，与坐在西城城头抚琴的孔明先生相比，唱得那是不相上下啊！"

手下有些疑惑不解，便问："大帅，杭州那边也不过就是退敌，又没杀敌多少，那些败的，杀的敌军倒也不少，为什么这件事让大帅特别高兴呢？"

高骈眯着眼，对手下说："你知道什么，皇上让我做统帅，要是报上去的全是败绩，我这个统帅怎么向皇上交代？这回终于有了捷报，当然是雪中送炭啊！再说，这捷报对全体剿贼将士来说，也是一剂强心药，因为将士们从中能认识到，匪贼并没有他们想象中那样神甲护体，不可抵挡，所以一定能让我军士气大大提升啊！"

手下回道："小的懂了，大帅英明。"

高骈又说："所以我还要奏报皇上，相信皇上定会好好犒赏退敌建功的将士，只有让有功的人得到重奖重赏，将士们才会卖命去杀敌！"

大明宫门前，田令孜手提官袍跑得飞快，连跟在他身后的手下都差点追不上。只见他一边跑，一边敞开嗓门喊："皇上，皇上，大喜啊，剿贼捷报！"

皇帝李儇还是在踢球呢，听到"捷报"两个字，倒顾不上临门一脚了，连忙问："阿父，众将士把反贼都杀光了吗？"

田令孜说："逆贼狡猾，一时还斩除不尽，不过杭州临安传来了大大的捷报，说守军用仅仅二十骑就退掉了数十万的敌军。"

李儇听了倒再问："阿父，真有数十万贼军？你不是说只有几个蟊贼？"

田令孜倒迟疑了一下，继而说："此一时彼一时嘛，贼人最喜欢分赃，见者都有份，所以一旦发现有赃可分，蚂蚁苍蝇都齐上，那些蚂蚁苍蝇就像滚雪球一样，越滚越大。"

李儇说："那要是雪球太大，会不会滚到京城来？"

田令孜答道："皇上不用怕，有老臣在，老臣只请皇上封赏有功将士，好让他们更好杀敌，为皇上除掉这些蚂蚁苍蝇，皇上也好安心踢球。"

李儇说："京城安稳就好，封赏的事，阿父看着办吧。"

李儇说完，又跑上球场了。

董家。董昌匆忙赶回来，回来一看情景，真是又痛又气。只见杜夫人有气没力地躺着，她的身子已经平了，身孕没了。明明产期还没到。稳婆在屋子，见了董昌，赶紧回话，说是杜夫人肚子里的孩子没了，产下的是一个男婴，已经成形了，只是身子是黑的，是个死胎。

董昌听了，马上朝屋里的婆子丫头怒吼："怎么回事？你们是怎么照顾夫人的？"

婆子丫头吓得缩起身子，只知道抖索。

还是杜夫人挣扎几下，跟丈夫说："别怪她们吧，怪我自己。"

听她这么说，好像不是往常的口气，变了个人似的，叫董昌也觉得奇怪，是不是人家原来也是个贤良的，是自己从前不曾觉得。她既然这么说，正要好好安慰，却听到丫头秀桃上前跪下，说了一番话。

秀桃说："早饭后，夫人想给没出世的小少爷再缝件小袄，担心自己裁得不好，就拿了布料，在奴婢搀扶下去了姨娘的房间。可姨娘她说夫人不是找她做事，是上门挑事，就推了夫人一把，夫人不提防，奴婢也没料到姨娘会这样，结果夫人就摔在了地上，当时就出了红，小少爷……就……就没了！"

听秀桃说了，床上的杜夫人便呜呜哭了起来。瞧她的样子，似乎自己受人打击欺负，连腹中的胎也没能保住，却还替人隐瞒什么，实在是受了天大的委屈。

董昌听秀桃这么一说，又见夫人哭得这样伤心，加上之前灌在肚子里的酒还没退兴，不由一下子血脉偾张。

只听得董昌一声呼喝："一定要剥了恶妇的皮，给我的孩子报仇！"噔噔跑过去，一脚踹开房间。

董昌大吼："姓甄的，你这个恶妇，我董昌平时是怎么待你？你怎么恶毒到这个地步，连没出世的孩子都不放过！"

灵茵虽然身子有些发抖，但未见她十分慌乱。

灵茵说："我没有动她，一个指头都没碰到她！老爷你听我说，夫人以前从没来过我房里，今天不知道为什么就来了，一来就倒在了地上，然后就叫痛，就哭喊起来，我才知道……"

董昌咬牙骂："做了恶事，还要狡辩，你这个恶妇，真是看错你了！"上前一把揪住灵茵的头发，从房里直拉出来。

董昌让手下把灵茵绑到了树桩，然后他取来了马鞭。

他对着灵茵说："你要是乖乖向夫人认错赔礼，叩头求饶，老爷我或许饶你不死，要不，我就替我的孩儿向你索命！"

灵茵咬着牙关，倔强地说："没有，我没有推她，我做不下这样的恶事……"

董昌眼珠气得突起，也就挥起了鞭子，一边挥一边再骂。

"叫你犟，叫你往死里犟！"

这训练有素的手，这训练有素的鞭法，一鞭下去，准确无误地落在妇人的身上。只一下，受者便皮开肉绽；再一下，红花漫飞；又一下……

挥鞭声，与妇人的尖叫声，响在这户人家，却又被四围高墙挡住，只好蹿向了高空。

很快，妇人的头颅一挂。只剩下挥鞭声，再没了嘴巴里叫出的声响。

而刚刚打扫完污血的房间里，杜姓妇人脸上现出的，不全是失子之后的凄惶悲伤，竟然在鞭打声中露出了一丝得意的阴笑。

董府有下人看不下去，偷偷跑去甄记铁匠铺，跟甄灵锋说："舅老爷，不好了不好了，你快过去一下府里，再不去就要出人命了！"

甄灵锋听了，连忙问事情，一听妹妹挨打，二话不说，操起一把锤子就走。

甄灵锋赶到，见了妹妹的模样，心像被狗咬般痛，举锤大骂董昌：

"你这畜生，这样对待我妹妹，看我不把你整个家都砸烂了！"

董昌说："这是家事！你带凶器闯入私宅，我可以将你报官，让你好好吃几年牢饭！"

甄灵锋跳上前一把揪住董昌，说："你报啊！报啊！在家中滥用私刑，打出人命，难道这就是王法了？"

董昌冷笑着说："我是守将，刚刚为朝廷立了功，官府听你的，还是听我的？"

甄灵锋说："那爷就用手里的这把铁锤，先要了你的命！"

董昌见甄灵锋起了杀气，不觉有些害怕，酒也醒了过来，便连忙赔着笑脸说："好舅佬，你是知道的，我向来疼你妹妹，今天我喝多了，做了错事。"

甄灵锋叫道："快把人解下来！"

甄灵锋见妹妹一身血肉模糊，不由放声大哭，说："妹啊，都是哥害了你，为了想保住咱那个家，把你推进火坑里了！"

灵茵好半天才醒过来，看到眼前的哥哥，只勉强地说："哥，你别难过了，这是我的命，不怨你，也别怨别人。"

她又说："我没事了，你回去吧，爹娘老了，他们需要你，快回去。"

甄灵锋说："都被打成这样了，还没事，我这就回去，怎么有脸见爹娘啊！"

甄灵锋要把妹妹接回家去照料，董昌怕出去丢了他的颜面，哪里能肯，只答应再不打人，一定让灵茵好好养伤，再准许甄家人过来探望。

甄灵锋纵然一万个不放心，却也只能恨恨地离开。

甄灵茵在夫家遭受毒打的消息，也传进了钱镠的耳朵里。钱镠心里的痛，可想而知了，那是十条毒蛇在心窝里搅动啃噬。

多好的一个姑娘啊，竟然掉在了鬼窟里。想这董昌，看他好歹也是条汉子，却原来是个草包，连身边人也不懂爱惜。

回到自己的家里，看自己也是两房，与人家比较一下，大房戴夫人宽厚敦良，二房吴夫人也贤惠明理，她们两个日常间相处，倒像亲姐妹一般。再说吴夫人生下了麟儿元璙之后，眼见戴夫人一直没有生产，便主动提出，让元璙过到戴夫人名下，让戴夫人领着教养。

只是不能自己安乐就不管别人处身水火，而且她不是别人，是挂在自己心头的人。

就算家里妻贤子孝，这心头挂着的，也是取不下。

钱镠想好了，一定要帮助灵茵。

怎么帮呢？作为上下级共事，自己是与董昌每天一块，但如果跟他明说这件事，不说不便管人家的家事，而且很有可能被反咬一口，问你，你替她求情算怎么回事？你俩是不是曾经有过瓜田李下？既然认定他姓董的不过是根"银样镴枪头"，那还能指望他往明理敞亮处想？自己不怕什么，但是怕灵茵会越发受苦。

他一时想不出帮人的办法，苦恼不堪。晚上回到房里，逗着孩子玩了一会，等孩子睡下，他还苦坐在灯下。

柳青便过来，陪着夫君身边，小心地问他，为什么事情伤神。

钱镠也就把灵茵遭打的事情说了，还说要是想不出办法帮帮人家，只怕董昌不仅还会伤害灵茵，连灵锋也不放过。

柳青听了也是十分难过，这样伤天害理的人家，生出这种恶事来诬陷人，真是叫人不可思议。何况灵茵、灵锋，是她的姨表兄妹。

忽然，柳青说："我生过孩子，所以懂些身孕上的事，要是好好的一个身子，只要不是临盆，不要说推搡了，就算猛然撞到了，也不至于立刻出血。再说，我茵姐那样的人，就是拿刀拿鞭逼她，她也做不出推搡孕妇这样的恶事。"

钱镠说："夫人说得很对，问题一定出在那恶妇的身上！"

柳青说："我大胆猜想，是不是董夫人她进我表姐房间之前，腹中胎就已经坏了，只是一个做夫人的，还怀着身孕，平日也就在屋里走动走动吧，每走一步，应该都有童仆跟着，怎么就胎坏了？要是坏了，也应该早早就有征兆，决不可能进入房间蓦然发觉，然后马上崩漏现红。"

钱镠说："夫人有生育经验，这事分析得好，其中一定有蹊跷。夫人再猜想一下，那恶妇为什么要隐瞒腹中胎坏的真相？"

柳青说："我也猜不出来。"

钱镠说："是不是有这种可能！她自己不想要这个孩子了，自己动的手。"

柳青问："有这种可能？"

钱镠答："是啊，怎么可能，虎毒尚不食子，凭我们想来，一个人不管怎样恶毒，都不至于去伤害自己腹中的胎儿，那么，或许只有一种情况下，一个人会做出这样丧心病狂的事。"

柳青又问："什么情况？"

钱镠说："危急关头！也就是，一个极端自私的人，遇到极其危急的时刻，为了给她自己保命，说不定什么事都做得出来，包括杀夫弑子。"

柳青再问："有这样的危急时刻吗？

钱镠一拍大腿："有！"

疑团在脑子里慢慢解开，真相清晰起来，一定是那恶妇在她丈夫嘴里听到贼军大队人马即将围城的消息，在生死性命攸关时刻，想着怎么跑出城逃命，明白挺个大肚子行动太不方便，难以逃命，便起了歹心，想方法卸掉累赘。

真要是她主动卸腹，必然会用药。要想得到真相，只有从药上下手！

想临安城有家大的药房，还有两家小的，她要是差人买药，买药的人会上哪一家？买这种药的人，一般不会上大药房。两家小药房，又是哪一家？就近的一家！

钱镠就把想法跟甄灵锋说了，让甄灵锋一块行动。

当下，甄灵锋关了铁铺，扬腿就跑，跑到董宅近处一家药房里，一把揪住坐堂开方的郎中，怒吼一声："爷问你一声，你必须老实回答，前几天是不是给人开过堕胎的药？"

郎中吓得直哆嗦，结结巴巴地说："是……是开过。"

甄灵锋再怒骂："你干的好事，连堕胎药也敢开，现如今出了人命，与我见官去！"

郎中连忙解释说："来开方的，小人认识，董府的人，以前也来开方抓过药。她……她说她自己与人干了见不得人的事，让……求小人做做好事，救救她，还给了一大锭银子。再说那天听说贼兵要来围城，小人……小人我又惊又慌，顾不上问诊搭脉，就……就给人家开了药。她还说了，要是出了事，也不关小人的事，不会找上门来。"

甄灵锋一听，一把将郎中揪出了门。街头，只见董昌在钱镠陪同下巡城。甄灵锋便把郎中往他跟前一推，让郎中自个儿说话。

郎中跪倒在董昌脚下，吓得脸色惨白，拼命说："董大人啊，是你府上人一定要买堕胎药，小人不开不行，府上出事，实在是不关小人的事啊……"

董昌听了，惊得不行，问："什么？我府上人？在你手里开过堕胎药？"

郎中便连连磕头，说："是是是，是大人府上的，小人认识她，是个丫头。之前也多次过来，小人也多次给她开过药方，也就记下了她的名字，叫秀桃。多怪小人贪财，这回收了她的大钱，照了她的要求，开出的都是最厉害的狼虎药。"

董昌听到这里，一张脸涨成猪肝色，朝郎中吼道："你这个王八蛋，给爷听着，自己可要仔细掂量，要是敢说半句谎话，我董爷爷可以叫你人头落地！"

郎中说："小人说的全是真话，要是有半句谎言，大人怎么处置都行。"

董昌气愤至极，不由朝郎中一脚踹去，将人踹出老远，他自己快步朝家中走去。

望着董昌的背影，钱镠终于吐出一口气，跟身边的甄灵锋说："他这回去，灵茵妹妹的冤屈总算可以昭雪了。"

甄灵锋还是摇摇头，只说："妹妹进了这样一户人家，恐怕这一辈子都没盼头了，都是我这个做哥哥的太无能，只能眼巴巴地看着亲妹妹被人作践糟蹋。"

钱镠听了，心里真不是滋味，却也只能暗自叹息。

董昌家里的事情刚可以稍稍放心，钱镠家里也出了事情。倒不算是意外的事情，也是意料之中的。

这天夜里，钱家祖母水丘老夫人过世了。

老夫人年岁虽然已高，但也就是眼睛不太好，身子还硬朗的，吃得下，睡得着。再说自从孙儿能干，把家境拔起之后，少不了前童后仆，身边侍候着的又是媳妇，又是孙媳妇，老祖宗每天被细细心心地照料着。大家都盼她活个长命百岁，只是老夫人竟然在睡梦中，无病无灾地走了。也算是福寿双全了。

因为是喜丧，少了许多凄惶，也就热热闹闹地操办了。做道场的，唱大戏的，都请了。给老夫人送葬那天，伴随着八抬大棺，只见披麻戴孝，挽幛幡旗，纸马纸船，一路绵长，白花花一片。这样的声势，在临安城里算是少见的了。

只是钱镠，送走祖母后，他还是少不了伤心。他跟他的阿婆，与别的人不同，他的命不仅是父母给的，还是阿婆给的，所以他从小到大，跟阿婆的感情，可能比爹娘都要深厚。如今阿婆走了，也就觉得，世间少了最亲的人，也就少不了心中郁闷。

时势却不让钱镠有过多的时间去消沉，很快，一道军令，将他推向新的征程。

叁

入主杭州，钱塘江波涛汹涌

擢升

高骈接到朝廷下来的旨意，表彰他指挥有方，取得了杭越大捷，再受封赏，并希望他再接再厉，取得剿贼的全面胜利。

高骈受到朝廷表彰，自然十分高兴，一面想着这回受到嘉奖的原因，也便马上下令，让临安守将董昌和副将钱镠来见。

董昌和钱镠领命，也便快马加鞭，赶到高大人营中。

高骈一见这两位，身形高大，容貌英武，也便更加高兴。说了许多奖勉的话，摆下筵席，好好款待了他们。又传达了朝廷的旨意，将董昌提拔为杭州刺史，钱镠为都知兵马使。

董昌与钱镠，自然表示不辜负朝廷厚望，也感谢高大人的知遇之恩。

回到临安，董昌与钱镠双双获得朝廷奖励提拔，即将入主杭州的消息，全城散播开来。一时间，两家门前当然是十分热闹，亲朋乡党，同僚故旧，都前来祝贺。

热闹了几日，也就应该收拾起程，去杭州赴任了。

走之前，还有两位是钱镠必须上门拜别的。

一位，肯定是恩师戴先生。

戴先生年事已高，已经卧病在床，延口残喘。钱镠赶到见状，跪倒在床前，一面流泪，一面责骂自己大不敬，竟然没有早早过来照看恩师。戴先生说他心头明白着，知道钱镠忙碌。还说，哪个干大事的人，不忙啊。又听说钱镠要离开临安去杭州了，越发高兴，精神也提了三分，再三叮嘱，杭州是个好地方，一定要保护好了，还要拓建得更好。

戴先生说："老朽我还是一句老话：在乱世中，你能保护好一家的人，很不错；保护好一村的人，了不起；保护好一城的人，功德无量；保护好十城的人，一定会名垂千古啊！"

钱镠说："恩师放心，恩师的良言，学生不仅铭记一生，还会交代子孙后代，让代代铭记！"

戴先生便含笑，再说："想好了，你一步离开了临安，迎接你的，不是高枕无忧，更不是一马平川，而是大波大浪，血雨腥风，但你是一定要挺住，身为石镜山下的儿郎，要心系家国，从而成就一番保家卫国的大事业！"

钱镠听了，默默点头。

戴先生又说："为师早预料到了，你不是个凡人，走吧，放心大胆地去干！"

戴先生让钱镠走，可钱镠不肯愿意就此离开，一心要请郎中为恩师治疗。

戴先生摆摆手，说："不必了，人有来的一天，也就有走的一天，生有不同，死有何异，生不必太欢喜，死也不必太悲凄。为师走了之后，还在地下等着，等你衣锦还乡的那一天，到时，派人来坟头报个喜。"

老人的话里，似乎藏有什么玄机，钱镠也不敢细问。

走前，老人还给钱镠送了件礼物，让他出门再打开，务必珍惜，一面再次催促他走。在恩师的一再催促下，钱镠也就只好起身拜别。

出了戴先生家，自然要去同村的泰岳家请个安。一路前去，看这眼前的郎碧村，三围青山连叠，山上云烟袅袅，山下小溪潺潺，山脚田地，田地里禾苗青青，田地的旁边农舍人家，有白墙青瓦，也有草披泥房，屋前屋后都植了不少树，几株桑树，又几株桃李。一眼看去，真是田园风情，美丽如画。怪不得，戴夫人无比留恋娘家。

有一刻，钱镠的心甚至松动了一下，试想，要是在郎碧这样的乡村停留下来，与贤妻爱子一起饲牛耕地，种麻织布，是不是既轻松又逍遥？人生一世，最多不过百年光阴，为什么要去面对大波大浪，血雨腥风？

但只是脑子里一闪而过的念头，一个上了路的人，不会轻易停下脚步。进岳家，探望了二老，叩了头，便又匆匆离开了郎碧。

回程的路上，打开恩师相送的礼物，一看，是两册书，一册《春秋》，一册《孙子兵法》。

钱镠明白恩师的苦心，下马含泪遥揖。

另一位要拜别的，是洪諲法师，西径山双林寺的住持。钱镠快步走上西径山，到达双林寺，跟门前童子说想求见洪諲法师，请童子跟法师通报一声。童子却说法师云游去了，不知道去了哪里，也不知道什么时候回来。

寻师不遇，也就进庙给菩萨上了支香，便下山回家了。

钱镠回到家中，便和父母家人商量上任的事。照说，祖母刚殁，作为儿孙，要丁忧尽孝，但朝廷早就给全国下旨，打仗时候，繁文缛节从简，文臣武将不得耽误。所以，钱镠只能愧对救他、育他、教他、扶持他、深爱着他，也被他深爱的祖母。应朝廷的需要，他当及时去赴任，只是家事和祭事，又不忍让年迈的双亲来操持，也便提出，让自己的两位夫人留下来帮衬。只是戴夫人主动提出，她说她留下来就行了，这些年也历练了一些，家里的大小事也应付得过去，更会好好侍奉双亲，还提出把孩子也留给她照顾，让吴夫人陪同夫君去任上。既然贤妻开口，钱镠又有什么好说的。而吴夫人，又怎么不理解姐妹的心思？她这是帮自己卸去负担，好让自己一门心思把夫君照顾好。

赴任前的董昌，家里又是怎么样的情况？

那日，董昌终于揭开杜夫人买药毒杀腹中胎儿的真相。原来是这自私至极的妇人，一听大军围城，想到的是赶紧作鸟兽散，抛开一切逃命去。只是顶着个大肚子可就太累了，为了方便逃命，她竟然就想到了卸腹。她让丫头秀桃偷偷去替她开方撮了药。真真狼虎药，一剂下去就松动了。原本想，卸了腹就赶紧跑。可死胎还没坠地，却听到传来的消息说，临安已经成功退敌，没事了。

只是恶人做下的恶事已经无法挽回，她担心被夫家知晓实情，饶不了她。到底是恶人，稍一思量，便又有一条毒计上了她的心头。于是捂着肚子，去了灵茵房间，进门便扑身倒地……。董昌也就知道了死胎的真相，明白灵茵受了冤屈。

而这个时候，董昌因为退敌立功，不久又获得了迁升，高官厚禄等着他呢，也就不用再寻求杜氏娘家的亲戚来谋求利益了，便直接给了杜氏一纸休书，将恶妇逐出家门。

对帮恶的丫头秀桃，也一并处置了。

只是董昌休了杜氏后，并没有将妾室灵茵扶正，而是又风风光光地续娶了一房。也是临安城里有头脸家的女儿，姓郭。

选好了日子，董昌带上妻妾，告别生养地，春风得意地进了杭州城。

待董昌先行一步，钱镠与吴夫人也暂别双亲家人，上了去杭州的车马。

杭州州衙，修建在钱塘江边的凤凰山一带。钱塘江在杭州入海，滔滔江水，冲出个大喇叭形的入海口。一旦潮汛起来，海水便从喇叭口往内陆倒灌，所以江两岸的低洼处，受海水犯侵，成了盐碱地，就连西湖水也是又咸又苦。城里居民，喝水只能凿井，凿井也不是为了取地下水，地下水一样咸苦，也不能食用，而是用来积蓄雨水。德宗建中、兴元年间，李泌曾任杭州刺史，为城民凿井六口，从而受到了满城民众的爱戴，其中一口水井也被称为相国井。城中淡水问题都得不到解决，民生自然艰难啊！受水资源的制约，杭州城也就难以壮大。只有凤凰山这一片，地势高耸，泉流充足，风景优美，适宜人居。

再看眼前的州衙，虽然楼台亭馆不少，气势不凡，只是十分破败。连白乐天在诗中写过的虚白堂，也堂匾蒙灰，檐头长草。而在衙中办公的吏役，也多数脸上灰暗，身上破旧。照理说，杭州鱼米之乡，近些年也没有遇上大的天灾与兵燹，怎么连公门供给都艰难了呢？听衙吏说，杭州所征的税赋是不比以前少，只是朝廷上，每年除了应缴的数目，还不断要求增派，所以入库的钱粮悉数上缴还不够，哪里有余钱来做门庭修缮这类"闲杂事"？

董昌、钱镠上任时，好歹把几处紧要的房舍整饬了一下，也就入住了。

此后，董昌携家眷住东面的一幢楼，钱镠住西面的一幢楼。

两位乡党旧知，办事一块儿，居所也近，免不了有时候坐一块儿喝几盅。桌上伴酒的小菜，经常是吴夫人的手艺，小炒笋丝、家常豆腐、嫩姜童子鸡等几碟家乡味。酒是越州花雕，过江运来的，陈坛，色清纯，味醇厚。

董昌也说越州真是好地方，山有会稽山，江有曹娥江，王城旧府，曲水流觞，楼台精巧，罗绮遍地，除了美酒佳酿，还有像西施一样的美女。

钱镠却说杭州有钱塘江与西湖，只要建设好了，将来比越州还美。

再说吴夫人柳青，与董昌妾室甄灵茵本来就是姨表姐妹，如今两家住在一块儿，有了机会，两人自然有些走动。柳青每每跟钱镠说些她表姐的事，钱镠也就关切人家过得可好，日常开心还是不开心。柳青明白夫君的心思，她也不是个喜欢吃醋嚼青李子的，只说董家姓郭的新夫人，与之前那位不同，似乎对家门床笫间的鸡毛蒜皮小事不屑一顾，而好像更关心夫君的军政事务，似乎有心存高远的意思。不管人家什么意思，总之目前表姐免了摧残，能平安度日。

钱镠听着却还是皱起了眉头，只说："董昌的胃口不小，只怕以后还会越来越大，到时候一定害了他自己，还会连累家人。"

董昌做了杭州刺史，也就是杭州军政的执掌人，不仅要主管军务，每日还要处理下面县丞呈报的公文，遇上疑难案件，也要由刺史大人来决断。

董昌略通文墨，刚上任时，一时觉得自己主政一方，风光无二，也便像模像样地坐下来，安心地处理起公文公务。只是坚持了没几天，他那拿惯刀枪的手，拿着支笔觉得实在无趣无味，就把笔撂开了。董昌不喜欢理政，好在他有个得力的助手，老部下钱镠。遇到事情，钱镠总是不遗余力顶着帮着。很快，钱镠就成了杭州府衙的操刀者，而他董昌，只管带着新婚的郭夫人，以及美姬爱妾，出门逛西湖寻欢乐去了。

说起这些政务上的事，有的还真有些烦杂。有下面的县丞，就报一桩让县里没法决断的讼牛案。说是他们县上，有两户人家都说丢失了耕牛，找回来呢，只有一头，结果两户人家便都说这牛是他家的，你争我夺，不肯相让，也就告到了县衙。县丞审理了，可两家还是都不松口，而牛又不会说话，所以不知道怎样决断。

钱镠接手了讼牛案，看了卷宗，择了日期，只带了名衙吏，亲自跑到辖县，要来个现场断案。

刚到县衙，只见衙门外早早有一群看热闹的百姓乡民，密匝匝围在那里，一个个指点私语窃笑。钱镠拨开人群，走进了人群中间，看到一头健壮的耕牛拴在了衙门口的木桩上。牛的两边，分别是诉讼的两家人，这边人说牛是他家的，那边人也说牛是他家的，态度都十分嚣张。

钱镠见县丞脸上慌乱，只叫他不要慌，自己有办法。还说，自己能叫牛说话，开口认出自己的主人。

叫牛说话？怎么可能呢？

却见钱镠神情自若，胸有成竹的样子，一面叫县丞取条鞭子来。

县丞听了吩咐，果真把鞭子取来了，呈向钱镠。

钱镠接过鞭子，笑着对乡民们说："大家都看好了，大人我怎么让牛说话认主。"

说完，他便对着牛说："牛大人啊，快开口吧，谁是你的主人，哞哞叫一声。"

乡民百姓还以为州衙上来的大人断案有多神，却竟然说什么让牛开口认主，真是闻所未闻，真是笑话。

钱镠不笑，还是一本正经地说："牛大人，快开口吧，再不开口，我钱大人就要生气了！"

这么一说，围观者不由哄然笑开。

钱镠继续板了脸，再说："牛大人，你好大的脾气，让你开个口，你竟然装作听不见，那可就别怪钱大人我下重手了！"

竟然挥了鞭子，朝牛身上一鞭而下，一鞭又一鞭，直鞭得牛身上血迹斑斑。

钱镠一面鞭牛时，一面朝两家人看，只看到一家人的脸上若无其事，还隐隐带笑，另一家人的脸上无比心疼，一脸哀伤。看到这里，钱镠心中已经有数。

鞭打之后，钱镠再下令，要两家人把家里的牛再牵过来。两家人虽然不知道这位州官大人的葫芦里卖的是什么药，还是赶紧回去，把家里的牛都牵了过来。

钱镠让这一家的人和牛站这一边，那一家的人和牛站那一边，再让县丞把木桩上的牛放了。只见木桩上的牛一放，便跑到这家人的牛身边，两条牛相互蹭起了身子，分明是别后重逢，无比欣喜。而这一家人，正是看到鞭牛，无比心疼的一家。

钱镠便说："牛已经开口了，找到它的主人了。"一面，把判断的道理一说，众人无不心服叫好。

失牛的一家，满脸欢笑牵着牛，对钱镠满怀感激，一再感谢。

钱镠倒抬手对牛拱了个礼，笑着说："牛大人，对不住啦，为了帮你找回主人，让你挨了不少鞭子，快跟主人回去吧，休养好了再给你家主人效力。"又下令将起盗心的诬告者照律严惩。

正想帮着县里，把一些陈年积案都捋一捋，断一断，却有将士骑马飞奔来报。

"钱大人，刚得到的军情，浙东刘汉宏领兵要攻打杭州，董大人请你赶快回去商议！"

钱镠一听，来不及多说什么，飞身上马，一口气奔到了杭州城。

杭越之战

钱镠策马赶回杭州城时，只见城头满天乌云，天地昏暗，紧接着狂风劲吹，大雨扑面而来。

进入军营时，看到董昌他们已经先行到达，只见人人脸上肃穆，眼神间却又都满满的怯意。

众人见钱镠到了，也就不再肃穆，说起这眼下的紧要事。

敌军来自浙东，这浙东与浙西，也就是浙江东西两道，合称为两浙。浙东长期领越州、明州、台州、温州、处州、婺州、衢州等七州，浙西在贞元后辖杭州、湖州、睦州、润州、苏州、常州等六州。

刘汉宏，他目前的官职是越州观察使。照理说，浙东与浙西的军队，都是朝廷指派用来守护两浙的。但这个刘汉宏，原先是兖州的一名小吏，在王仙芝起义时杀了自己的上司赶去投奔，后来又叛变投奔朝廷，被黄巢追打时他又投黄巢，见黄巢这里捞不到太多好处，又再次叛投朝廷。反反复复的人，据说他不仅是个小人，还是杀人不眨眼的混世魔头。朝廷在田令孜等人把持下，昏主庸臣，竟然还给刘汉宏高官厚禄，让他主政一方。而小人加魔头这样的一个人，怎么会安分？眼见董昌和钱镠刚刚到位，趁阵脚没稳，他便趁乱举兵，想拿下杭州后，以两浙为据点，再南北突击，不说逐鹿中原，至少能像三国东吴雄主孙权一样，三分天下，坐拥江东千里沃野。

根据前哨传来的情报，刘汉宏对攻取杭州是志在必得，准备了十万人马，并由他的弟弟刘汉宥领兵两万打前锋。目前前锋部队已经到达钱塘江南岸，因为这几天江中风高浪急，队伍也就暂时驻扎，等到江浪平缓便马上过江。

而杭州的兵马，原有的，加上董昌、钱镠他们带来的，最多不过一万。让一万人马去抗击十万大军？无疑，这又是一场力量悬殊的战役。

之前钱镠倒是以二十骑退了敌军数十万，但那不过是空城计。空城计只能出其不意地唱上一出，要是再唱，肯定是不灵了。

以十对一，以一当十，这仗可怎么打？

很快就有人提出意见，说不如投降刘汉宏，不说别的，至少可以避免一场必败的恶战。要是不甘心，就等以后有机会再说吧。

听着这样的话，想想好像也有点道理。随后，也就有多半的人赞成投降。连主将董昌，也一脸犹豫，看上去心里没底，没办法决断。

钱镠却力排众议，声如洪钟地说："这仗必须打！"

众人一听，暂时都停止了窃窃私语的声音，一起看着钱镠。

只见钱镠跳上一条凳子，高高站着，继续大声地说："你们以为一句投降，刘汉宏就能放过你们吗？去打听打听吧，你们要面对的，不是一个君子，也不只是一个小人，那是一个吃人不吐骨头渣的魔鬼！就算你们投降，他也一定让你们的脑袋个个搬家，然后，举起他血淋淋的魔刀来屠城，杀光你们的亲人，杀光杭州城里的百姓，到时候，一定血流成河！"

众人说："钱都统啊，就算投降是这样一个结果，可是不投降，以一当十的仗，怎么打呀？"

钱镠再一次显示出他的过人之处，只见他沉着又冷静，威严又自信，说："我已经想好了打败刘汉宏的办法，你们大家，只用先把被吓得蹦出胸外的一颗心按回肚子里，再把各自的劲头提起来，原地待命！"

当下，钱镠向董昌请令，他要一队人马，不需要太多，只要一千人，自己来任总指挥，过江作战。

过江作战？只区区千人？这个钱镠，也太大胆了吧，用一千人过江去跟数万人打，真的是让人再次想到一个词——以卵击石。

但是，董昌有了上次八百里退敌的战果，对钱镠的主张和本事倒还是有八成信心的。何况，让钱镠去搏上一搏，总比束手就擒好。当下，董昌同意了钱镠的请求，让他自行挑选精兵。钱镠没选别的，只把临安带来的千骑精锐士兵带上。此外，再要一些火油，越烈越好。

董昌也就照着钱镠的要求，一一下令安排。

私下，董昌还跟钱镠说了，他说："具美兄弟，这次关系你我生死的杭越大战，你要是打赢了，除掉了刘汉宏，老哥我一定禀报朝廷，把杭州的第一把交椅让给你，老哥我呢，就带上一家老小去江对面，坐镇越州。"

钱镠心里明白，董昌那是对富庶的越州垂涎已久，而目前落后于越州的杭州，早已满足不了他的胃口。

当然，钱镠看破不说破，只说："越州需要董兄坐镇，杭州一样需要董兄统领，破敌的事，小弟一定全力以赴。"

一切安排妥当，董昌一面派人把紧急军情报告上级，一面下令钱镠带兵出战。

即时，只看一队人马如同离弦之箭般飞跃而去，眨眼间到了钱塘江边。

钱塘江中，风浪已经过去，一眼望去，只见波涛平缓，水面开阔。对岸，隐约可见军旗飘动，还有密密相挨的营帐。

要不是眼下已是傍晚，那边的刘汉宥，一定会立马下令，让船只起帆，人马飞渡，直取杭州。

再看，对岸炊烟已起，一片片白茫之色，融入江天。想来，刘汉宥一定是早早下达了命令，让将士们吃好喝好休息好。只待明天一早，个个精力充沛，浑身是劲，一举渡江，冲锋陷阵，把刘字大旗早早插上杭州城头。

很快，夜幕拉开。只见一轮皎月，贴在中天。头顶的天空湛蓝，眼前的江面也是一派澄明，江水波纹，*丝丝清晰可见*。

看到眼前的情景，钱镠双手击拳，大叫一声："糟了！"

原来钱镠的作战计划是，带一千精锐，赶在夜晚，趁敌军不注意，渡江赶去偷袭敌营。却没想到白天还是昏天暗地，到了晚上竟然放晴了。在一轮满月明晃晃的照耀下，把整条江面照得像镜子一般。要是出了江，不要说数艘船只，就是几个人影，对岸也能看得清清楚楚。

难道是老天不肯怜悯，听凭杭州遭难吗？

面对这种始料不及的状况，钱镠也无计可施，十分无奈。

他默默走到江边，跪在沙滩上，抓起一把江沙，捧在手里，对着苍天祈愿。

钱镠念念有词："老天啊，大慈大悲的菩萨啊，请帮帮我们吧，我钱镠在此慎重许愿，要是天意垂怜，帮助我们打败刘汉宏军队，保住一方安宁，将来，我等一定在杭州城广建庙宇，敬天敬地，奉仙奉佛，并且在东南之地，广布佛音，遍植香火。"

钱镠祈祷刚完，再抬头看，只见青瓦一样天空上，从西北面飘来了几块云朵。紧接着，云朵越飘越多，成了大大的云团。然后，眼看着云团漫天铺开，慢慢盖住中天的灿灿放光的明月。

钱镠一见，大喜过望，赶快下令，让将士们做好渡江准备。

乌黑的云团就像一件巨大的僧袍，把碧蓝的天空遮挡得严严实实。

几艘江船，在江心风驰电掣，快速飞向对岸。

刘汉宥二万人马，吃饱喝足之后，正在帐中呼呼大睡。说不定一个个做着美梦，梦境里得胜的旗帜迎风猎猎，手里提着血刀的群魔在瓜分金银，抢夺美女，十分得意。

帐营外只有少数几个哨兵，或抱着手里的兵械，或倚在帐栏上，一个个脑袋低垂，身体摇晃，半梦半醒。

哪里想到这黑夜中会天降奇兵，一个个来不及梦醒，已经身首异处。被惊醒的，明白遇袭赶紧跳起来，却不由得晕头转向，去摸衣服，去抓兵器。黑暗之中，也不知道抓到了什么。只觉得你挤我，我挤你，走的走，倒的倒，一片踩踏。待看到眼前出现火光，紧随便是脖子上一凉。

再一会儿，一团冰凉的液体扑上来，以为是水，却稠滑。不好，是火油！很快，火油被火把点燃，升起火苗。烈油遇火，火苗啦啦奔突，顷刻，一片火光升起，火势大作。这火势又被江风一吹一送，马上染遍了所有的营帐，四下燃起。

眼见江岸边一片熊熊的火海，把江面都映得通红。

刘汉宥在几员部将的掩护下，好不容易脱身火海。待稍稍站定，一看，只见几个人头发被烧焦了，盔甲也被烤化了，披头散发，只衣片甲，可狼狈了。

只是脱围的人还没来得及喘口气，钱镠率兵赶到，转眼扑到了跟前。

几个人见状，赶紧抵挡。

动手前，钱镠跨马笑着说："如果我没猜错，中间这位披头散发的，就是刘汉宏的弟弟刘汉宥吧。这次领军的头将，那我告诉你吧，这次带兵奇袭你的，是我钱镠，把爷的姓名听清了，好让你死个明白。"

刘汉宥听了，大声说道："钱镠，本将听说过你，区区一名土团军头目，玩了个装神弄鬼来吓人的游戏，只把没脑子的黄巢给吓跑了，你还竟然被昏庸无能的高骈拎到杭州来领军。告诉你，小领军，你要是杀了我，我哥一定会把你的脑袋割下来，挂上城头替我招魂！"

钱镠哈哈一笑，说："你就死心塌地去阎王爷案前报到吧，你们兄弟都不是钱爷我的对手，他的人头也保不住了，很快就下地找你会合。"

眼见一杆大槊杀到，刘汉宥马上抬手抵挡。但原本就已经落败的人，心气已败，力气全丧，哪里是胜军将领的对手？来回只斗了三两个回合，眼看刘汉宥就招架不住了。

看准时机，钱镠将手中大槊一把劈去。立马，刘汉宥脑袋开了花。

待到天亮，清点一下战果。浩浩二万人马，除了少数人逃脱之外，多数死伤，还有一些没死的早就缴械投降。此外，还有军械、战马、战船等等物资。

带着战果，上船扬帆，钱镠人马胜利返回杭州。

钱镠凯旋，对全体将士和全城民众来说，都是惊喜万分。

一时间，将士们士气大增，信心充足地表态，再也不怕刘汉宏，哪怕他带领全部的人马杀过来。而城中的百姓们，纷纷赶来犒军了，有钱的出钱，有粮的出粮，还有许多年轻人来到军营报名，要求加入队伍，一起并肩合力守卫家园。

营帐中的董昌，面对首战的胜利，还有将士百姓的激情与热情，自然是喜上眉梢。他一面着手向上级报功，一面和钱镠商议下一步作战打算。

如果说钱镠八百里退敌还算有碰巧的成分，那么夜袭越军这一仗，完全是以智取胜。所以可以看出，钱镠不是一只不经意逮了只死老鼠的瞎猫，而是有胆有谋、敢想敢为、实打实的将帅之才。两次胜仗之后，钱镠在军中的威信，那是无人能比。董昌嘴上不说，心里也是十分佩服。所以，接下去的战事，一定要听取钱镠的意见。

接下去，理所当然，刘汉宏不会善罢甘休。

想想吧，刘汉宏这个人，本来就极其自私，只愿他负人，不愿人负他，翻来覆去，无恶不作。如今他的队伍竟然遭受偷袭，连自己的亲弟弟也丧了性命，他能咽得下这口恶气吗？再说前锋部队虽然失了多半，但主力还在，人数上仍然远远超过杭州。

钱镠在董昌和各将领面前说了，杭越之间的这场仗一定得打下去，而且相信，杭州会取得最终的胜利。

同时，钱镠下令，队伍加强操练，随时待命，不能有任何的松懈。

越州刘汉宏这里，面对败绩，以及亲弟弟掉了脑袋，哪里受得了，恨不得马上挥刀砍人。正在这时候，营外传来乌鸦的叫声，呱呱呱，灌进他的耳朵里，也就叫人越发恼火。

刘汉宏对手下发出命令："把停有乌鸦的那棵树给砍了！"

将士说："刘将军，乌鸦停在树上叫，很正常啊，把这棵砍了，它会飞去另一棵。"

刘汉宏说："它停到哪一棵，就把哪一棵砍了，把这些树全砍光。要是你们敢得令不执行，先把你们的脑袋给砍掉！"

将士们无奈，只得去砍树。

刘汉宏一番发泄，正想亲自领兵，再去攻打杭州，却得到探报，说是西兴守将杨藩，带领全体将士，向杭州军投降了。

杨藩是刘汉宏老部下，也曾一心追随他，但是见刘汉宏指挥下的人马，根本不把百姓放在眼里，到处奸淫抢掠，为非作歹，早就寒了心。眼见杭州出了英明的将领，一夜之间，以千人大败上万人马，也就暗自作出了自己的抉择，必须弃暗投明。

接着，又有信兵来报，同样是几处守将归降杭州。

待刘汉宏带领越州兵马与杭州军决战时，两边的人数已经相当。

杭越决战开始了。

决战中，钱镠依然提出，由他带领兵马，渡江作战。有将士不太理解，为什么非要渡江作战？沿江设防，利用江险来杀敌不好吗？但是懂钱镠的人明白他的心，他是不愿将战火引到杭州的。

在西陵，杭越双方拉开了最后决战的阵场。

一时间，只见兵来将往，枪矛齐上。

钱镠亲自上场，只见他骑一匹高大战马，手中紧握一杆大槊，一路挥扫。大槊在他神力的挥扫下，冲向所挡的兵将，如同砍瓜切菜。

在钱镠的引领下，杭州的将士们一个比一个勇猛，只见白刃飞，红光出，天上太阳被蔽，树上鸦雀无声。

一场大役，越兵死的死，伤的伤，逃的逃，溃不成军。

刘汉宏眼见大势已去，连忙逃跑，跑到附近一个村落里，看到村里有个屠夫，便命令屠夫把身上的衣服脱下来，他也脱了自己身上的衣服，将屠夫的衣服换上。

等追兵赶到的时候，刘汉宏说："我……我可不是当兵的，我是这村子里的屠夫。"

追兵哈哈大笑，说："你这个杀猪佬啊，换上了这么一身衣服，怎么不把说话的口音也换一换啊？这村里人请个杀猪佬，怎么也用不着去那么远的兖州找人手吧？"

也就把贼头擒下了。

大战已完，杭州军再次大胜班师。

杭州城内搭起了高高的行刑台，刘汉宏被押上了刑台。刑台上已架好断头桩，刘汉宏的脑袋被按上了断头桩。再看，有扎红头巾、穿红背心的刽子手，一手举着鬼头刀，一手端碗散魂酒，一步步走上台去。

行刑台后面，董昌、钱镠等杭州将士，一一到场，现场观刑。杭城百姓也纷纷赶来，想亲眼看着这个一心想将杭州踏为平地的大魔头，怎样人头落地。

只见行刑台上，行刑令官到位。然后，刽子手上前，端起备好的酒碗，喝上一口，朝四面八方喷了，好让厉鬼游魂消散，再喝一口，喷了刀口。准备妥当，只等一声行刑令下，便抡刀朝死囚的脑袋砍去。

面临死亡的刘汉宏，倒没像蟊贼鼠辈那样吓得屁滚尿流，只见他面不改色，嘴角边还隐约带着微笑，显得异常从容淡定。或许他这样的江湖客，从迈步入行的那天起，也料到如此这般的结局。

就在行刑令官即将下令之际，却听刘汉宏大喊一声："慢！"

以为他顶不住，想要告饶，却听他说："让你们这样的小兵小将砍爷，爷死了也不服气。刘爷我是败在了钱镠的手下，所以刘爷我只服他钱镠，快去告诉钱镠，就说只有让他钱镠来亲手砍下刘爷的脑袋，刘爷才服气！"

行刑官也便下台，将刘汉宏的话原封不动报给了董昌、钱镠。董昌听后，看看钱镠。却见钱镠哈哈大笑，站起身来，大步走上行刑台，从刽子手的手里接过鬼头刀，一步上前，手起刀落。

一代混世魔王，在杭州完结。

警铃

大明宫宣政殿，这一回僖宗皇帝总算头戴通天冠，身穿黄龙袍，一身整齐，端端正正地坐在了龙椅上。

大殿两侧，文臣武将，依次班立。

代替皇帝开口宣旨的，依然是宠臣田令孜。

田令孜宣："近年因黄巢逆贼，南北流窜，扰民乱政，并一度冒犯京师，无视天威，烧杀掠夺，无恶不作，为避贼乱，吾皇一度移跸西北，幸有淮南节度使高骈、镇海军节度兼南面招讨使周宝等忠臣烈将，誓死抗击逆贼，效忠吾皇，以致黄巢被歼，群贼被灭。为犒赏功臣良将，特加封淮南节度使高骈为燕国公，镇海军节度兼南面招讨使周宝为汝南郡王，并，润苏杭越等地有功将士，将一一敕封，钦此。"

高骈、周宝也便跪地领旨谢恩。

宣旨完毕，田令孜又说："皇上说了，这次剿贼之所以能获得全胜，还少不了一位功臣，他现在还不在你们这个班列中，在殿外候着呢，名字叫朱温。"

大臣们听后，不由面面相觑，不知道这朱温是个什么人。

田令孜下令："宣朱温进殿。"

宣令一下，只见一位长臂宽肩的黑脸男人，在众目注视下，昂首阔步进入大殿，再大步走向陛前，先扫了一眼金殿龙椅，再屈腿跪下。

田令孜说："朱温朱大人原本在黄贼手下担任先锋，但他能够看清天下形势，分得清正邪忠佞，所以当机立断，弃暗投明，为我朝廷所用，并为剿灭黄贼立下了汗马功劳，今日宣他上殿，是皇上要亲自赏赐朱大人。"

僖宗李儇听到朱温的名字，先笑了起来，对跪在殿下的朱温说："爱卿啊，你功劳不小，朕会好好封赏于你，只是你的名字太不好听了，朱温，那不是猪得了瘟病么，如今你既然为朝廷剿贼立功，肯定是忠勇双全，朕就赐你叫朱全忠。"

朱温（全忠）答："多谢陛下赐名。"

田令孜又说："皇上圣旨，封朱全忠为汴州刺史，兼宣武军节度使，赏黄金千两。"

朱全忠说："谢皇上隆恩。"

田令孜再下令："对润苏杭越等各州抗敌有功人士，朝廷都有封赏，各路都统带旨传达。"

文臣武将齐答："遵旨。"

杭州府衙，董昌和钱镠对坐喝茶。

董昌说："具美啊，如今杭越恶战结果，恶贼刘汉宏已经枭首，我董某先前就跟你具美贤弟说过，要是杭州胜出，把这杭州的第一把交椅让给你来坐，我去越州坐镇，如今杭州已经胜出，我也决不食言，已经把赴越的请求报给高大人了，高大人受诏入京，一定会禀告朝廷，等朝廷旨意下来，为兄我就要走了。"

钱镠说："多谢董兄多年的栽培与信任，要是让我挑起主管杭州这么重的担子，小弟真担心自己挑不起来，而如果干得不好，只怕拖累了董兄的好名声。"

董昌说："你钱镠能征善战，并且屡战屡胜，大名早就传遍朝野，做个小小杭州刺史，还有什么挑得起挑不起的。"

一面聊着，俩同乡又少不得多喝了几杯，再叙了些乡情。

其实在座的两位，也是各怀心志，一个心已凌空，恨不得早早插翅过江，打开双臂，去拥抱那无际的富丽锦绣，另一个踌躇满志，也想借机上位，好好施展一番自己的才华抱负。

酒后，也就各自回家。

回到家中，各自在家人的侍奉下，洗去白天的杂尘与辛劳，安然睡下。

半夜，大家都在睡梦中，钱镠枕头下突然响起铃声，也就使得他被突然惊醒。原来钱镠一直保持这个习惯，从贩盐的时候就开始了，不让自己睡得太死，保证白天黑夜都保持随时应变的能力。要知道睡得太死，半夜里发生了险情，就没办法应对了。比如刘汉宥带领的越州人马，遭钱镠夜袭，也是一样的教训。所以钱镠睡觉时，总在枕头下放一个警物。以前是铁扁担，后来是警铃。这警铃十分灵敏，夜半人静时，要是有大队人马在远处走动，或者有人在近处经过，脚踏地面，发生微震，都会发声报警。

警铃一响，钱镠一下惊醒，睁眼一看，只见窗外一道红光，有些耀眼。紧接着一个人影，在窗前一掠而过。一会看清了，那红光竟然是火，火苗蹿起，很快盖住了窗户。

钱镠大叫一声不好，飞身而起，一面拉起身边的吴夫人，冲出房门外。再唤起屋里所有的人，一起朝屋外冲去。

出屋一看，大火已经从四面燃起，很快门啊窗啊都着火了，转眼间连梁柱也燃上了。

好好的，怎么就起火了？

不好！别处也起火了！

火光在东面，已见红亮一片。

钱镠再来不及多想什么，几个箭步就跃到了东面起火点。这里，正是董昌的住处！

还好东面比西面起火迟，门窗间刚起火苗。只是火势被夜风一吹一送，也就飞快地铺展了开来。

钱镠见状，来到火光前，一脚踹开屋门，直接就往里面冲。

他一面冲，一面大声喊："起火了，起火了，赶紧起来，都起来！"

董昌白日里灌了大量黄汤，睡前免不了要跟新夫人来个床笫大战，酣畅之后，也就搂着娇娘呼呼大睡了。

正做着骑马喝葡萄美酒的好梦呢，突然间感觉身子一动，还以为是连人带马栽倒了，一下惊醒，睁眼一看，满目红光。而床前竟然站着一个人，看清了，这站的不是别人，是钱镠。

听钱镠大声地喊："快起来，着火了，赶紧跑！"

一时郭夫人也被惊醒了，危急中再不顾什么，跳起来逃命。还处在懵懂间的夫妇俩，慌乱中哪里找得到夺命的去处，一番东闯西撞，才好歹找到门洞，双双抱着脑袋逃向屋外。

吴夫人和钱府中的童仆，也都赶来到了这边。见眼前火光凶猛，也便急急扑救，一时间提水的提水，泼水的泼水。

火光下的吴夫人，一面催大伙救火，一面自己也赶着提水泼水，她的心里，比谁都急，因为眼见夫君钱镠冲进了火海，烧了这么久了，还没见人出来。再看，董昌和他的夫人逃出来了，董家的童仆也一个个逃出来了，可就是偏偏不见他。

对了，还有一个人没见出来，是董昌的妾室甄灵茵！

她……她还是吴夫人的表姐。

他们……他们不会都葬身火海了吧？

看那火苗往上直蹿，越蹿越旺，快要烧到屋顶了，再过一会儿，只怕整幢楼都要烧化了。

急啊！

急死人啊！

啊，他出来了！

看吧，冲出火海的英雄，他的身体那么矫健，他的步伐那么有力，他的身手那么敏捷！

几步腾跃，把鬼舌魔爪般的红火，甩在了身后。

他的怀里，还抱着一个人。

抱着的，正是甄氏灵茵。

钱镠跃出人群，跃出几丈开外，见安全了，才放下了怀中的灵茵。

石镜山下的砍柴郎与采桑女，他们又见面了。竟然在这火光的映照下，心心念念的两个人，又站在了彼此的面前。

看他钱镠，他的样子还没变，还是那么明朗亲切；却好像变了，变得更成熟健硕了。再看灵茵，她是真没变，还是这么柔美，这么好看；可她也变了，变瘦了，变得有些憔悴。

再看看他俩，时过境迁，各自的身份变化了，两个人之间似乎有了阻隔，是高山大川阻隔在两个人的当中啊！但在两个人目光交接的刹那，却又好像什么阻隔也没有，什么高山，什么大川，荡然无存。在彼此的眼睛里，婆留哥还是婆留哥，茵妹妹还是茵妹妹。

钱镠先开口，关切地问："你没事吧？"

灵茵双眼饱含着泪水，嘴唇抖动，欲语还休，却还是摇了摇头。

钱镠说："没事就好。"

灵茵说："没想到，还是你救了我。"

钱镠说："茵妹，实在想不到，桑园一别，你我竟然在这里才得以相见。"

灵茵说："婆留哥，能再看你一眼，我就算立即死了，也安心了。"

钱镠说："茵妹，千万别说丧气话，答应我，要好好的。"

灵茵点头，再说："你也要，好好的，你我都要，好好的……"

吴夫人就站在不远处，静静地望着他们，纵使自己的心里有千般关切，却也不忍心上前打断两人。

只是有情无缘的两个人，都明白自己的身份与处境，也就不再多说什么。

千等万等，终于等来了火光中的一面。见了之后，还是离别。见面刹那，离别却是无尽头。

别前，又都忍不住朝对方再看了一眼。心中的千言万语，世间的种种无奈，都在这一眼当中了。

火还在烧，一派熊旺。

这凤凰山上的房子依山而建，几幢作为官邸的房子又在坡上，不是紧靠州衙，所以这里着火之后，并没有引燃别处的楼舍，也算是幸运。只是噼啪声中，烧了一阵，也就把原本完好两幢的楼房，烧成了黑炭。

好在两家的人都逃出来了，算是万幸。

钱镠和董昌定下神来，各自把家人安顿了之后，也就互相安慰，再一起追查起火的原因。

这场大火，明显不是失火，而是人为纵火。想想吧，为什么失火的两处房屋，正是董钱两家两处居所。而且，钱镠惊醒时候，分明看到窗口掠过了黑影。

既然是人为纵火，那必须把阴暗中的祸害给揪出来。

钱镠稍稍沉思之后，说出了心中的判断，他说："首先可以断定，纵火的，必定是这衙门里的人，要是外面的人，不可能对里面的情况了如指掌，知道哪幢楼里，住的是什么人；其次，从我看到窗前的掠影来看，这人一定有些身手，不是个文弱人，也就不是刀笔吏，说不定行伍出身；再次，要在这么短的时间内，在多个点位同时点燃大火，必须有引火之物。对了，让差役马上勘察一下，看现场有没有火油之类的残留。"

很快，去失火现场勘察回来的差役报说，在现场没有发现残留的火油，但是发现了火油燃尽后的残渣。

钱镠听后，只吩咐说："去把府中管理火油的衙吏唤来，唤的时候，什么都不要说。"

很快，两名管理仓库的衙吏被带到了钱镠的面前。只见一个抖抖索索吓得说不出话来，另一个呢，倒还从容，不待人家问话，他先一口咬定自己没纵火。

钱镠便朝说自己没放火的这人说："又没说为什么把你们唤来，你怎么先把自己扯到纵火这件事上？是不是心里有鬼？"

那人听钱镠这么一说，一时蒙了，不知道怎样应答。

钱镠冷笑，目光如剑逼视着那人，说："纵火的，就是你！"

接着，让人照着这人的身份来历先查一查，要是查不出什么就审讯。一查一审，这人的底子也就翻了出来，原来竟然是刘汉宏的手下。说是在刘汉宏入主越州之前，就先派出几个心腹，来到杭州做卧底。这个卧底，一来就混进了州衙，先是得了个打扫的差事，后来因为腿脚利索，便被指派去管理仓库。交账的人跟他说了，这仓库里存放着火油等要紧物质。还说这火油可是好东西，一点上就是烈火，并且只有杭州这样靠海的地方才得到一些，非常贵重，要小心看管。杭越战事拉开后，卧底的也曾想办法弄线报，只是钱镠他们做事谨慎，打听不到什么有用的。

主子交的差事没有完成，却见主子的脑袋被砍落了。砍主子脑袋的，正是钱镠亲手。亲眼看着，不由心里愤慨。不过看到主子人头落地之后，别的卧底溜的溜了，躲的躲了。而他混在府衙，认为自己一直没有暴露，又掌握着钱镠他们的行踪，说不定还有机会为死去的主子做件大事。找好机会，趁着天黑，利用私自偷盗出来的火油，引燃烈火。想以此来烧死董昌和钱镠，从而为主子报仇。

一旦案情查明，也就让小子入地府追赶他的前主子去了。

之后，朝廷旨到，董昌也就如愿去了越州。

董昌走后，钱镠全面接手杭州政军两头的事务，也便想着要好好整饬一番。目前朝廷上，大患已经解除，对下面州府也多有安抚，不再大量征缴。杭州的府库里，也有了些积余，钱镠便想着在境内重新丈量田亩、摸排人丁、税赋重新造册等等事务，都要安排起来。而军营中，需要多多增强实力，特别是急需招募有能力的将领与骁勇能战的士兵。

这天正军营忙着，有手下来报，说："钱都统，外面有名投军的求见。"

钱镠一听，只说："来投军的，让去投军处吧。"

手下说："末将也跟人这么说了，可他偏要见你，说是手里有你故旧的推荐信。"

钱镠说："既然这样，唤他进来吧。"

投军人进帐，却只见剃了个光头，像是一名僧人。只是看他肩宽背挺，臂长膀粗，身板不错，钱镠心里早就喜欢了三分。

投军人递上信函，竟然是洪湮法师的亲笔，钱镠一见连忙迎进帐中。

来人自报家门，说他俗名叫顾全武，老家余姚，早年皈依佛门，在讲经弘法上没有造诣，却练了一身本事。有缘与云游的洪湮法师相遇，法师与他交流之后，认为他尘缘未了，在梵界恐怕难成正果，不如去投军效力，保一方百姓平安。

钱镠听着，越发欢喜，心里想试试这人的真本事，便带他来到校场，指着场中一个铁镦。

钱镠说："这个铁镦有三百多斤，除了我钱某，军中再没人能举过头顶，你能不能试试？"

顾全武说："可以试试。"

走过去，撩衫踏步，一把抱起铁镦，轻松举过了头顶。

有这样一名能人来投军，钱镠真是喜出望。却让他去投军处报到，从亲校做起。

没过多久，钱镠又亲自下令，升顾全武为裨将，让他做了自己的臂膀。

杭州军营突然收到急报，说是燕国公高骈遭遇危急，下令杭越数州人马赶去解救。说起来高骈对董昌、钱镠来说，也算有着知遇之恩，如今恩公遇险，当然得出兵相救。

高骈出事，是因为遭到了孙儒的偷袭。

　　说起孙儒，他原本是黄巢的手下，也是个魔头。如果说被钱镠砍下脑袋的刘汉宏是魔头，那他孙儒就是魔头中的魔头。孙儒带兵所到之处，一定是"三光"，人光，粮光，连田地里的禾苗也精光。据说他的兵将从来不带干粮，直接吃人肉。要是吃不完，还腌上，风干了继续吃。再说高骈在征剿黄巢时，孙儒眼见敌不过，就反叛了黄巢，投奔到了高骈的帐下。对于这样名声臭恶的吃人魔王，谁见了都恨，照理说就算他投降，也不该收留。但是他与他的手下都特别骁勇，不怕流血，敢于拼命。而打仗上阵，不就需要这样的兵将吗？所以，高骈就留下了他们，结果就留下了祸害。这种吃人喝血的家伙，什么事做不出来？昨天可以背叛黄巢，今天一样可以背叛高骈。一个要求没达到，他就在润州起兵。高骈和周宝，两名朝廷重将，没有预料孙儒这么快就反水，不及提防，也就双双被他擒押。

　　钱镠接到急报，马上与顾全武带领杭州兵马，赶赴润州。到达的时候，董昌也带领越州兵马赶到了。同时赶到的还有宣武军节度使朱全忠、庐州刺使杨行密，以及河东节度使李克用等人。这杨行密本来只是庐州军营中的一名牙将，也是因为受到高骈的赏识，被提拔做了庐州刺史，随着羽翼丰满，逐渐控制了江淮地区。而李克用原本是沙陀族人，被唐帝赐姓李，骁勇善战，被人称为"飞虎子"，他的势力已经遍布了整个河东地区。

　　数方力量，一起迎战孙儒叛军。激战中，来自杭州的大将顾全武展开身手，手持铁枪，又挑又扫，如天神降世，连那些拼死不要命的叛贼，都不是他的对手，在各路人马中显示了自己非凡的实力。

　　很快孙儒落败，吃人魔王被砍去了魔头。

　　余下的残部，统统投降。

　　只是燕国公高骈已经被叛兵杀害，汝南郡王周宝虽然被解救出来，但是因为被擒后饱受惊吓与虐待，不久也气绝亡故了。

几路获胜的人马也就瓜分战果，除了城池，还要金银珠宝。钱镠呢，只收了苏州城，并没有再要金银，却要了孙儒留下的残余兵将。众人都笑他，孙儒训练出来的兵将，一个个都是魔鬼，敢把这些魔鬼领回去，迟早够他钱镠喝一壶的。对此，顾全武等将领也担忧，劝钱镠慎重。但是钱镠认为这些兵将打起仗来敢拼命，将来大有用处，也就不听众人的劝，执意要把这些人带回杭州。

战果瓜分完毕，诸侯们也就各自领兵打道回府。

杭越再战

乱世中，总是树欲静而风不止。钱镠又得到了一个意想不到的消息，董昌在越州称帝了！

董昌称帝的消息，还是董昌亲自传达过来的，说是国号大越罗平，改元顺天，还说给老部下封了个两浙都指挥使的官职，让他接旨后马上过江谢恩。

钱镠得信后，着实惊诧不已，不敢相信，董昌竟然会自行称帝。要知道他董昌，也就是一个义胜军节度使，后来在他的讨要下，朝廷又封了他一个陇西郡王的爵位。身为一方诸侯，在朝廷无能为力的情况下，每每拥兵自立，自立后可以称王，但是称帝可不一样，称帝就与朝廷分庭抗礼了，那是叛逆。只要朝廷一声令下，全国所有的兵马都可以征讨。

越州就算统领着南边明、台、温、处等数州的兵马，但是与强大的北面力量比较，还是鸡蛋与石头，强弱分明，扛不住几回打击。钱镠心中十分明白，越州就算再加上杭州，一样是枚鸡蛋。

老董啊老董，你在越王府中酒池肉林，绮罗香暖不好吗？偏偏贪心不足，还要称帝，这不是找死吗？

不行，不能眼看他毁灭！

不管怎么说，董昌都是钱镠的上级，还是一同从临安出发的同乡，于情于理，不能明明看着人家落水，而自己站在高岸观看。再说，董昌要是被歼，就算他是自取灭亡，但是还会连累到他的家人啊！

董府里，有灵茵在！

钱镠决定过江，去说服董昌，让他放弃国号，主动向朝廷请罪。眼下纷乱，朝廷正是用人的时候，说不定只要董昌认错，朝廷会免去他的罪责。

当下，钱镠决定过江。并且他说了不带兵，只身前往。顾全武等一众将领听后，都认为太冒险了，要钱镠三思而行。再说人家刚刚自封了皇帝，正在兴头上，就算晓他利害，他会听吗？万一触恼了人家，一个自认为已经手握生死大权的人，会不会一怒之下把好心劝告的人给砍了？

但是钱镠下定了决心，不顾众将士的阻拦，非要前去试试，竟然脱下盔甲，换上长衫幞巾，只身一个人上了船，摆渡过江去了。

这大越罗平国到底是怎么回事？

说是董昌从杭州来到越州之后，便住进了越王旧府。这越王府，可真是华堂璀璨，玉软花娇，是人间难得的富贵邸、世上不多的温柔乡。在越王府没待几天，董昌整个人就懵懵懂懂地飘了，只觉得自己已经站在了权力与富贵的巅峰，可以与当年的越王比一比肩了。可是自己，如今还顶着这个名不着边的陇西郡王的头衔，太委屈了。

想好了，要像当年越王勾践一样，威风八面，青史留名。也便向朝廷请求，要朝廷直接封他为越王。

朝廷虽然越来越羸弱，但给诸侯的封赏上，还是不肯含糊。你在越州，封你个陇西郡王、陇东国王都可以，总之有名无实。而封实地的王，可不干，那就成了实打实能号召一方的主。所以朝廷就拒绝了董昌的要求，没有给他越王的封号。

董昌的意愿没有得到满足，不由恼羞成怒，竟然想到朝廷不给，那就干脆自己给。

并且，董昌还想，干脆连越王也不干了，一步到位，直接称帝。

而他那续娶的夫人郭氏，虽然不像先前杜氏那样恶毒好妒，但也不是个善茬。自从进了董家的门，她就在夫君耳朵旁说什么她小时候被人看相，看相人说她不是凡人，从容貌看将来会做皇后。既然自己是皇后相，如今嫁了董昌，董昌也就是命中注定的皇上。

正在这时候，凑热闹的都赶来了。越州有个叫罗平的，逮到了一只鸟，这只鸟会说话，开口就是"皇帝董，皇帝董"。听这鸟叫的，不就是皇帝姓董吗？罗平听了，心中暗喜，连忙把鸟献给董昌，去换得自己的大好前程。董昌一听，当然是欣喜过望，正中下怀，认为自己称帝是天意注定。

称帝定国号，把罗平吉祥鸟定在了其中：大越罗平国。一面广封家人与臣下，杜氏当然是皇后，甄灵茵倒也被封为了贵妃。

灵茵是个明白人，清楚董昌的荒谬，开始就试着规劝。但鬼迷心窍的人，哪里听得进忠言，见灵茵敢忤逆他，也就越发将她冷落了。

董昌的冷落，对灵茵来说，并不是坏事。整个宫室里，称帝的称帝，封王的封王，紧接着满城搜金银，选秀女，差不多是孙猴子的水帘洞，一个个上蹿下跳，好不热闹。所以没人在意她，也没人来管她，这样一来，她可以出宫室，四处走走，还可以听身边人聊聊高墙内外的新鲜事，比之前好多了。

这天就听人在说，钱指挥使只身从杭州来到越州，竟然劝皇上放弃国号，去向朝廷请罪。皇上听后震怒，当场让将士将人拿住，关押起来。

钱指挥使，那不正是钱镠吗？甄灵茵一听，不由一个激灵。

而此时的钱镠，真的被关进了牢房。

他到达越州，见到董昌，便不顾一切去坦陈利害。想用同僚之情，同乡之谊，苦口婆心规劝董昌悬崖勒马，迷途知返，回头是岸。可是被权色欲望迷乱心智的一个人，凭他人的几句话，会回头吗？

钱镠实在没有想到，才几天不见，董昌已经到达如此昏聩的地步。

更没想到的是，董昌还亲自下令，让人把钱镠逮住，投进牢里。再告诉他，他钱镠要是不知悔改，不为董皇帝效忠，不做大越罗平国的战将，那他就得死。

看来，董昌确实是有心要除掉钱镠。因为董昌明白，钱镠要是不为自己所用，放掉他，那么将来一定是个强劲的对手。

董昌杀心一起，钱镠的性命也便危在旦夕。

牢房里的钱镠，也不由暗暗叹气。看来，顾全武他们没错，是自己错了，低估了董昌的野心与狼性。自己这江东一行，等于是自投罗网。而如今，身陷囹圄，镣铐锁身，成了砧板上的鱼肉，只能任人屠宰。

牢房里倒安静，是不是死亡来临前的静穆？

多年以来的，一直行走与征战，难得有这么安静的时刻，静下来的钱镠，也就不由得想，自从走上了贩私盐的路，再到进入石镜营，然后身经数战，这一双大脚板也算踏过千山万水了吧。只是这些年来，还没有建立大的功业，没有奠定安稳的居所，更别提像恩师戴先生说的，保住一方百姓的平安。自己这些年的所作所为，说到底，不过是让家人和朋友一起跟着担惊受怕吧。而自己掌管的杭州城，那是一片汪洋中的一条小船，官民百姓还都泡在苦水，一天天在挣扎。家中，父母老迈，大夫人没有生育，但尽心尽力帮助养育孩儿。二夫人已经生下三子，目前又怀上了身孕。

要是自己就这样葬身在了越州，杭州的百姓与自己的家人，怎么办呢？

不想了，想多了也没用，干脆倒头睡吧。

可就在这天晚上，牢房的门却竟然被打开了。紧接着，一个掩面的黑衣人闪身进来。进来的人马上给守卒下令，让把钱镠身上的手镣脚铐打开。

钱镠一时也闹不明白，这又是怎么回事。

不过看黑衣人的身量，好像眼熟，再听人家的声音，虽然故意压沉，却好像也是很熟悉的。到底是谁？来干什么？

待铁镣打开，只见黑衣人走上前来，对着钱镠说："婆留哥，别担心，是我！"

原来竟然是灵茵妹妹。

听灵茵说："婆留哥，董贼要杀你，我趁他酒醉，偷了他的令牌，过来救你，怕他酒醒后会发现，你必须马上跟我出去，出去后往城楼跑，城头上准备了绳索，城外还有匹马，我送你出城。"

钱镠说："茵妹，这样会连累你的！"

灵茵说："别多想，再不走就来不及了！"

面对这样的处境，钱镠也就来不及再想什么，随着甄灵茵往外跑，一直跑到了城头。城头上，果真已经准备好了绳索。灵茵便让钱镠抓住绳子往下滑，下去以后，骑马快跑。

钱镠接着灵茵说："茵妹，他知道你放了我，肯定不会放过你的，你就跟我一起回去吧，逃出这个魔窟！"

灵茵却说："我不能回去，嫁夫从夫，我认命了。"

正说着，只见不远处一片火把，看来是有人报信，追兵赶到眼前了。

甄灵茵便朝钱镠大喊一声："你倒是快跑啊！"

就在这时，只见追兵赶到近前，马背上有人拉起了大弓，弓弦一松，飞出一支利箭。嗖嗖而飞，不偏不倚，射中了灵茵。尖锐的箭头，从她的后背直穿前胸，顷刻胸口一片殷红。

灵茵捂住胸口，用最后的力气朝钱镠再喊："跑啊……"

面对这样的惨状，钱镠心痛如绞似啃，却只能眼睁睁地看着，心爱的人就此倒下。

天空中飘来凄凉的女声绝唱：

> 我窦花开时，侬在放牛呀。我跨青骢马，侬在垂柳下……从此日日与夜夜，都将放不下……

怎么放得下啊！

只是眼看追兵马上就在近前了，要是再不走，就来不及了！钱镠只得强忍疼痛，手抓绳索，一口气滑下了城楼。再飞身上马，朝江边疾驰而去。江岸边，早有顾全武派来的船只接应，待钱镠上船，也就收缆起航。

待追兵赶到时，只见钱镠他们的船只已经到达江心。

钱镠回到杭州，也就不再犹豫。先把董昌的悖逆上报朝廷，并表明自己听旨讨伐的心迹。

朝廷的诏令还没到，几个人先到了。是甄灵锋领着高彦、成及他们，都是钱镠的临安老乡。甄灵锋说，他已经知道妹妹灵茵的事了，身为兄长，真是心痛欲绝啊！这几年，家里二老先后走了，自己原本只想安耽过日子，祈愿亲人们都平平安安，哪里想到妹妹落了这么个悲惨的下场。

钱镠紧抓住甄灵锋的手，说："茵妹是为我死的，我必须替她报仇！"

甄灵锋要求马上入伍，打到越州去，亲手砍了董昌。

高彦和成及，这几位和钱镠打闹长大的发小们，也要求入伍。说是当年钱镠拉着他们一起贩私盐闯江湖，如今他们想好了，要继续跟着钱镠杀敌打天下。

钱镠应诺了他们的要求，让他们都进了队伍。

很快朝廷诏令下达，褫夺董昌所有的职位官爵，并下令各路诸侯出兵征讨逆贼。

杭州的兵马早就部署到位，只要钱镠一声令下，就可以扬帆过江。

杭州与越州一江之隔，只要兵马过江，直接就可以攻到越州城下。原本，一举攻下越州城，钱镠还是有把握的。只是在他即将发兵之际，收到信报，说庐州杨行密不仅不来攻打越州，反而出兵攻打苏州。要知道，在剿灭孙儒后，苏州归了钱镠，杨行密断定杭州一定会出兵越州，无暇顾及其他，就来个半路杀出，趁火打劫。人家为什么要这个时候打劫？明显是不想让钱镠顺利地攻下越州。杨行密担心两浙合并，实力壮大，使得他再没机会觊觎东南。

对这个杨行密，钱镠真是恨得牙疼，无处发火，一时看到门外有株杨树，竟然朝手下人喊："还不快把这杨树的头给砍了！"

恨归恨，还是考虑怎样收拾这突发的局面，也便集中将士，一起商议对策。

钱镠先开口："越州董贼，虽然他不仁不义，但他好歹曾经是我钱某的同僚，又是临安同乡，而杨行密这个贼头，要是放过他，他取下苏州后肯定立马转头南下，到时我们就腹背受敌了。"

顾全武却不赞同，说："钱大人，你要是放过越州，先保苏州，无异于舍大求小，舍本逐末，因为越州就在杭州旁边，而苏州与杭州之间到底还相隔着湖州与秀州。再说，杨行密要取苏州，必然要先过东安镇，镇守东安的兵力不弱，杨行密未必轻易能过。"

是啊，在这次战事中，东安镇必然是一个战略要点。东安镇要是能扼守住，挡住淮南军，就算退不了敌，但只要拖住，杭州兵马就有时间对付越州了。等收了越州，就可以挥师向北，再战杨行密。

　　钱镠思考之后，还是听从了顾全武，着手部署起兵将。攻打越州，由顾全武领兵，尽可以放心。在东安镇的守御上，必须派出勇猛得力的将领。正思考用谁时，有人主动站出来请命。这位请命扼守东安镇的将军叫杜稜，富春人，当年董昌平叛狼山王郢时，他就在伍中，因为看董昌办事不尽如人意，也便没有同去越州，而是留下来辅助钱镠。他杜稜，称得上是钱镠麾下的一员力将。由杜稜镇守东安，钱镠心中也就踏实了许多。为了支持杜稜，钱镠把甄灵锋、高彦、成及几个，自己的发小心腹，也一起派去助力。

　　甄灵锋原本追随顾全武去越州，好亲手结果董昌，替妹妹报仇。高彦和成及，也说想追随钱镠上阵。只是钱镠说了，东安镇比越州更需要他们，只有保住东安镇，他们才能安心攻打越州。几个人听了，也便跟随杜稜即刻出发，直奔东安镇。

　　接着，钱镠下令："各位将领听令，此次出征，由我钱镠亲自挂帅，顾全武将军担任都统，向越州进发，过江讨贼！"

　　再说杜稜、甄灵锋他们赶到东安镇，来不及喘口气，就和原来驻防的人马一道，关上城门，严阵以待。

　　而杨行密的人马，随即到达。

　　杨行密先是在城下叫嚣劝降，连叫几回，城里上的将领都丝毫没加理睬。见计谋不成，杨行密也就十分恼恨，下令将整座城池给包围起来。

　　东安镇，眼看敌军从四方进攻，战况一次比一次猛烈。杜将军从容调度，威严稳妥。甄灵锋、高彦、成及，都担起了独当一面的重责。甄灵锋多年打铁，练就了一身力气，拉弓射出飞箭，一支支过去，能将城下数十丈开外的将领射下马。而高彦和成及，虽然小时候像两条泥虫，但是自跟随钱镠贩卖私盐，走南闯北之后，不仅练好了身手，也练壮了胆魄，骑马拉弓放箭，全都不在话下。

淮南军攻打东安镇，一连攻了好多天，都没能攻下来。攻不下东安镇，也就取不了苏州，取不下苏州，就算转道去取杭越，那一定是碰壁。杨行密正在焦急，忽然有谋士向他建议，说可以切断东安镇的水源。这东安镇的水源，只靠上游来的河水，将河水封堵改道，城内没了水，那不就可以轻易取下了吗？杨行密听了之后，果然依计而行。

东安镇内断水，这可是一件大事，但是，杜稜他们在缺水短水的情况下，还是不肯投降。只是没有水，眼看着将士们一个个嘴唇开裂，口鼻冒烟，实在难以再坚持下去了。

夜里，甄灵锋渴得睡不着，来到屋外，在夜空下走走。忽然，他听到了什么声音，似乎是来自地底下的泉水声。赶紧伏下身子，耳朵贴着地面，仔细去听，咕咕咚咚，没错，就是泉水声！

这一发现，让甄灵锋惊喜不已，赶紧报告了杜稜。杜稜听后也十分高兴，连夜叫人顺着声音开挖。一锄锄挖下去，果真一股清泉喷涌而出。

全城人得救了！

越州这边，杭越两军一交火，越军的颓势就出来了。首先越州自行称制，名不正言不顺，道理上亏了，将士的心志也就打了折扣，然后董昌与钱镠的军事才干，原本就不在一个档次上。之前的胜仗，诸如八百里退敌、剿灭刘汉宏等，虽然功劳记在董昌名下，但都是钱镠谋略指挥的。如今董昌上阵指挥，在战略战术上，他简直就是个门外汉。加上称帝之后，整天整夜泡在酒池肉林里，身体也早早地垮了，哪里还有当初从军时的威风？

而杭州军，打的是奉诏平乱的旗号，将士们心里踏实。然后，有顾全武这样的能将带领，战略战术肯定胜他几倍。还有，队伍中孙儒训练出的家伙，冲锋陷阵，根本不要命，简直就是一支敢死队，哪个能抵挡得了？

一番巧打猛攻，没经多少回合，杭越之间便输赢已分。

总攻的时间到了，杭州兵先在箭头裹上绒布，用绒布头来沾上火油，沾满点上，射出，就是一支支火箭，直飞城楼。趁城楼着火，守城将士在烟火中纷乱，赶紧架上云梯，敢死队攻上城去。

顷刻，越州城破，杭州军像钱塘潮水一般汹涌杀入。

董昌被掠获，连同他的郭皇后以及众多的后宫嫔妃们，一一被捆了个结实，带到了顾全武面前。

这时候，董昌一把鼻涕一把眼泪，装出后悔不迭的样子。

董昌道："是我错了，都是我的错，我再不要什么见鬼的国号帝号，我要见我的钱镠老弟，钱老弟和我是同乡，我们曾经一起出生入死多少年，他劝我回头，是我没听他的话，这回我一定听他的话，快带我见他，他一定会放过我的！"

顾全武道："钱都统说了，逮住你之后，不要为难你，把你带过江，带回杭州，然后让你自己去向朝廷请罪，怎么处置你，由朝廷决定。"

很快，董昌被押上船。回北岸的大船上，董昌应该是回想起当年带着家人南渡的情景。彼时好一个志得意满，喜气洋洋；而此时，实在是鸡犬不如。接下去，一定是凶多吉少。到头来，不过是魂无归所。或许越想越失意，越想越死心，竟然趁人不注意，将身子往舷外一扑，一头扎进了滔滔江波中。

也是石镜山下走出来的一代枭雄，竟然就这样在钱塘江中逐波而殁了。

云山哀叹，波涛唏嘘。

平了越州，钱镠和顾全武安置一番之后，赶紧挥师向北。

前方来报，驻守东安镇的将士们，誓死守城，城池却被敌军围成个铁桶。在受近一个月的围困之后，城内弹尽粮绝。为了给百姓们一线生机，全体将士毅然打开城门，出城决战。幸存下来的将士们，在杜棱带领下，面对多于自己数十倍的敌人，奋勇拼杀，大多殉难，只有区区几人还在拼杀。

关键时候，苏州守将主动放弃城池，从北而赶到，支援东安镇，与杨行密的人马展示厮杀。而攻下越州的顾全武，赶紧策马南上，迎战吴军。

杨行密的队伍，虽然夺取了苏州与秀州，但是在南北两面同时夹击下，很快败落，只得朝西北面夺路而逃。

坚持守城，浴血奋战的东安镇守兵，最后只有杜棱、高彦、成及等数人得救。而甄灵锋等人，与东安镇上万驻守官兵们一同殉难了。

钱镠咬牙泣血大叫："杨行密，你这个恶贼，我钱镠与你誓不两立！"

杭州军记下杨行密的血债，奋起而战，很快将被淮南军占领的苏、秀等州尽数夺回。

自此，两浙合一。

肆

打造天堂，快马加鞭逐日月

治江

是夜，西径山上，洪諲法师在弟子的陪同下，来到山巅，仰头望向天空。只见北斗星阵中，紫微熠熠放光生辉，而太微一点点暗淡下去，不见了光芒。法师看过之后，摇了摇头，微微叹息了一声。

弟子问："师父，在这澄波如海的夜空中，你看到了什么？"

洪諲法师说："我见我所见，你见你所见，你能见到你所能见的，就够了。"

弟子听了，抬手摸摸自己光溜的脑袋，似乎懂了，又似乎没懂。

洪諲法师又说："来的来，走的走，一切都是缘分因果，阿弥陀佛。"

钱镠府中，吴夫人挺着大肚子，看得出来，月份已足，很快就要临盆了。她在夫君钱镠的陪同下，在后花园走了几步，回到室内坐下。丫鬟送来一碗莲子羹，请夫人享用。吴夫人要起身去端，钱镠连忙示意她别动，自己去端了碗，再一口一口喂给她。

夫君总是南征北战，难得安静地陪在夫人身边。吴夫人瞧着眼前身体健壮，眉头却总是皱起的丈夫，自己心里明白，他的心里藏着太多的事。

待吴夫人把莲子羹吃完，钱镠说他近日想回趟老家临安。

说到临安，吴夫人说夫君是应该回去看看了。一家老小都还在临安，虽然时常互相捎信，知道家中二老安好，戴夫人持家有方，孩子们顺利成长，还有元璙和元瓘在先生管束下，学业又有长进，但家人不在眼前，总是叫人日夜记挂。

吴夫人说："等安定些，把一家老小都接过来吧。"

钱镠说："你只管安心养身子，这一回，希望能给我生个漂亮的女儿。"

吴夫人说："妾身懂夫君的心思，之前生的个个都是小子，夫君早就想要个宝贝囡囡了。"

夫妻俩说了几句体己的话，钱镠却还是不能留在家里陪伴孕妻。国事，家事，天下事，事事在心。哪一天，才能忙得过来？也便，又要出门了。出门前，又跟吴夫人说了桩事。

钱镠说："我会让人在越州建座百花台，供奉百花夫人。"

吴夫人一听，眼睛就湿了，说："我知道，你这是为灵茵姐姐建的。"

钱镠沉默了片刻，只说："她贤良勇敢，可钦可佩，为了救我一命，自己化烟归仙，所以不仅你我一生一世要记住她，钱家后人，世世代代，都必须记住她。"

吴夫人伤心地说："可怜我的灵锋哥和灵茵姐，都去了……"

钱镠说："你也别胡思乱想了，好好养着吧。"

钱镠走后，吴夫人还是对着窗外的天空，抹了好一阵眼泪。

朝廷中，僖宗李儇暴病身亡。李儇的异母弟弟李晔继位。

李晔下旨，任命钱镠为镇海、镇东二镇节度使，又加检校太尉、中书令，赐金书铁券。之后，又封钱镠为吴王、越王，并将他的画像，挂上了凌烟阁。

钱镠控制下的东南十四州，也就成了吴越国。

果真是：

一剑霜寒十四州——云烟百年吴越国

我王奉天，为时而出。

传宝应金，继明照日。

国土无双，风华第一。

削树平蛮，梦天受秩。

身为吴越王的钱镠，开始考虑起下一个重要的问题。那就是，都城选择。

要说城市繁华，宫室盛大，一定是越州。只是以越州为据点，在钱镠的心里，好像觉得不怎么合适。别的不说，刘汉宏与董昌的下场，就明明白白摆在那里。杭州呢？杭州城的规模实在小了点，汪洋中的一条小船，要是承载过重，那还不得翻船。

定都的问题，一时难以定夺。

眼下，回到了临安，心境宽松，看望了家人之后，趁着闲暇，也便再上西径山拜访洪湮法师。

洪湮法师正好已经完成早课，在室里研读经卷。见到钱镠到来，法师显然很高兴，连忙迎进室中。看钱镠，南征北战，身形越发魁梧高大，脸上神情坚毅，自信满满。再看法师，慈悲为怀，普度众生的佛门中人，神情间愈发风轻云淡。

钱镠便与法师叙起了旧情，说要是没有法师在渡仙桥头的一番劝导，凭自己当时的热血冲动，很可能就入草莽绿林了。到如今，恐怕早就身首异处。法师只说这是缘分，佛门宽广，却只能度有缘人。

说话间，茶香起来，钱镠便把心里的一些犹疑，跟法师说了出来，目前最难定夺的，就是在自己把控的这十数州地盘上，是以杭州为中心设府为好，还是以越州为中心设府为好。

洪湮法师："杭州城有凤凰山为首，有钱塘江为身，还有万顷良田为足，分明有虎踞龙盘的气象，就算与金陵比较，也只怕不分上下，并且还有运河贯通南北，有港口可以直航外海，所以，依老衲之见，杭州是首选。"

钱镠说："杭州好是好，只是杭州城池只能缩踞在凤凰山上，如同漂在海上的一条船，要是来日百废俱兴，人口激增，这么狭窄的地方，恐怕难以承载。"

洪諲法师说："杭州城之所以难以拓展，那是因为钱塘水患没有根除，只要降伏钱塘江这条蛟龙，北岸这整片的地域，难道还不够你扬鞭驰骋吗？"

听了洪諲法师的话，钱镠连连点头称是。也就展眉而笑，一副茅塞顿开的样子。

钱镠说："法师说得太对了，只要治好了钱塘江，还愁杭州城没地盘拓展吗？"

真是智者一句话，点醒梦中人。

钱塘江，依旧是东海滨这条之字形的大江，浩荡的江水，开阔的河床，一旦潮汐涌来，如同千军万马呼号奔走。

钱镠从贩盐开始，到领兵作战，在这江面上多少次来来回回。他回想那时，因为千辛万苦挑来的盐，被潮水浸化，曾经抢起铁扁担，怒打过"潮王"。从心底，他也恨过江水，动不动洪波泛滥，铺天盖地，让多少百姓受苦。不过呢，这条钱塘江，狂涛起来时，好像一条发疯的恶龙，张牙舞爪，不可一世，而更多的时候，又是温和得像亲娘，默默地润养着两岸的千顷良田，百万民众。

如今，钱镠已经下定决心，把"恶龙"擒住，驯服，让它从此乖乖干好事，不再干坏事。

治理江河湖海，说难，也不难，就是筑好江堤海塘，挡住浪涛，让洪水顺流归海。说容易，却非常不容易，江堤海塘千辛万苦修筑好，洪涛一来，一口气推倒了。所以钱塘江也不是没有治理过，总是筑了毁，毁了筑，筑了再毁，到头来还是一片汪洋。

钱镠想好了，不能筑个一冲就垮的土堤，要修，就修道坚固的捍海石塘。江浪冲不开，海浪卷不起，百年千载守护杭州城。

通告发下去，江两岸的民众都发动起来，告诉大家，钱王要带领大伙捍塘。这一天，钱王下令，让杭州府的文武官员都来江岸。

出现在众人面前的钱王，完全换了一副模样，看他身上，既没有穿着光鲜的王袍，也不是披甲带盔，而是一身粗布大衫，一根宽腰带，完全就是与当地田间地头的百姓们同样的行头。

再见他把大衫的衣角，撩起一角压在腰带间，对着面前的众人说："不管是文官，还是武将，都听好了，从今天开始，除了驻防的将士，全都要上阵，上阵不是打仗，是捍塘，这捍塘，不比打仗轻松，只是谁都不能退缩。谁要是退缩了，轻一点的，罚俸禄；重一点的，杖脊；最重的，埋进塘底，筑塘基了！"

一时间，官兵百姓，全都发动起来了，浩大的队伍，有十数万之众。方法也早就设计好了，先打木桩，打一排排木桩，成网格形，在木桩中间放进竹笼，竹笼里面再装大石头。这样的设计，江涛海浪打在木桩上，木桩既能抵挡浪头，又能分流水势，中间的石坝形成了合力，也就不容易被冲垮，成为坚固的拦堤。

干活的劲头是上来了，方法也有了，可开工，就没那么顺利了。看这江中的潮水，一个潮头接一个潮头，凶猛地打过来，不要说捍塘，连桩都打不下。

钱镠见潮水作难，有心跟"潮王"求个情，让"潮王"管管这潮水，好让筑堤的大事顺利推进。也就下令准备了祭台，台上摆了鹿脯、煎饼、枣脯、时果、茅香、清酒、净水，又上了香灯。

为这件事，钱镠还特意作了一首诗，就叫《筑塘》：

天分浙水应东溟，日夜波涛不暂停。

千尺巨堤冲欲裂，万人力御势须平。

吴都地窄兵师广，罗刹名高海众狞。

为报龙神并水府，钱塘且借作钱城。

这诗中分明是跟江神龙王与潮王恳求呢，让钱塘江潮收敛一些吧，江潮不要再漫过来，把这片水漫地借给我捍塘修堤。

当下，率领全体臣民，开始祭拜江神、潮王。

只是祭拜之后，江中的潮头依旧是一个接一个。

看来，"潮王"不肯配合筑堤，分明还在耍性子。

钱镠二话不说，又使出了当年铁扁担打"潮王"的狠劲，竟然说要射潮。

为此，他命人砍来山阳劲竹，拿白鹭的羽毛涂上朱丹作尾羽，用坚钢做箭镞，让铸箭的工区造出三千支强箭，然后让手下数百名弓箭手，在江岸一字排开，朝向那潮头，拉弓搭箭。

而他自己，更是取了把大弓，搭上长箭，拉满弓。

一声令下，百箭齐射。

不行，再射一拨。

一共射了六拨。

也挺奇怪，钱王射潮之后，那潮水也就慢慢退去了。

钱镠赶紧下令，开工！

选在潮水落下的地方，打下木桩。江潮的末端，对于洪潮来说，抵达时也是强弩之末了，威力小得多，破坏力也是最小了。

日以继夜，挥汗如雨，二个月的时间，拦江捍海的大石塘完工了。

千里新堤，镇江捍海。

站在新筑成的石塘前，钱镠虽然整个人瘦了一圈，但是意气风发，眉宇大开，眺望着两岸的土地。

　　只听得，钱镠豪情地说："百姓民众，是国家社稷的根本啊，而土地，又是民生的根本，有了这坚固的堤防，从今往后，两岸的百姓就有好日子了，我们捍塘人再苦再累，也是值得的。"

　　正这时，忽然收到急报，说是朝廷出大事了。

筑城

从北面传来的重大消息，大唐灭亡了。

　　废唐的人，便是被僖宗赐名为朱全忠的朱温。他朱温已经被昭宗李晔晋爵为梁王，手握重权，却仍贪心不足，废君夺位，推翻朝廷，自称皇帝，改国号唐为梁（史称后梁）。

　　朱温称帝之后，对内大肆杀戮，将唐宗室以及旧朝臣将，杀了个干干净净；对外，却想稳住各路诸侯，便给诸侯们，都逐一加封晋爵。

　　钱镠把控吴越地境，被封为吴越王。

　　钱镠对朝政的突变，虽然也有所预料，但对朱温的暴虐，还是感到震惊。面对这种突发的局势，是出兵征讨朱温，还是承认梁朝，接受封赏？要是以讨贼的名义，趁机出兵，或许可以再次开疆辟土，扩大能掌控的地盘。目前自己掌控的十四个州郡，要是扩展，就算变成四十个州郡也不是不可能。

　　钱镠忽然就想起来，前几日不就有灵隐寺的僧人求见，先送来了一首叩门诗——《献钱尚父》：

　　　　　贵逼人来不自由，龙骧凤翥势难收。

　　　　　满堂花醉三千客，一剑霜寒十四州。

鼓角揭天嘉气冷，风涛动地海山秋。

东南永作金天柱，谁美当时万户侯。

钱镠当时正在钱塘江堤上忙得热火朝天，将来信瞥了一眼，便让人退回去，说将十四州改成四十州，再来相见。

如今想起这件事，连忙派人去问，诗有没改好。

一时，钱镠自语说："诗改或没改，又有什么要紧，不过是，将十四州改为四十州，那么本王，就有信心出兵了！"

打探的人很快回来报告，只说灵隐僧人出门了，不知道去向，临行前倒留下了字条。

赶紧接过字条，打开一看，写的是：

不美荣华不惧威，添州改字总难依。

闲云野鹤无常住，何处江天不可飞。

钱镠看后再问："这位灵隐僧人叫什么名号？"

手下回答："法名叫贯休。"

钱镠听后一拍大腿，说："啊呀，原来是贯休大师啊，早知是他老人家，本王怎么敢怠慢！"

一时间，钱镠为自己的粗鲁武断，后悔莫及。

正这时，手下又来报告，说府门外又有一位文士慕名而来，想投奔钱王帐下。此人同样先送上叩门诗，展开一看，只有简单两句，写的是：

一个祢衡容不得，思量黄祖谩英雄。

钱镠看后，说："也是位胆大傲气的主，他这写的，是借用三国典故，荆州守将黄祖，容不下名士祢衡。看来，是试探本王是不是胸中没有半点容量的黄祖。"

手下说："这个人竟然如此大胆，小的这就去将人拿下，交大王处置。"

钱镠忙道："慢！本王已经错失了贯休大师，不能再错失有才之士，通过贯休这件事，本王想通了，只有胸怀大才的文士，才敢倨傲，而胸中寥寥数墨的人，才会唯唯诺诺。"

当下，问前来叩门的文士姓名，手下说叫罗隐。

钱镠说："原来是江东昭谏先生啊，他是本王的同乡，生在新城，长在昌化芦岭，所以又被称为芦岭秀才。本王早年就拜读过他的诗文，而他的大名，早就传遍天下。快快，快请罗先生入府！"

手下临走时，钱镠却又说："慢！罗先生既然呈来了叩门诗，本王也拟两句，递交罗先生，再让他自己决定，进还是不进这府中。"

当下，手下给钱镠取来笔墨，只见他一挥而就，写的是：

仲宣远托刘荆州，都缘乱世；夫子辟为鲁司寇，只为故乡。

等候回复的罗隐，接过钱镠的亲笔书札一看，哈哈大笑，说："谁说钱王妒才，从这字句中可以看出，一定是怀才又有雅量，他这用圣夫子回乡任司寇来比喻在下，用这样的规格来抬举在下，实在是太高了！"

一面，大步迈向吴越王府，与钱镠相见。

而钱镠，早就在府门前恭候了。

再看看眼前的罗隐，一张又长又黑的脸，塌鼻子，歪斜的嘴巴。怪不得，民间有称呼罗隐为芦岭秀才的，也有直接称呼驴脸秀才的。

对于以貌取人的典故，钱镠肯定也知道几个的：一个是"以貌取人，失之子羽"，还是孔夫子的故事，就因为子羽的相貌丑陋，让孔夫子差点没收下这个品学优秀的学生；另一个也是三国时的故事，孙权以貌取人，错失了凤雏先生庞统。

有了这些前事的教训，钱镠怎么会再蹈覆辙，错失江东宏才？

见了罗隐，不待人家好好叩拜行礼，钱镠赶紧拉他入府，一面让人看座看茶。

当下，钱镠也就打开心扉，诚心向罗隐讨教：是出兵向北，还是接受封赏，向梁称臣？

罗隐开口，说了四个字："向内筑城。"

钱镠听了，点头大笑，说："罗先生啊，你这一来，就说到本王的心里去了，本王自从入主杭州以来，心里边想的也就是，保境安民！"

罗隐听后起身，再恭恭敬敬地给钱镠行了个礼。

罗隐说："大王啊，保境安民，以民为天，你说得太好了，民是国之本，无民便无国，能明白这个道理的，便是明主贤君，你一定是一位古今难得的明主！如今，我罗隐有幸得遇明主，请让我再奉上六个字：高筑墙，广积粮。"

钱镠也起身，慎重地给罗隐还了一礼。

钱镠称赞道："罗先生，高筑墙，广积粮，这是箴言！"

罗隐也就在吴越国任职，先后担任钱塘县令、谏议大夫、给事中，也就被人称呼为罗给事，成了钱镠在文臣中的倚杖。

国策既定，钱镠心中是踏实又欢喜。

府中又传来好消息，吴夫人诞下了一名小千金。钱镠一听，真是喜上眉梢，大踏步赶回内室。

只见吴夫人产后，正卧在床上休息，也便握住夫人的手，感叹做女人真不容易，再道声夫人辛苦了。看夫人的怀里，躺着只"小猫咪"，乌黑的头发，粉团一样的小脸，闭着眼睛睡着了。

身为父亲的钱镠，逗一逗小脸，笑着说："囡啊，爹爹总算也有件暖心的小棉袄了。"

吴夫人也笑着说："大王，你可要给囡囡想个好听的名字。"

钱镠想了一想，说："你叫柳青，宝贝儿就叫小青吧。"

吴夫人说："柳青，小青，听着好像是俩姐妹了。"

钱镠再一思量，说："那就叫灵儿，好不好？"

吴夫人听了，心头也就明白，夫君他这是还惦记着表姐灵茵呢，沉思了片刻，便说："灵儿，好是好，不过妾身想，还是避开姐姐名讳，让她随同哥哥名字里的王旁，叫琳儿吧。"

钱镠一听，倒笑了，说："好，就叫琳儿。"

一面逗着小人儿，唤她："琳儿，琳儿，快睁开眼睛看看你的阿爹阿娘吧。"

小家伙果真弹开了眼皮，是一双黑漆漆的小眼睛，好看极了。

眼下，钱塘江已经治理好了，这条桀骜不驯的"恶龙"，被收服后谦虚地伏下了身子，诚恳又温顺地润养着两岸的大地与万民。再看退却江潮的两岸，好一派百里平野，肥土沃地。目及之处，必将成为名副其实的江南鱼米乡。

高筑墙，广积粮。

一定要朝这个方向行进。

筑墙与种粮，钱镠决定双腿齐动，同步而行。这边一步是，在钱塘江两岸的沃野间兴修水利，开垦良田，发展农桑；那边一步是，重新构筑城墙，扩大杭州的城池。

扩建杭州城，可不容易。要知道杭州在江南地区，地势不是一马平川，而是多山岭丘壑。修城墙，必须依傍着地形与山势，有高，有低，有起，有伏。而城墙，又不是普通的泥石墙，必须十分高大紧固，这样才能抵住外来攻击，保住一方城民的平安。

有困难，也得干。又一回，钱镠脱去王袍，走进了修筑城墙的民工队伍当中。

只见，站在人群中的钱王，腰粗背宽，需要数人搬运的石条，他嗨哟一声，独自就搬上了车。推起车来，一双矫健的大脚，跑得飞快，一路上那是虎虎生风。

钱王推车运石条的山岭，后来就叫钱王岭。

看到大王在人群中，带领大伙一起干，一时间，民工们又纷纷拿出了当时筑堤捍塘的劲头。只见工地上一个个你追我赶，十分欢快。

扩建后的杭州城，南起鼓楼，东北到艮山门，西达武林门外，再曲折向南，抵达昭庆寺后的霍山。

新建成的杭州城，比原来的老城，足足扩大了方圆五十里，成了东南地区的一座大城池。从北高峰等山巅眺望新杭州城，东西较狭窄，南北修长，被称为罗城，也被民间俗称之为腰鼓城。

然后在凤凰山老城，钱镠把老城墙也加高加固。这道城墙，被称作内城，后来又叫王城。

就在修建内城的工地上，民工们窃窃私语起来：有的说自从筑堤捍塘以来，一直没有歇口气，自己肩胛上的皮都已经磨破好几层了；也有的说自己出来已经大半年了，一直都没能回家见妻儿家人一面；还有的说筑堤捍塘之后建罗城，罗城建完还要修内城，这样劳累下去，什么时候是个头啊！

这时候，有人把牢骚话写在了一张纸条上，在工友间传递开来。

钱镠带领大臣罗隐几个，来到工地巡视。只见地上一张纸条，也便捡了起来。

钱镠随手打开纸条，看见上面写着：

　　"没了期，没了期，筑堤才罢又修城。"

　　民工见私下抱怨的话，被大王看到了，不由一个个心里发怵。万一触发大王龙威，可能就有人死到临头了。

　　钱镠看过之后，把纸条递给罗隐，他的脸一下阴沉下来，眉头紧拧，眼底露出了杀机。

　　罗隐扫了一眼纸条上写的，再看大王，连忙说："大王啊，你看看，钱塘江捍得那么结实，城墙更加是结实又威武，都是百姓们干出来的，他们之所以这么卖力，是相信只有大王才能在乱世中保全他们，让他们和他们的家人，都过上好日子，所以开工以来，没有一人怠工，没有一个人偷懒，如今有人说了几句牢骚话，这件事还请大王明察与体谅。"

　　钱镠听了罗隐的话，明白他话里的意思，他有心体恤民众，希望将大事化小。想想这些干活的，从捍海筑堤，到修城筑池，修了外城修内城，也确实是不容易。这样想一想，也便慢慢松开了眉头。

　　当下，钱镠对着众人说："本王也不忍心看着大家这么辛苦，可是眼下天下纷乱，遍地是杀红了眼的强盗，不拿出力气干点实打实的，我们拿什么来抵挡那些从四面八方扑来的豺狼虎豹？所以，只好辛苦大家了，我钱镠，在这里给大伙赔个礼，道个谢！"

　　他果真弯下腰，施了个重礼。

　　他再说："至于有人抱怨，干完了捍塘那一桩，又要干修城这一桩，那本王说给大伙一句话，这句话你们也一定都熟悉，是我们家乡的民谣，这么说的：'春衣才罢又冬衣，冬衣脱下又春衣。'所以说，日子也就是这么继续的，日月也就是这么轮转的。"

　　听钱王诚恳地说话，民工们也就没再多说什么。

　　有胆大的，喊了一句："钱大王，我不怕苦不怕累，干完了，总得给我们记个功，也得给我们一些犒劳吧！"

钱镠说："通过我们大家的努力，让我们的家乡繁荣富强起来，让你们每家每户，都过上丰衣足食的好日子，这就是吴越国给大家最好的犒劳，大家说是不是？"

众人听了，都笑着回应说："那是，那是。"

钱镠又动情地说："大伙啊，捍海筑堤，修建城池，兴修水利，开垦农田，我们是日以继夜，马不停蹄，做这些，为的是什么？还不是想在乱世中，让这境内的父老乡亲不要过提心吊胆的日子，而是要让每户人家都踏实度日，至于功劳，大家想想吧，我们把自己的家园建设好了，让脚下这块江南沃野从此繁荣兴旺，难道还怕没人记住我们的功劳？就算没能一笔一笔地记上功劳簿，也会记在百姓们的心头，记在我们子孙后代的心间！"

钱镠的一席话，赢得了现场的一片掌声。

保西湖

这一天，钱镠带着罗隐等几个臣僚，换了便装，悄悄出宫探看民情。

最先来到的地方，便是这新筑成的城墙。走到城墙下，看这墙基，清一色的青黑色条石，一块块码砌起来。石面与石面之间，凿磨平整了，两两契合，中缝间又抹了混合粘土。粘土凝固后，这缝隙间也就结实得插不进一根针。墙体，一层层夯实了，高处又做了侧脚，看起来巍峨稳固。一步步，沿着回旋的城梯上了城墙。城墙上有城楼，东南西北四个方位全都有。

罗隐便解说道："这杭州城的城楼，高四仞四尺，高低三层，底层从东端走到西端，有五十六步，从南端走到北端，是二十八步。再看城楼的前方，还有宽大的阅兵台，足足坐得下上百名兵将。上达三层的顶楼，一口铜铸大钟，悬挂在梁下。推动钟杵，敲击一下钟声，只听得声音铿锵洪亮，足足可以传遍整个杭州城。"

面对这座恢宏坚固的防所，钱镠满意地点了点头。

站在城头往远处眺望，只见凤凰山脚下，原先那一整片的泽国汪洋，如今都已经开垦成了良田。田野中，田畦有致，阡陌交错，已经整理得一派井然。田地里种植了稻禾黍苗，眼下是小满季节，稻禾在分蘖吧，黍苗在拔长吧，一眼望去，一派葱葱青绿，看着叫人欣喜。

钱镠也就展开眼角眉梢，脸上透出了浓浓的喜气，又忍不住感叹。

钱镠叹道："广植农桑，百业俱兴，吴越国的大好前景，可期啊！"

罗隐接过话："大王英明，制定了良政，鼓励百姓广植农桑，减轻民众的税赋，又下令开荒种植，对新垦地三年免征税赋，所以百姓们开心啊，一个个都豁出命来干了！"

钱镠说："吴越国的臣民们，虽然开心，但到底辛苦啊！不过生而为人，不干活又怎么行呢？本王出生在石镜山下的农户，从小就没少受苦受累，明白一黍一粟，都是血汗换来的。不过这眼下水利与耕田的基础打好了，往后就不用太费力了。"

罗隐说："是啊，吴越国境内，新洋江排流，疏通吴江、莲蓉河等入海，又贯通了七耳、茜泾、顾汇等河流，也就去除了涝患，保障了灌溉，所以全境的百姓，无一不称道大王是当今少见的明主。"

钱镠说："上天垂眷，把这块江南沃土交由本王管辖，本王可不能做出对不住老天和子孙的事情。"

他又吐了口气，慎重地对着身边人说："民以食为天，让百姓不受粮米之困，必定是第一要务。但是又必须谨记，食以安为先，也就是说，保住平安比种粮更加重要啊！种得再多，被糟蹋了，也就白种了。再说别看现在吴越国境内没有兵戈，可外面的战火哪一天消停过，我钱镠无力保全天下百姓免受荼毒，只想尽我所能，保住这东南一隅，可真要保全了，你我君臣肩头的担子，真是不轻啊！"

说了一番话，众人之后也便下了城楼。没有立刻回返，而是朝城中走走看看。

步过大诸桥，沿着中河，一步步走过去。一路上，迎面和风吹暖，眼前绿柳红花，无比舒心。再往前，便进了市肆。只看到这市肆间，也是一派欣然景象，这一边，绸缎庄，药材铺的，扇帽行……；那一边，米店，油坊，铁器店……。铺面林林总总，货品十分丰富。

一面走，一面看，尽是旗幡微扬，人来客往，络绎不绝。又闻到隐约间酒香浮动，茶气远飘，真是个风暖玉软的好江南。

边走时，钱镠又说："那北边数国的市集，都还是受到严格的控制，什么午时击鼓开市，日落前击钲休市，地点、数量、规模等等都有死规定，而吴越国把这些死板的条规统统取消了，买卖自由，鼓励多多贸易。"

罗隐说："是啊，大王明智，这样一来，我国的贸易也就飞速发展起来了，眼下我国商品多，交易方便，又有诚信，所以别国的商家，都会乐于与吴越国交易，这样下去，我国的贸易还会更加兴盛。"

钱镠说："贸易兴盛，少不了大量的流通货币，在这里本王要提醒一句，吴越国不管多兴盛，都不能独立铸造钱币，现在不能，将来也不能，要知道货币生乱，这个乱一生，什么都会乱掉。"

罗隐说："臣下会把大王的话给记录下来，嘱咐下去。"

说话间，走近一家茶肆，看到围了一群人，好像在看什么热闹，可能是街头卖艺人在表演吧。大家也就走上前，往前挤了挤，人群中间果然站了个人，却分明不是卖艺的，只见这人穿了件破烂又单薄衣衫，头发散乱，手里端着只破碗，看样子是要饭的叫花子。既然是叫花子，给两个钱打发了就是，怎么引得这么多人观看？

看来这叫花子，不是一般的人。

只听得他在众人面前口若悬河地说："你们呀，只认得他钱镠是大王，主管着杭苏越大小十四州，可照我说，他不过是个贼，当初是个贩私盐的蟊贼，如今做大了，成了窃国的大贼了，真是窃铢者诛，窃国者成诸侯啊！"

这些话，听在了钱镠的耳朵里，原本展开的眉头，一下子拧住了。

钱镠不由大声喝问："那大胆的狂徒是什么人？这里管辖的差役呢？怎么任凭他当众喧哗？"

罗隐答："大王啊，这个人臣下略知一二，他叫吴仁璧，是咸通年的进士，据说还是杭州城里的第一支笔，文章锦绣，才情出众。"

钱镠说："既然是个人才，那就把他用起来。"

罗隐回："这个吴仁璧性情十分古怪，自从唐朝灭亡后，他就自称前朝遗民，并发誓永远不为新朝所用，整日里装疯卖颠，捧着只破碗，满杭州城要饭。本来官府早想把他抓捕了，但大王你早就下令，要各级官府善待士人，招纳贤能，所以官府就不敢得罪这位大贤能，也就使得他越发张狂了。大王，吴仁璧也真算不识好歹，是不是把他给关押几天？"

钱镠沉思了一会，还是挥了挥手说："算了，不就是一个耍笔杆的，由着他闹吧，要是闹够了，早点醒过来，说不定还有用得着的地方。"

罗隐一听，不由从心底佩服，只说："大王啊，我罗隐也一身傲骨，不肯轻易说人好话，可对大王这样的胸襟，臣下还是想赞一句：海怀宽广，足纳百川！"

钱镠又说："但人家要是再不识好歹，本王也不会手软！"

杭州新城建成之后，接到后梁朝廷下来的旨意，准予吴越国建造王宫。

也是，凤凰山上的宫署，还是先前的旧邸。虽然钱镠入主之后，断续做过一些修葺，但没有朝廷的批准，一直不敢推倒重建。要知道无旨大兴土木，建宫设殿，那可是越位，朝廷可以谋逆罪来讨伐论处。如今既然有了这道旨意，明知道是朱温用来笼络人心的手段，却可以借此来建造一座体面的王宫了。

这宫室，是家国的门面，一来可以展示国家的强弱，也就是国力，二来可以壮大当权者的震慑力，不是说深宫高殿，王者气派。再说好面子，也是钱镠的性情，当初贩盐赚了点钱，马上在垄坞里盖起了豪宅，如今开创了一个国家，当上了国王，怎么能没有座体面的王宫？如今吴越国自从国家安定，又推行生养政策，很快成了首屈一指的富庶之国，粮食富裕，国库充足，当然要好好建造一座华美的宫室。

只是，宫址选在哪里，一时还难以决定。钱镠与文臣武将们讨论，有人说还是建凤凰山上，也有人说既然不怕水患了，就不用建山上了，山上到底仄窄，找处平坦开阔的地方才好放开手脚。各说各有理，一时争论不下，钱镠也就让罗隐写了份告示，听听民间的声音。

有一名方士看到告示后，来到宫署，要求见钱王。钱镠听说后，也就同意了接见。

方士进门，只见他头戴混元巾，身穿玄色袍，脚踏云履，手里提一件拂尘，倒有几分仙风飘举的姿态。钱镠见了，也便请人落座，一面又着人奉茶。

方士落座后，直接跟钱镠说："大王，关于吴越国王宫的选址，小道已经在杭州城里踏勘数天了，请命进宫，是想跟大王禀报小道心得。"

钱镠说："天师请讲，本王想听听你的高见。"

方士说："大王，小道首先要问大王，大王想要千年国祚，还是百年国祚？"

钱镠听了不免笑开，说："要说这千年与百年，世人总说千年比百年好，只是本王还真没想过这国祚的事，还请天师先跳过这一问。"

方士说："那小道就直说了，要是大王只想百年国祚，在隋唐旧宅原址上重建，也就可得，要是大王想要千年国祚，必须在西湖中建造。"

钱镠听了大笑，说："在西湖中建王宫？那不成了龙宫？"

方士一脸严肃，说："把西湖填平了，大王百年仙归之后，钱氏子孙继承王位后，将得绵延千年的国祚。"

钱镠问："这话怎么说？"

方士答："凭小道勘察，杭州这方土地属西湖的方位最好，坐西朝东，四面环山，这样一来，王气只聚不散，而且填湖筑城，王气会更加强劲，而王气强劲便有利于开疆拓土，到时候，吴越国的疆域远远不是目前的十四州，国祚也不会止于百年。"

钱镠说："填上西湖，建造王宫，这件事，干系实在过于重大，本王一时难以定夺，待本王好好想想吧。"

方士说："小道随时等候大王召唤，只要大王点头，小道再替大王细勘。"

方士离去后，钱镠一时在脑子里想着，没了西湖，杭州城是怎么个模样？再想，是不是就像是一位好端端的天仙美女，被弄瞎了眼睛？又想，用西湖，来换取吴越国一个或许宏大的未来，值还是不值呢？

西湖是吴越国的，也是天下人的，这件事，钱镠不能一个人说了算，也不能一句话说了算，必须十分慎重。想着，也就离开宫署回到了内室。入内一看，没见到妻女。正要问人时，看到吴夫人带着小女琳儿正从外面回来。

只见琳儿扎着小花髻，小脸蛋红扑扑的，一眼看见了父亲，马上踮起小脚，飞快地跑过来，一头扎进了父亲的怀里。

琳儿奶声奶气地说："父王，娘和琳儿去西湖划船了，西湖好大，划船可好玩了，父王，琳儿还想去西湖划船，父王也陪琳儿一起去，好不好？"

钱镠说："好好，只要我的宝贝囡囡喜欢，父王一定陪囡囡去划船。"

回到室中，钱镠也便把方士的话，跟吴夫人说了。

吴夫人听着惊了一下，然后说："朝政上的事，我不懂，也从来不过问，只是把好端端的西湖给填没了，是不是太可惜了？再说，城里百姓喝水洗衣，都依赖西湖里的水，要是没了这湖水，让全城的百姓怎么办？"

一时琳儿也听懂了，说："父王，你不能填了西湖，琳儿还要划船呢。"

钱镠听着，突然醒悟了过来，先对吴夫人说："夫人，要是没你这句话，我差点犯下大错。你说得太对了，没了水，让百姓们怎么活？没有了百姓，还谈什么国祚不国祚？"

他又对琳儿说："父王不会填掉西湖，父王明天就陪宝贝囡囡划船去。"

再见到方士时，钱镠坚决地说："天师啊，你的话错了，俗话说，五百年定有王者兴起，古往今来，哪里有一千年还没灭亡的国家？我钱氏，能保全十四州百年的平安，已经很不错了，奢谈什么千年啊？再说西湖不仅是杭州城的眼睛，还是满城百姓的水缸，我要是把水缸填上，百姓们喝不上水，还能活命吗？没有了百姓，国家又怎么能存在？"

当下，钱镠下令："本王主意已定，在旧宅基上建造王城。"

因为钱镠没有听信方士的祸言，保留了美丽的西湖，后来也就有人写诗称赞：

牙城旧址扩篱藩，留得西湖翠浪翻。

有国百年心愿足，祚无千载是名言。

钱镠不仅没有填平西湖，还下令组建了"撩湖兵"，让他们负责湖中清淤，打捞漂浮物，管理好这方如同人间天上的澄波碧液。

再说自从钱塘江治理好之后，海水不能再倒灌进来，西湖成了淡水湖。也就开凿了渠道，把西湖水引进城中，流淌到各家各户的门前。

凤凰山上的旧宅拆除，在宅基上重建王宫。

一番土木大兴之后，华堂宫殿建成了。

吴越国王宫依傍山势建造，一眼望去，一层接一层，层层上升，就像孔雀开屏一样，十分壮丽。更有绿树绕红墙，金顶映碧瓦，一派光彩夺目。入夜再看，上百宫殿中的灯火亮起，如同诗文中说的，珠光宝焰烛山河，辉煌又瑰丽。

面对自己亲手建造的王宫府邸，钱镠拈须而笑，自然是十分满意。

衣锦还乡

吴越国境内形势安稳，物产丰盛，百姓富庶，一时间，南北人才纷纷投奔。还有向往和平日子的百姓们，也大量迁移而来。而吴越国各州的城门，向着来人，大大敞开，将有才能的尊为上宾，为国效力，对有力气的给予田地，嫌田地不够，还可以凭力气开荒种植。

看这情景，果真像贯休在诗里写的：

满堂花醉三千客，一剑霜寒十四州。

这一天，又来了一位年轻男子。只见这人虽然也是一件青衫一方布巾，却身形欣拔，步态轻盈，衫巾穿戴在他身上就有了飘飘仙气。再看他，一张脸好像是玉石雕琢的，双腮白皙又饱满，腮上泛着胭脂色，加上眉如剑，目含星，唇染朱，齿匀称，谁朝他看上一眼，一定能明白什么叫萧萧肃肃，玉树临风。

好一个倾国倾城的俊少！

俊男请求拜见吴越国王钱镠，待到见时，先向钱王禀明了姓名。他姓皮，名叫光业，千里奔波，特来投奔明主。

钱镠先看了人物，心头已经欢喜了五分，只是担心金玉其外，也不便先说什么，先跟罗隐开玩笑，说："这小子，要是留下来，会不会让集天下俊秀的杭州城也失去三分颜色？"

罗隐说："襄阳皮公子般的才俊多多到来，只会让杭州增光添彩。"

钱镠说："早就听说襄阳有位叫皮日休的大名士，眼前这位也姓皮，会不会是同族？"

罗隐说："据臣下所知，这皮光业正是皮日休的公子，皮日休是咸通年进士，著有《皮子文薮》，而其公子皮光业十岁就能作诗，皮家父子的才名，早已传遍天下。"

钱镠听后，越发中意，却还是说："皮先生早年在黄巢手下出任过宰相一职，如今皮家公子留在吴越国，会不会真心效力？"

罗隐说："大王从来真心待人，所以投奔大王的人，如臣下我，都一心一意，真心报效，所以不必顾忌。"

钱镠听了，心里已经十分踏实，却还想试试皮光业的才学，也便让他当庭作诗。

皮光业便说："草民只将来吴越国境所见，咏成数句。"

当下，便咏吟一篇：

> 烧平樵路出，潮落海山高。
>
> 行人折柳和轻絮，飞燕衔泥带落花。

果真是文如子建不拘泥，貌似潘安更风流，实在是世间少见的神仙人物。

这时候，皮光业又拿出一封荐信，呈给钱镠。钱镠接过打开一看，竟然是洪湮法师的亲笔。洪湮在信里，十分肯定皮家父子的才干。

钱镠看信之外，不由询问光业，怎么不把法师的荐信早早拿出来，这会儿才拿出来。光业说只想凭自己的才能留在吴越国，不想让人情居首。

钱镠听了，越发喜欢，当下让他出任浙西节度使推官的高职。

高人齐聚，西子生辉。人逢喜事，也便精神抖擞。

钱镠一个抖擞，忍不住说："国中有了罗隐和皮光业两位名家高人，不是说杭州城里不是还有一位大才子吴仁璧吗？眼前正是江南春光无限好，不妨把三位高手集齐了，来个赛诗会。"

众人听了，也明白钱镠的心思，赛诗会其次，目的还是有心招徕吴仁璧。

既然是赛诗会，那就走出宫室，找一个赏心悦目的去处。

王臣一行数人，果真来到了西湖边，进了依湖而建的西园。才进园，有下人上前报喜，说西园里正好产出了灵芝。

出产灵芝，那可真是天降祥瑞，紫气东来。

真是喜上加喜，钱镠听着，喜不自胜，便先题咏了一首《西园产芝》：

> 五纪尊天立霸基，八方邻国尽相知。
>
> 兴吴定越崇王道，殄物平凶建国仪。
>
> 忽有灵根彰瑞应，皆由和气感明祇。
>
> 休言汉代芝房异，今日吾邦事更奇。

众人看了，都叫好，说到底是大王的手笔，这字里行间洋溢的，尽是王者气势，一般人真作不了。又说汉代甘泉宫产灵芝，武帝作有《芝房之曲》，如今吴越国西园产灵芝，钱王锦书灵芝篇，真是古今祥瑞同一脉，实在是大喜事。

钱镠笑着拱手承让，一面吩咐众人不要谨拘，放开眼界，可以对园对湖，对景对事，也可以对人，尽情发挥，随兴创作。

罗隐面对西园内盛开一丛牡丹，有感而发，一挥而就，作了首《牡丹花》：

> 似共东风别有因，绛罗高卷不胜春。
>
> 若教解语应倾国，任是无情亦动人。
>
> 芍药与君为近侍，芙蓉何处避芳尘。
>
> 可怜韩令功成后，辜负秾华过此身。

众人也都说罗给事真是如椽巨笔，写出了花中王者的高格调，其中这句"任是无情亦动人"，真是切中了花王的品性与风貌，一定能成为流传千古的名句。

不过钱镠听了，倒笑着说："谁说王者都无情？"

众人连忙说："那是，那是，大王你可是既有情，也动人。"

钱王哈哈一笑，继续评点说："这韩湘子自己去修道也就行了，劝人入道就不该了，要是把有才学的都劝出世成仙，凡世怎么办？丢下老百姓都不管不顾了？任凭豺狼虎豹在世间横行吗？"

众人也便都附和，只说钱王大仁大义，深虑思远，这出世只能顾及自己，只有积极入世才能兼顾天下。

正热闹时，派出请吴仁璧的手下回来了，上前报告，说是吴仁璧不肯来，非但不肯来，还说什么永远不会与强盗贼匪同流合污，不然就玷污了他的白璧名声。

几句话，让大好的兴致，立马冷清下来。

钱镠也就马上脸现阴沉，透出重重的杀气。只是面对跟前的群贤，他还是再次生生压住了心火，只是朝回话的人挥挥手，让他退下。

然后他说："不识好歹的东西，让他再矫情一回吧，要是肚子里有点真墨水，相信迟早会回心转意。"

众人见识了钱王的宽广胸襟，也都纷纷称赞。

吴越国安稳又富庶，闲不住的国王钱镠，又该做点什么了。

早就想好了，这一回，要来场浩大的。这场浩大的，不仅是活动，也不仅是典礼，而是一个梦。多少回，梦中除了刀枪兵戈的激越，还有另一番场景，那就是鲜衣怒马，花团锦簇，前呼后拥，回到家乡石镜山下。

当年摧枯拉朽般攻入咸阳城的西楚霸王，就曾经说过，富贵不还乡，如锦衣夜行。

可不是，穿着华丽的衣服，在黑夜中行走有什么意思？千重功名，万般富贵，没有亲朋好友的祝贺，是不是总感觉少了点什么？

想想吧，生长在垄坞里农家的野小子钱婆留，他曾经在石镜山下顽皮捣蛋，弄刀耍枪，也曾经贩卖私盐，行走江湖，可他没有走上歪门邪道，在国家需要的时候，他挺身而出，立马横槊，为朝廷、为百姓民众护住了一片安宁锦绣的河山。先前，作为功臣，他的画像早就挂上了前朝的凌烟阁，那凌烟阁上悬挂的，是长孙无忌、杜如晦、魏徵、房玄龄这样的大人物啊！如今，吴越国建立了，东南永作金天柱，物阜人丰的十四州，都城杭州，海塘捍成了，城墙修好了，生产发展了，国家富强，百姓丰足。那么，还等什么，是到了回家归乡看看父老乡亲们的时候了。

钱镠决定，在这年的秋后，五谷丰登，颗粒归仓的季节里，回临安省亲，可以说是衣锦还乡。

一旦钱王打算还乡探亲的旨令一下，王府上下，肯定忙碌开了。先是卤簿制仪，定日期，定行程，定路线，定仪仗，定车马，定随从，定茶驿等等，既是千头万绪，又需有条不紊。

钱王要衣锦还乡的旨令，发到了临安县衙。当地的官员，那是紧张成一团，忙成一团，又欢喜成一团。紧张，那是因为主宰着一国生死存亡命运的大王，他的大舆要来啦！忙，那是因为上上下下都必须想得周全，布置得周全，好让大王高兴啊！欢喜，当然是因为钱大王是我们临安人，他走出临安，建立了不世功勋，却依然是一位特别念乡爱乡的临安人，这样一位有能耐又有爱心的乡贤，要回老家来了，能不叫人高兴吗？

信件也寄送到了钱家。移址临安城内钱家，早就不见当年的茅屋了，当初钱镠亲手建起的房子也已经拆除重建了，当然是宽门深宅，贵胄门第。

钱镠的父亲钱宽，老人家还在世，身体也还硬朗，早就不用种田打鱼了，只是干惯农事的人，叫他闲着，什么都不干，会让他闲出病来的。平日里，他依旧会爬爬石镜山，在田畦阡陌间走走。有时他还想去苕溪里再撒两网呢，家人担心他，又劝不动，就告诉了钱镠。钱镠就让人在宅院里挖了鱼塘，养了鱼，让老头子有事没事坐着垂钓。当钱宽知道儿子要回家了，嘴巴咧咧，老眼睛里放出一束光芒，却很快又沉下了脸。

钱老爹说："回家就回家嘛，还讲什么排场不排场。"

钱母水丘氏，是一位吃了不少苦受了不少难的农家妇人，儿子出息了，她也被封为了诰命夫人，是富贵了，只是年纪大了，腿脚也不太好了，日常间也就在家人的照顾下，晒晒太阳，种种花草，颐养天年。眼前几个的儿媳都孝顺，膝下的孙儿们个个聪明乖巧，茁壮成长，她心里早已十分满意。

听说儿子讲究大排场，只说："年纪也不小了，大远路的，当心累坏了，还当心把人家也累坏。"

戴夫人呢，知道夫君要还乡了，也便在人前笑着，笑得轻松，也含蓄，人后呢，却不由得流下了眼泪。自从进入钱家的门，夫君一直都没能在家好好地歇一歇，自己也就没能好好陪伴夫君。自己不怨他，他奔波为国，是他的命，自己守门看家，也是自己的命。说起来，夫君待自己，也是敬重的。吴夫人对待自己，更是没得说，亲姐妹一样，自己没能生育，她把她生下的孩子，一个个交到自己手上抚养。这些孩子们，更是没话说，全把自己当成了亲娘。只是，比起那些晨伴暮守的夫妻，自己到底觉得有些空落。如今，他要回来了，风风光光地回来了……

一颗心，倒有些七上八下的。

元璙、元瑾几个孩子们，听说父王和母亲要回来了，也便在先生的督促下，越加发愤地读书赶功课，要让父王满意他们的学业。

临安全城的百姓们，也都知道大王要回乡了。这样的消息，就像是一夜春风，传遍了家家户户。故里乡亲们的心情啊，那是盼春风盼春雨，盼个春色满寰宇，百花齐绽放。

盛大的日子终于到来了。

还乡的前日，先在王宫里设下祭坛。吴越国王钱镠携内室以及文武群臣，入坛祭拜天地。迎接神灵，叩拜昊天上帝，对诸神三跪九叩，又盥洗上香，三进献礼。行完祭天礼之后，又对着北面，遥遥跪拜了中原朝廷。

还乡之日，天气晴好，碧天朗朗。

从凤凰山开拔的队伍，只见金甲开道，对马先行，车辇随后，紧跟着是纛、旗、幡、绣伞、素扇、吾杖、豹尾枪，又是金钲、长鸣、大鼓、小鼓……

一时间，只见车马滚滚，旗幡飘摇，鼓乐喧天，就像是一条五彩的响蛇，逶迤向西，一眼望不到头。

队伍之中，只见吴越国王钱镠骑在高头大马上，头戴黄金翼善冠，身穿大红云锦大蟒袍，脸放红光，笑容满面，浑身洋溢着喜气。

一路向西过去，那道路的两旁，牌坊下，廊桥间，酒楼前，茶肆上，全都挤满了人。整个是摩肩接踵，人头攒动。看来全杭州城的百姓民众，都赶来看这热闹了。真可以说是万人空巷，盛况空前。人群中，有人笑着指点，有人喝彩叫好，还有人欢呼大王千岁，真是人声鼎沸，热闹非凡。

钱王便也在马上，频频作揖致谢。

琳儿和吴夫人坐在辇舆中，从帘缝间瞧见了满眼的人群，不由问娘亲，说："阿娘，为什么这么多人来看我们呢？"

吴夫人说："因为大家都敬爱你的父王。"

琳儿再问："大家为什么会敬爱父王呢？"

吴夫人说："因为你的父王打跑了坏人，修起了高高的城墙，挡住了外面的烽火，让大家在吴越国过上了好日子，所以啊，大家都认为你的父王是一位大英雄，值得敬爱。"

琳儿眨着小眼睛点点头，说："琳儿懂了，我的父王是位大英雄，琳儿也爱父王。"

吴夫人微笑着，摸摸琳儿的小脑袋，再说："琳儿回老家了，记住，琳儿的老家叫临安。"

琳儿说："阿娘，琳儿记住了，琳儿是临安人。"

转眼就到了十里亭，亭中早摆了茶点，停驾休整。

举眼望去，眼前的西径山依旧苍林翠树，高拔深幽，不知道山上的仙师故人，是否也已经得到了自己还乡归来的消息，先颔首遥祝，仙体安然康泰。

休整之后再起程，一步，也就踏入了临安境。

青山依旧。

绿水长流。

游子回来了！

这临安境内，只见道路两旁，早就插满了缤纷的旗帜，连沿路的树木上，也挂满了鲜艳的彩巾彩带，迎风飘扬，满目锦绣华彩。

而临安的大小官员，早早来到，依次伏地候驾。

钱王下马，扶起众人，喧安问好，再继续西行。一路行进，一路锦飞绣舞。看这一方山水林木，因为贤王的功德，都有幸披上了华彩锦绣。

从此，山河锦绣，临安锦绣。

达到临安城的时候，满城的百姓也早早出城，夹道簇立，在翘首等候了。看石镜山下的父老乡亲们，都赶来了。有的手里拎着酒壶，壶里一定是自家酿的土烧，有的提着篮子，篮子里是箬叶包裹的糯米粽子，有的干脆抱着只老母鸡。一个个都穿上了新衣锦袍，红衫彩裙，戴上了红花绿朵，全都满脸欢笑，兴高采烈。

一见王驾抵达，一片大王与千岁的呼喊声，交结着亲情与崇敬，震动了临安城，震动了石镜山，震动了这东南一方的天空。

钱王见了乡亲们，赶紧下马，四面作揖。

乡亲们蜂拥而上，箪食壶浆，迎接亲人归来。

在众乡亲的拥簇下，还乡队伍进入城里。

城里，只见宽大的广场中央，已经搭起了高高的检阅台。鼓乐声中，只见气势轩昂的钱王，从人群中走出，一步步，稳稳地走上了高台。

再看看台下，人山人海，密密麻麻，仰首而望。多少张熟悉又亲切的脸庞！他们的嘴，会说同样的话，会唱同一支山歌；他们的眼睛，永远如苕溪水一般清澈；他们的胸怀，却又像径山石镜山一样坦荡。这就是梦中的亲人啊！

高台上的吴越国王钱镠，他春风拂面，却又分明眼含泪光。在向父老乡亲问好问安之后，也就把他早早作好的《还乡歌》，当众高诵：

> 三节还乡兮挂锦衣，碧天朗朗兮爱日晖。
>
> 功臣道上兮列旌旗，父老远来兮相追随。
>
> 家人乡眷兮会时稀，今朝设宴兮觥散飞。
>
> 斗牛无字兮民无欺，吴越一王兮驷马归。

只是钱镠在台上诵完了，却没见下面有人拍手叫好。只见更多的乡亲们，在台下一个个搔搔脑袋，面面相觑。人群中，有人窃窃议论，有年轻人说，大王好像念了诗，只是没听懂？还有年老的干脆说，这个钱婆留，回临安连老家话都不会讲了，叽里呱啦，说了什么啊，真是的。

钱镠很快明白怎么回事了，赶紧用家乡话，再唱了首歌：

> 我见侬的欢喜，
>
> 别是一番滋味，
>
> 子长在我心底，
>
> ⋯⋯

用家乡话这么一唱，众人都听懂了，一时间全都拍手欢呼。

当场，钱王亲口宣布，把一个衣锦还乡的"锦"字，呈送给家乡。将临安县，抬升为衣锦军，临安城改为衣锦城，石镜溪改为锦溪⋯⋯

就连余杭与临安的界亭十里亭，也改成了十锦亭。

当时，朝廷又特意派使臣前来，颁布恩旨，准许钱镠在家乡建塔铭功，塔名为功臣塔，还将临安县，更名为安国县。

真是江南秀木，大厦栋梁，安国又定邦。

庆典之后，钱镠下令举行还乡宴，宴请全城的父老乡亲。

钱镠的家人，母上大人水丘氏，戴氏夫人，领着元璙、元瓘等一众钱氏儿孙，都来参加庆典与宴席。可是，偏偏不见老父亲。钱镠问父亲去哪里了，家人说一起出门了，只是一转眼不见人影了。钱镠一听，赶紧派人去找。

过了半天，出去寻找的人回来了，说是老爷子坐在苕溪边钓鱼呢，却怎么请怎么劝，他都不肯回来。不过，他倒有几句话，让人带回来，交付给儿子钱镠。

老爷子让人带回的话是："我们钱家，世代居住在垄坞里，种地打鱼，本分做人，踏实做事，你虽然建立了一个偏安一隅的小朝廷，但是中原有强主虎视眈眈，四面也尽是强有力的对手，你如今不顾生死，折腾什么衣锦还乡，讲究什么富贵排场，不仅劳民伤财，而且树大招风，你闹哄哄唱这么一出还乡戏，就不怕招灾惹祸吗？"

所谓严父慈心，尽在几句话里了。钱镠听了父亲的话，觉得老人家说得没错，自己身处乱世，万事应该慎之又慎，做人要勤勉，办事要节俭，就算回乡省亲，也实在不应该铺张浪费讲排场。他立马下令，他把后面的行程和活动都取消了。

之后，钱镠先祭奠钱氏祖宗，特别是对他恩重情深的祖母。看到祖母的坟墓狭小，而且墓基下有渗水的痕迹，便觉得有些难过，将此事放在了心上。

钱镠换了轻衣小帽，又去戴先生坟前祭拜了一番。叩拜之后，慎重地告诉恩师，学生没有辜负恩师当年的希冀，以自己的作为，努力保全一方百姓的平安。今后，也一定继续谨记恩师的教诲，并且还要把自己的心得教育给子孙，传授给后代。

还要去问候洪諲法师，从西径山传来消息，说是法师身体尚好，还是闲不住，又云游四海传扬佛法去了，如今还没有回到双林寺。钱镠也就给寺僧留了话，说打算在西湖边建一座寺院，完工之后，要敬请洪諲法师前去住持。

之后忙里偷闲，钱镠携了吴夫人与琳儿，去田头桑园走了走。

看眼前的田地里，稻黍已经收割，禾茬还在，有农人正地挖禾茬。等把禾茬挖了，把田地犁了，也就可以播种冬麦，又是新一季的收成。桑园里，桑叶已经枯黄，枝头却又蓄养了芽苞。待到来年的春风一吹，又将是满枝青绿。

琳儿便在长着野草秋花的阡陌上走来跑去，一时掐了茎小花，一时又扑向一只蝴蝶，嘻嘻哈哈的快乐笑声，在田野间迎风回荡。

这时，又有唱山歌的声音从山谷间飘来，嗓音清脆又妩媚，唱的好像是：

> 侬迈步湖海，我追梦天涯。侬眼眸一笑，我眉间烟霞。侬我相知，不必说话。我侬相思，谁人懂呀……

昔人往事，果真如梦啊！

伍

风云起，吴越男儿挽狂澜

丧事

还乡的日子总是短暂，家乡的水没喝够，山也没看够，却又要起程了。

时不我待，还是要回到为国为民的大任上。

杭州的王宫已经建成，再次出门时，也便把家人一同接过去。都打点好了，父亲和元璙元璝同一辆车，母亲和戴氏同一辆车。吴夫人和琳儿娘儿俩，依旧一辆车。临行时，琳儿这个小精灵，从她娘怀里钻出来，要挤在阿婆和大娘身边，看把阿婆和大娘高兴成什么样了。

可是偏偏，父亲钱宽还是不配合，听他说："都说杭州是天堂，我老头子说天堂还是家乡好，凭侬（你）王宫还是龙宫，我老头子哪里都不去，我爹我娘埋葬在临安，我要给爹娘守坟墓，我自己出生在临安，死了也要埋在临安，就介（这就样），勿用多嘎（不用多说）。"

死倔的老头子，实在拿他没办法，只好任由他了。

这边的车驾人马，也就缓缓起程了。

功成还乡，探亲访友，这么一个埋在心底多年的愿望实现了。回到宫中，又是千头万绪的事情要去落实。

首先要做的一件大事，是派浙西节度使推官皮光业出使中原朝廷。中原与吴越国，中间横亘着吴国、齐国等诸侯国。这些称霸一方的诸侯国，大多不受制于中原朝廷，有的与吴越国也没有建立友好关系，所以他们的地盘，是不会让吴越国臣民通行的。吴越国想要与中原取得联系，必须绕过这些地盘，所以北上的途程十分困难。

陆路受阻,内河的漕运也被封锁,皮光业要出使中原,只有一条路,那就是从海上走。从杭州港口出发,从东海,再到渤海,在登州或莱州登陆,然后再抵开封。

皮光业出使中原朝廷,当然是为了向梁主示好,免得兵戈相向,所以此行,会随带大量贡品,也就需要大型的船只来装载。吴越国物产丰富,贡品不是问题,有造船坊,凭吴越国造船的实力,造大型船只也不成问题。问题是,钱塘江出海口,有罗刹石,大型船只通不过,入不了海。所谓罗刹石,也就是恶鬼夺命的礁石,涨潮时藏在海平面下,看不见,只有退潮时才显现出来。因为这些夺命礁石,让许多船只触礁沉没,夺走了多少人的性命。眼下,又阻碍了吴越国的大船入海,怎么办?

钱镠一听,出使中原的大事,要被罗刹石拦住,也就不信这个邪,就算是恶鬼,也要斗一斗,要它们把航道让出来。

他立即下令,凿平罗刹石。

军民组成开凿队伍,将人员分组,趁着落潮的时机,钎插锤砸,轮番作业。不分日夜,一番攻艰,终于把千百年来一直拦在出海口的罗刹鬼礁,给凿除了。

皮光业出发这天,钱镠带着一众臣民,一直相送到港口。

钱镠一再叮嘱,要皮光业一路当心,多多保重,早去早回。

皮光业让大王放心,保证一定会如期抵达中原,不负重托,完成使命,会与一同出去的人,一起平安回到吴越国。

大船挂帆启动了,皮光业还站在高高的船头,对着岸上的国主、同僚以及目光殷切的百工民众们,抱拳作别。

看海风吹着他的衣袂,萧萧飘扬,真是一位百千年难遇的绝世佳公子。

再看载满了丝绸、茶叶和秘色瓷器的吴越国船队,远航而去了。

外使大任，算是交付给皮光业了。而内政上，更多也托付给了罗隐他们。现在，钱镠想腾出时间和精力，好好地陪陪家里人了。毕竟，父母年事已高，孩子们正在攻读学业，戴夫人和吴夫人两位贤妻，要同她俩多叙叙夫妻情。后宫又添了几位佳丽，一个个青春旺盛，少不了要多费些精力去对付。

总之，钱镠想喘口气了。

吴越王宫中，钱氏祖孙三代欢聚了，戴氏夫人也归位中宫了，算是喜乐又齐全了。

只是呢，水丘老太后年纪大了，离了故园，可能无法适应江海的水土，抵达王宫不久后就病倒了。请了宫里宫外的医士郎中来诊治，说是劳虚之症，日久积累，已病入膏肓，恐怕妙手也难以回春了。

怎么会这样？劳苦一生的娘亲，才到杭州，才入王宫，就可能要离开了？

难道真的会应上那句话，子欲孝，而亲不在。

老天啊——

也想过，将娘亲送回临安，或许回到故土上，她的病会好一些。但是看着母亲每况愈下的身体，又担心一番车马劳顿，受不了一路的颠簸，挺不到家门。

也就只能喂些参汤燕窝之类的补品，希望娘亲多活一天也好。

爹娘在，儿女有来路。没了有爹娘，儿女便只有归途。

却眼看着，冬季来临了，风雪扑到了。

钱镠面对一天比一天虚弱的娘亲，真是五内如焚。只觉得，自己虽然贵为一国之主，富有城池十数，但是面对落日般一点点坠落的亲人，却无能为力。

这一天，风雪过后，天气放晴了，大太阳高高照着，暖人心窝。

为了让母亲的身体好一点，钱镠便让人在院里的太阳下摆了矮榻，榻上铺了暖褥暖被，再把母亲抱出来，轻轻放上榻，裹上被子，让她好好晒着太阳。

钱镠便坐在母亲的身旁，与母亲唠唠那些陈年往事。

说他小的时候陪父亲去苕溪里打鱼，别人家在白天打鱼，父亲领他夜晚去。为什么会在夜晚打鱼？因为打鱼需要船，自家没有，得借人家的，白天人家自己用，晚上歇了，才会出借。划着借来的小船，来到了河中间。看，天上的白月光打在溪面上，眼前的满条河面，一大片银白色。那白光晃晃、粼粼的，就好像满溪都是银鱼。把网撒下去，要等一会。父子俩坐在船头，不说话。可父亲会从兜里摸出一个红薯，或几颗花生，递给儿子。月光下咬一口红薯，真甜，嚼几颗花生，真香啊！到时间了，该起网了。父子拉着边绳，一起拉网。要是拉的时候，手下沉甸甸的，那是又惊又喜。惊的是，怕捞上截烂木头，或是草蒲团；喜的是，很可能是满满一网鱼啊！拉起来了，果真是满满的一网鱼。那些鱼，像柳叶一样，身子细细的，长长的，在月光下蹦啊，跳啊，闪动着亮亮的鳞片，真是好看啊——

母亲躺在太阳底下，静静地听着，浅浅地微笑。钱镠便又想起，打鱼回来的他累极了，就趴在娘的膝头，也是这么静静地，然后就甜甜地睡着了。

一时间，戴氏端着只小碗过来，说是她亲手调的西湖藕羹，软软滑滑的。过来在榻前坐下，勺起羹来，一小口一小口地喂进婆母的嘴里，喂完了，细心地给婆母拭拭嘴角。

吴氏又前来，一只手牵着琳儿，一只手提着只小篮。先让琳儿给阿婆行礼，再给父王行礼。琳儿行完了礼，便上前，趴在阿婆的脑袋边，说："阿婆阿婆，娘给你送好吃的来了，是南汉国产的蜜果，可好吃了。"

说着从她娘手里，接过一颗红果子，剥了皮，掐一块果肉，塞进阿婆的嘴里。阿婆吮了吮，嚼不动，又吐了出来，却又轻声地称赞琳儿乖，琳儿是个好孩子。

琳儿又拿了两颗果子，要父王尝尝。说话间，早已经滚进了父王的怀抱里。

眼看太阳往西面偏移了，宫墙下的深院里晒不到太阳了，而城墙上方，还是红彤彤一片。钱镠见状，让人把榻搬上墙头，他自己背起老母亲，走向城墙，再一步一步爬上城楼。

手下人见了，说："大王啊，这么高的城楼，你就歇一歇，让我们来背老夫人吧。"

钱镠摆摆手，坚持自己背母亲上城楼。

只是，千般万般的孝心，都拦不住亲人匆匆离去的脚步。

还没待到开春，水丘老夫人就仙逝了。

而居住在临安老家的老父亲，得知老伴已经西去，再不思茶饭，一头躺下。还没等老伴的灵柩到家，他竟然也随之而去了。

想想啊，做儿子的九死一生，好不容易拼下功业，建国建城，也建好了宫室，原指望在高墙之内好好侍奉双亲，一起享受天伦之乐。可是，老天却不肯垂怜，把好不容易再聚首的父母亲人，生生拆散了。

人生果真是恍如一梦，梦还没醒来，人已经走了，物是人非，痛彻肝肠。

给双亲办丧事，钱镠明白父母的心思，特别是父亲，老头子虽然倔强，却是个富贵不忘本的明白人，他们一定不希望儿子借用国力，奢侈过度。所以，也就照父母的心愿，节俭办理。墓室从简，陪葬物品也尽是些平常的用具。

一时间，从杭州到临安的官道上，还是少不了车来人往，好一阵忙碌。

作为人子，同时作为一国之主，为父母送葬，别的都可以节省，唯独一件事不能省。

什么事？撰写祭文。

照理说，吴越国眼下有罗隐、皮光业这些诗文高手，写一篇祭文，应该不在话下，只是皮光业出使中原还没归国，罗隐诸务繁忙，不能让他过多分心。这时候钱镠又想起吴仁璧，听说写祷祝方面的文章，在杭州城里，还是吴仁璧的笔力最雄健。

钱镠有心再次招徕吴仁璧，就让人准备了丰厚的润笔，前去相请。又想到前番见到吴仁璧时，他身上穿着破旧的薄衫，头发散乱，便特意让内室取了件貂绒大衣和玳瑁簪子，一起带去。

却没想到，吴仁璧还是没有接受。非但没有接受，还骂了很难听的话。

出去办事的人，把吴仁璧的话如实报给了钱镠，说吴仁璧说了，乡间草翁与民妇，也配受用他的文章？哪怕是钱镠死了，让他写祭文，也是痴人说梦，想得美。

钱镠听后，想自己一忍再忍，一请再请，而这个狂儒，这么不识好歹，不由气得发抖。真是，是可忍孰不可忍！

他不再迟疑心软，一声令下："来人，马上将吴仁璧这个狂妄之徒沉入钱塘江！"

当时吴氏夫人过来询问给公婆做七的事，正好听到了钱镠的怒吼。

她也就不顾夫君盛怒，劝说道："大王，不就是一个读书人嘛，大王犯不着跟他动气，随他去吧。"

钱镠正在气头上，哪里听得进劝告，见吴氏也敢悖逆他的主意，便越加恼怒，就冲着吴氏说："妇人也想干政？要是再敢多嘴，本王先把你打发了！"

吴氏自从进入钱家，为丈夫勤勉持家，生儿育女，还陪他东奔西走，担惊受怕，如今这声劝，也是真心为他好，不想却受他这般斥责，一时也来了气，再不管不顾了。

她也便梗起了脖子，大声说："不用你打发，我自己走！"

吴氏果真回内室收拾了一下，带上琳儿回临安去了。

手下将士得令，便遵照执行。

一会儿，将士来报："小将已经遵照大王的吩咐，将狂徒吴仁璧绑缚沉江。"

还带来了一件东西，说是吴仁璧临被处决前，交给将士的，请求转交钱王。

是一张纸，上面写着字。钱镠心想，留下这张纸，也就是再留下几句疯言恶语，好诅咒人吧？人都已经投奔龙王了，难道还会怕你诅咒？

他也便将纸展开，一看，只见是一首诗，写的是《投谢钱武肃》：

> 东门上相好知音，数尽台前郭隗金。
>
> 累重虽然容食椹，力微无计报焚林。
>
> 弊貂不称芙蓉幕，衰朽仍惭玳瑁簪。
>
> 十里溪光一山月，可堪从此负归心。

吴仁璧在诗句中运用的典故是，春秋战国时期，燕国贤主燕昭王访求名士郭隗，郭隗也把燕昭王视作知音，从而提出了千金买骨，建造黄金台，广纳贤士的建言。燕昭王听从了郭隗的建言，果真建造黄金台吸引人才，从而使得燕国强大起来。用这贤主与智士的典故，看着也就是一个即将赴死的人，留下几句善言来警世，但其实，明明道出了在他吴仁璧的心中，早已经将钱镠视为贤主与知音。

也就明白了，吴仁璧不是不知道国主钱镠的用心，也不是真的将好心当成了驴肝肺，他这是故意装出桀骜的模样，让人觉得他是伯夷叔齐一样，宁愿饿死也不为新朝所用。而实际上，他的目的，只是为了一而再，再而三地，试探掌权者的宽容之心。

一时间，钱镠心里五味交集，悔恨透顶。千不该万不该，鲁莽行事，滥杀无辜，以致铸成了人生大错。但是，人死不能复生，追悔已经来不及了。

他手捏拳头，狠狠地捶着案桌，嘴里喃喃地说："吴仁璧啊吴仁璧，你这个呆子，怎么就不肯早点说呀！"

波涛滚滚，流水无情，一代文豪，沉冤江底。

钱镠为了向臣民承认他的错误，表明心中的悔恨，竟然让人在王城旁边的城隍山上，修了一座寺庙，专门用来供奉吴仁璧的灵位。杭州城的百姓们，就可以四季进庙烧香，纪念吴仁璧这位含冤沉江的乡贤。

钱镠虽然铸下了草菅人命的大错，但知错能改，吴越国的臣将与百姓们，也就原谅了他。

玉树琼花

转眼到了夏季，烈日当空，江海沸腾，大地成了蒸笼，下蒸上晒，天气十分炎热。

钱镠想着出门已经半年的皮光业，此时应该返回杭州了。也想，是不是发生了什么意外，大海航行，狂风巨浪，什么事都会发生。又想，会不会中原君主留下了皮光业，像他那样的才能与模样，谁见了不喜欢？许给他高官重职，就不再南归了。只是，钱镠认为，皮光业不是那样的人。

正胡乱想着，罗隐进宫，说是有要紧的事禀报。

罗隐报告说："大王，昨天顾帅递来折子，说是武勇都有将士在喝酒后闹事，在军营打架，有的还跑到营外去撒野，只因为武勇都将士多次在鏖战中立功，所以不敢轻易处决，还请大王决断。"

钱镠说："天气热，当兵的容易烦躁，再说这武勇都，大多是当年孙儒的手下，打仗骄悍，平时有些难以管束，这样吧，告诉顾全武，把带头的关押起来，交刑事房审查处理，再让那些空闲着的将士，安排下去干活。"

罗隐说："眼下江治好了，城墙建好，王宫也建成了，哪里还有大型的工事安排他们？"

钱镠说："上次回乡看见祖父母的坟陵渗水了，正打算安排人手挖条排水渠，既然有人闲着找事，就派这些人去干吧。"

罗隐问："大王，把这些人放出军营，会不会还要惹事生非？"

钱镠却答："给他们多派些重活，一天干到晚，不许停下来，这样一来，白天干累了，晚上还不是倒头就睡，哪里还有精力再闹事。"

罗隐说："好吧，臣下遵照大王的命令马上吩咐下去。"

钱镠的命令传达到军营，顾全武也便让武勇都的头领徐绾带头，领着他的手下奔赴临安。临行的时候，又传来钱王的话，让这些兵将把手中的武器全都放下，只许带上锹铲。

这年盛夏天异常炎热，待在王宫里，太阳当头照，四周高墙耸立，外面的江风吹不进来，里面的热气也散不出去，整座王宫好像窝起了一团火。

再说吴氏因为先前吴仁璧的事情，与钱镠拧拗了一回，一气之下带琳儿去了临安。钱镠掐指算算，回去已经好些天了，还没回宫，不知道娘儿俩过得怎么样。钱镠也知道那事是自己的错，但碍于国主家主的面子，一直没有主动向人认错。虽然派了手下人去临安接她们母女，但是她们还是没有回来，只回话说临安山清水秀，还有洞霄宫和天目山这样的避暑去处，比王宫里容易消暑。想想也是，干脆让她们在临安过了盛夏再回宫吧。只是，没了吴氏的软语与琳儿的笑声，也便觉得这王宫空荡无趣了。

就想，是不是出宫走走，去西湖边吹吹凉风。却想，要是明里出宫，怕动静大，这个跟，那个随，乌压压一大群人出去，自己不得清静，还扰民。不如悄悄出去，谁也不惊动。就叫名近身卫士，两个人换了轻衣小帽，避开眼目，悄悄地出了王宫，直奔西湖。

到达湖滨，一眼看去，只见蓝天之下一泓碧波，心头便清凉了三分。走近了，只见湖水清澈，湖面上碧荷如盖，玉荷似画，实在是既满意又喜欢。更见满目碧波深处，瀛洲在前，也就忘了尘杂，大吐浊气。

迎着湖风，绕着湖岸走着一程，过了白堤断桥，就来到巨石山下。再看肯前，只见华光照巨石，石面映光华，一片晶星飞溅，璀璨夺目。

钱镠指着满山巨石，笑着说："这分明就是宝石。"

他又说："本王要给这座山重新命名，叫寿星宝石山。"

一面还说，回去马上要罗隐为宝石山作记。

再行时，看到湖滨一丛繁茂的海棠树后，有座叫玉姹的茶楼。只见灰瓦白墙，门窗雕花，飞檐下挂了一排灯笼，在门前暂停脚步，便有茶香味隐约飘拂入鼻。

手下告诉钱镠，这是一家新开的茶楼，内室装饰雅致，一边喝茶一边可以饱览西湖美景，还有妙人唱曲相陪，所以杭州里的达官贵人，有空都喜欢过来享受享受。

钱镠听着，不置可否地笑了一下，一步迈进了楼里。

进了楼，果然是幽篁淡兰，翠帘朱幕。帘幕之后，又隐隐透出胭芳脂香，还有小女子嘻嘻窃笑声。

有青衫小帽的迎宾，站立行礼。随后穿丝袍襕衫的男子，上前迎客。在男子的引导下，上了楼，进了一间宽大的茶室，依窗坐下。从这窗口一眼望去，那西湖美景，成了挂在眼前的一幅画。

待到点茶时，手下依照主子的喜好，要了壶天目云雾茶，又要了几碟果子。

看着香叶入沸汤，袅袅舞开，玉液染波，便端了茶盅。还没入口，只觉得盅口水汽氤氲，如同看到了天目仙谷的云升雾绕，待稍稍吹拂，一口入喉，果真是兰香入脾，舌尖上全是家乡清泉净岚的味道。

一时愉悦，钱镠也便问店家，这里谁的曲子唱得最好。

店家说："这里的姑娘们唱得都好，要说最好，当属洛晓姑娘。"

钱镠说："那就把洛晓姑娘叫来。"

好一会，姑娘才来，上身一件藕色小衫，底下春绿罗裙，手上抱了琵琶，半掩脸面。待到坐下，轻轻移开琵琶。只见一张好俏鹅卵俏脸，只施了薄粉，却白皙里透出春红，还有两道细柳眉，一双秋水眸，原来是个美如西子的玉人。

姑娘便轻声软语开口："请问官人，想听什么曲子？"

却没听到钱镠回音，似乎是，有些愣住了。想想，吴越王宫中，虽然没有粉黛三千，戴氏、吴氏端良淑美，也算冠绝一方。再说凭钱镠这些年南征北战的见识，不至于为一个凡尘女子失神露态吧？

但是，钱镠真的失神了。

当然，能让一国之主失神的，不仅是这名叫洛晓的女子天仙般的姿容，而是，她好像他的一个故人。

两道细柳眉，薄锁愁烟，一双秋水眸，隐约含怅，鹅蛋脸玉琢粉雕，白皙中透出浅浅春红，就像晨空中的朝霞，碧池间的莲荷。

是她，她回来了。

洛晓见客人迟迟没有开口，或许以为客人对曲词生疏，也或许见惯了这样的场面，便自己报了曲名，继而拨动细弦，开启玉唇，唱了起来。

听着，却是皮日休的《春夕酒醒》：

四弦才罢醉蛮奴，醽醁余香在翠炉。

夜半醒来红蜡短，一枝寒泪作珊瑚。

光业之父、醉吟先生的诗词，唱在姑娘的歌声里，一字字，一句句，如此柔声回肠，欲语还休，唱罢，余音绕梁。

在这美景无双的西湖边，面对妙曼女子，聆听着仙声妙音，一时间，真叫人忘却身处哪里，又处在什么样的环境。

也就，又让姑娘唱了几曲。恍惚间再看过去，那抚琴而歌的，并不是素昧平生的卖艺女子，而是成了她，永远烙在一个男人脑子里的身影——甄灵茵。

是灵茵坐着眼前，是灵茵在拨弦弹奏，是灵茵的小嘴一启一合，更是灵茵一双多情的眼睛在看他，还是那么波光盈盈，情意款款。

此情此景，是梦非梦啊！

一曲又完，钱镠原本还想听，但手下悄悄提醒他，出来的时间不短了，该回宫了。

是啊，该回去了，回到深深的王宫中，改衣换冠，弹振雄风，以巍峨高大的形象，以端正庄严的面孔，去发号施令，去为国为民奔忙。

作为一国之主，钱镠明白自己肩头的责任，重担在肩，不可懈怠。这样的温柔乡，只能小憩片刻，不可久留。再喝一口茶，也就起身了。

出门前，他却又跟洛晓姑娘说了一句："改日，我还要来听你唱曲子。"

皮光业回来了！皮光业带领着出发时的原班船队，平安回到了杭州。

看这位皮推官，被海风吹过的脸，稍稍黑了一点，却比之前更有了一成熟风韵。拜见过钱王，皮光业一一交付朝廷给吴越国君臣的封赏。

皮光业又汇报一路的经过，说出发时，遭遇过狂风，有一条船的帆都被吹破了，还好船没被刮翻，换了备用帆，依旧上路。到了中原，见到了朱皇帝还有王公大臣们，先呈上钱王的拜函，再献上数目巨大的贡品，皇帝和王公大臣们见了，别提多高兴了，不仅下了金册诏书，表明朝廷与吴越国永世修好，绝不兵戈来往。

皮光业还说："中原君臣们对吴越国的贡品，特别是丝绸、茶叶与秘色瓷三大宝，简直如获至宝啊，一个个爱不释手，纷纷称赞。所以皇帝下令，让户部与吴越国做好衔接，相互采买采卖，并且允许中原商家与吴越国商家直接交易。"

钱镠听了，高兴地说："光业啊，中原与吴越国互贸这件事非同小可，你可是替吴越国争取到了与中原商贸的专营权！"

皮光业说："吴越国的出产有了更大的市场，国家和百姓都将更加富裕。"

钱镠说："可不是嘛，光业，本王一直盼你早点回来，今天才好不容易把你盼回来，等你休息好了，本王还要与你商量。第一件，就是吴越国的市场，除了国内，是不是还可以向外拓展，去与海外诸国好好沟通，相通有无？"

皮光业说："大王真是目光宽广。"

皮光业还说："照北上与南下的行程，原本提前二三个月就该回来了，因为朝廷热情，所以多待了些时日。"

钱镠听了，哈哈笑着说："一定是皇上爱惜皮推官的这个人才，舍不得放行。"

皮光业便也笑，说："大王明澈，皇上是想留臣下为中原效力，特赐臣下进士及第，又赐秘书郎，只是臣心已归吴越，今生今世，只愿生奉大王，死葬杭州。"

钱镠听后，越发心花怒放。

一面拉住皮光业说："出了一趟远门，带回了这么大的喜事，真是辛苦你了，本王一定要好好犒劳犒劳你，来吧，本王这就带你去个好地方。"

他竟然就要把皮光业往西湖边的玉姹茶楼拽。

钱镠还乐呵呵地说："本王知道你们皮家父子俩有个最大的嗜好，就是喝茶，令尊皮日休有《茶中杂咏》十数首，你呢，本王可听说了，有人请你去吃橘子，可你一进门就喊要茶，还作诗说'未见甘心氏，先迎苦心师'，是不是？"

皮光业听了，连忙应承，一面含笑称谢。

兴致高昂的钱镠还说："那里唱曲的小女子，唱的竟然是令尊的词曲，你要是不去，算是辜负人家了。"

果真又来到玉姹茶楼，待落座，只叫先上茶，依旧是天目云雾茶。这云雾茶，是天目山修行僧人采在山巅的高峰间。天目山高拔，日常间仙云缭绕，甘露含珠，等清明前后，春雨滋润，烟拨日霁，赶在露水散去的时候采摘，等到日升三竿，便要停手了。所以产量稀少，十分难得。

皮光业赶紧呡了一口，又呡了一口，说："清香入脾，口齿回甘，舒爽满怀，真是云谷仙茗，好！"

洛晓姑娘上来时，只见这回穿了身双层胭脂色小衫，绿茵纱裙，脸上含情带羞，脚下慢步轻盈。瞧眼前姑娘的模样与姿态，一定是钱塘苏家的小小姑娘还魂复生了。一面，挨座缓缓坐下，调好了琵琶，转轴拨弦，轻拢慢捻，一时间清音流淌，绕室三匝。一旦开喉，一声声，一句句，缥缈如烟，婉转如莺，真是仙声梵音，袅袅入耳。

一曲唱罢，钱镠让皮光业评点。

皮光业说："大王啊，从今天起，臣下总算明白江南的好了，光说这眼前，就有三绝：一绝，西湖的美景绝天下；二绝，天目云雾茶的清香绝南北；三绝，西子姑娘的美貌与歌声绝古今。"

洛晓姑娘一听，赶紧跪下，说："大王？难道是吴越国钱大王？"

钱镠哈哈一声，起身扶起姑娘，只说："姑娘不是吴越人？"

洛晓说："奴家在江北，因为家乡遭了兵祸又遭了水灾，家破人亡，只好出来卖艺赚口吃的。"

钱镠便跟皮光业说："江北的女子，一点不逊于江南，只是我吴越暂且安宁，而北面依旧战火不断，真是苦了那里的百姓了。"

皮光业说："这东南吴越，全凭大王庇佑，才能在这乱世当中，还能无牵无挂地欣赏美景，安心地喝茶听曲啊！"

洛晓听了，斗胆说："请大王和大人恩准，听小女子再唱一曲。"

得到允许，便慢拨琴弦唱起来，竟然是司空图的《漫书五首》（选二）：

> 长拟求闲未得闲，又劳行役出秦关。
>
> 逢人渐觉乡音异，却恨莺声似故山。
>
> 溪边随事有桑麻，尽日山程十数家。
>
> 莫怪行人频怅望，杜鹃不是故乡花。

身为落难小女子，却将对世道艰难的感叹，对家乡亲人的思念，都吐在这词曲与唱声之中了。哀婉缠绵，令人同感。看来，这唱曲的女子，虽然身世坎坷，流落他乡，但心底还是明净空灵的，没有在浊流中随波，十分难得。

钱镠有心再和歌女说说话，却看到人家的眼睛，不时落在身边那个人的身上。也是，倾世才俊，谁见了不想多看几眼？书上不是说，美男潘安乘车出行时，街头的女子为了多看他一眼，一个个不要命地追赶他的车子，还纷纷朝他乘坐的车上投瓜。所以潘安回到家时，每每车上载满了瓜。

悄悄再看皮光业，他的目光每每触及眼前的女子，也会不经意地停留一下。只是皮光业是个绝顶聪明人，应该早就从钱镠的目光里看出了端倪，所以稍一触及，也便马上避开。

说起来，对于皮光业这个既忠贞又能干的臣下，不说别的功绩，光千里出使，拿下商贸权这一项，就应该得到丰厚的赏赐。钱镠愿意赏赐，金银也好，美女也好，都愿意赏给他。但是，眼前这名叫洛晓的女子不行！

洛晓，不只因为她容貌秀美，而是因为，她是婆留哥的茵妹妹啊！

想想吧，钱婆留和甄灵茵，从小青梅竹马，长大互相倾心，但却阴差阳错地生生分离，最后阴阳两隔。所爱的人为他赴死，让钱镠一直痛彻肺腑。而如今，眼前的小歌妓给了他一个幻象，好像走了的人又回到了眼前。所以，怎么也要抓住，再也不能让她离开了。

因此，钱镠面对眼前这两人，就算他俩像玉树与琼花般相配，自己也做不到成人之美。

还想多坐会，忽然有手下前来禀报，说是有紧急军务，需要大王立即回宫处理。

钱镠一听紧急军务，赶紧起身。临走时，却还是从身上解下一块玉佩，塞在洛晓姑娘的手里。

他压住了声音说："准备一下，三天后，本王派人接你进宫。"

内乱

钱镠回到宫中，一听奏报，这紧急军务倒不是外敌犯境，说是衣锦军来报，在当地挖排水渠的武勇都官兵，出现了过激情绪。

这回，又是武勇都官兵，管理这些骄兵，确实有些棘手。打起仗来他们不怕险恶，豁得出去，可让他们挖泥填土，还是大热天，一整天一整天地干，谁受得了这份罪。所以有人就干脆扔了锹铲，敞着肚子躺在树荫下装死，凭监工怎么叫喊也不理会。

听过之后，钱镠倒松了口气，哈哈笑了两声，不以为意地说："是让人家吃了不少苦头了，本王这就带着酒肉，前去好好犒劳。"

罗隐听说钱镠要带酒肉，去临安犒劳武勇都这帮骄兵悍将，有些不放心，提醒说："大王，天太热，本来就容易让人焦躁，要是再喝了酒，只怕更狂，大王还是要慎重。"

钱镠摆摆手，说："罗给事，不必多虑，本王把酒肉分发之后，只宴请徐绾几个将领，其间不作指责，只好言相劝他们恪尽职守。"

罗隐还是说："望大王早去早回。"

第二天，钱镠来到临安，提了酒肉，安抚挖渠的兵将。晚上，又特意在家府设下宴席，叫来了临安地方官员作陪，专门犒劳徐绾等将领。

席间，钱镠先与众人共同举杯，又称赞武勇都兵将为吴越国作出的贡献，还说希望他们上得了战场，也下得了沟渠。美酒美食，君臣同乐，少不了一杯又一杯。

结果，喝到后来都起了酒意。

徐绾趁着酒兴，先站起来，说："大王，我们这帮兄弟，个个是杀敌的好汉，让我们没日没夜干这个挖沟渠挑烂泥的活，真是埋没我们兄弟了！再说盛夏这么热，每天汗流浃背，一个个都快成腌泥鳅了，是不是该让兄弟们歇上一歇，别再给我们派活了！"

要是一般情况下，因情况特殊，手下提出工事稍缓的请求，也是可以理解的。只是这一回，钱镠明白，徐绾他们的心里也明白，派他们下来干活，是因为之前打人闹事的事情，让做点苦力，算是惩罚。这样一来，让钱镠在将臣面前，好替他们说话。明明是钱镠偏袒他们，而他们竟然不识好歹，还想顶撞怠工。如今这席上，作为领头的徐绾，还竟然当众喧哗，这让钱镠的面子怎么过得去？

钱镠当时就沉下脸来，说："徐绾你听好了，挖渠的兵将不仅不予歇工，还得再加快进度！"

徐绾一听到平常有些骄纵他们的王上，如今一口回绝了他，悍劲酒劲立马齐涌，直冲脑门，竟然就跳起来，大声吼道："你姓钱的把人往死里榨，老子不干了，明天就带着兄弟们走人！"

众人听了，连忙一起将他按住，说他没上没下，无视王上，口出狂言，犯下死罪了，应该马上向钱王请罪伏法。

在众人劝说下，徐绾意识到自己实在太鲁莽放肆了，连忙称自己喝多了，醉后胡言乱语，请钱王治罪。

钱镠也便说酒后说的话，不作为数，只要回去后认识到错误，好好领兵干活就行。话虽然这么说，只是谁都看得出来，钱镠的目光中，分明显露出了对徐绾言行的不满。

散席后，众人各自谢别离去，钱镠也就叫人关上家府大门。

完了公务，回到内庭，赶紧见妻女。看宝贝囡囡，几时不见，身子一下子蹿高了不少。父女一见，亲热得不行，一下抱在了一起。再看吴夫人，显然已经得知了钱镠为先前鲁莽处事的悔过，也就依旧对夫君既尊又爱，嘘寒问暖，双眼脉脉含情。夫妻互叙了离后思念，到底情深，一日不见如隔三秋，更别说十日百日。叙后，钱镠也便让吴夫人收捡一下，明天一早带她和琳儿一起回宫。忙了一会，已见灯火迷离，也就盥洗了，相拥进入内室。

才睡下，家府外好像起了异响。要知道钱镠从来比一般人警觉，还有个不睡龙的名号，屏敛一听，就听清是大量的脚步声，而且朝家府这边奔来了。

有情况！

钱镠飞快起床，直奔外庭，让守夜的家丁把各处大门都抵结实了。

紧接着，一派火光，从远而近，围在了钱氏家府的四周。

很快，外面传来喊话声，是徐绾的声音，他说："钱镠，你听好了，爷和兄弟们为你卖命多年，你却把爷和兄弟们当马骑，当牛使，爷和兄弟们不为你卖命了，现在就造反啦！"

一定是徐绾在宴席上装疯闹腾之后，从钱镠的眼中看出了杀气，明白自己不会有好下场了，回去之后干脆一不做二不休，朝原本就像干柴一样的兵将身上扔一把火，说大家要想过几多年前的好日子，必须杀了姓钱的，兄弟们重扯大旗自己干。结果，干柴遇烈火，说干就干，将钱镠派来的监工杀了，说反就反了。

徐绾肯定也作好打算，先拿下钱镠，踏平钱府，再去攻打杭州。

钱氏家府外，叫声、喊声、骂声、放箭声、砸门声……响成了一片。

满府的人都醒来了，一个个跑出房间，来到厅中，满脸惊诧。只见钱镠已经穿戴整齐，站在了中厅。众人见到主心骨，心里也就安稳了一些。

琳儿也被惊醒了，赤着脚跑到了厅中，眨着疑惑的眼睛，问："父王，外面的人要跟你打架吗？"

钱镠把琳儿抱起来，先跟女儿说："囡囡别怕，父王要跟他们演练，演练也就是做游戏，像你跟小伙伴们玩过家家一样，没事的，快跟你娘回屋睡觉去。"一面，把女儿送到吴夫人怀里。

吴夫人接过琳儿，却没走，一脸沉着地说："我知道，孙儒调教出来的那群贼匪，什么坏事都做得出来，要是被他们攻下来，就请大王杀了我们母女，我们不能受屈！"

众人一齐跪下，众口一起大声发出誓愿："小人愿与大王夫人共生死！"

钱镠扶起众人，说："你们一个个听着，外面不过是一群自不量力的蝼蚁，撼不了大树，大家不必担惊受怕，只管打起精神来！"

还是令吴夫人母女回到内室，一面下令，把门户抵死，无论任何情况不许打开，弓箭手上哨楼，只射靠前的贼将。

要知道，钱镠在扩建杭州城之前，就先修筑了临安城，同时构建了他的家府。这钱氏家府本来就设下了多重防备，墙院高大结实，铁门坚固无比，再加上中间高耸一座哨楼，居高临下，外围的状况尽收眼底。

钱镠亲自上了哨楼，只见明暗不一的火光下，那些蛮兵悍将，有的提锹，有的扛锄头，早已丢失了正规军应有的体面，叫嚣的叫嚣，狂浪的狂浪，挤挤压压，轮番上阵，去撞墙砸门。

钱镠看好态势，取弓搭箭，只朝靠前的一名头目瞄准。臂力过人的钱大王，稍一使劲，便拉了个满弓。然后执箭的手一松，箭羽带力，疾飞而出。随即，远处的目标倒地。

眼见一个头目倒地死了，而钱府的门墙依旧岿然不动，这群缺乏耐心的草莽人，也便浮躁起来，一个个指手画脚，骂骂咧咧，好一阵喧哗骚动。

徐绾怕乱了阵脚，也就下令，丢下临安这边不管了，直接赶去攻打杭州城。

眼看群贼离去，钱氏家府里算是虚惊一场。但是，情况并没有改变，可能更糟糕。因为钱镠心里明白，杭州城的守将，有个叫许再思的，就是徐绾的同营兄弟。徐绾去了杭州，他们一定会接上头。

杭州危急！

所以钱镠来不及喘口气，决定赶赴杭州。

众人便劝他说，大王即刻去杭州，要是与叛贼遇上，可就糟了。再说，他们既然连家府也攻打不下，又如何奈何得了铜墙铁壁般的杭州城。

钱镠说："要知道守城将士，也有武勇都旧部，这伙叛贼从临安过去，一定会跟城里的里应外合，直接打开城门。"

既然大王坚持要回杭州，家府守卫要跟他一同过去，也好有个护卫。钱镠却不同意，说人多目标大，单人单骑走小路，绕开大道，让人难以提防。再说家府也需要人手护守，不能缺人。又派出几骑人马，让奔赴苏、越、台等数州，把杭州遇险的消息传达各州，要求尽快派兵增援。

眼看钱王部署完毕，就要出门。众人还是担心，说叛军要是已经攻进杭州城，大王回去会不会正好落入他们的手掌。

钱镠说："就算他们进入杭州城，也未必进得了王城，王城的守卫，都是本王的旧部，本王回去之后，要想办法进入王城，王城，是吴越国最后的根基，只要王城不破，根基不丢，他们就奈何不了吴越国！"

钱镠果真要走，走之前叮嘱吴夫人说："带好孩子，别为我担心，家府坚固，你们安心住着就是，待我灭了叛贼，再回来接你们。"

吴夫人十分不放心夫君出门，但她知道，夫君的决心一定，那是十头牛也拉不转来的。何况国家面对危难，确实需要他这个一国之主去坐镇应对。她也就只好念阿弥陀佛，求菩萨保佑，又再叮嘱亲人，务必小心谨慎，平安归来。

钱镠应下，一面说走就走，只身跃上健马，出门往东去了。

钱镠绕道向东，路上并没有与叛军相遇。只是还没得赶到杭州，就已经得到消息，说城外叛军与城内勾连，城内守军在许再思的命令下，打开了城门，让徐绾叛军不费吹灰之力杀入了城内。

杭州城，沦陷了！

这些孙儒旧部，吃人的家伙，一旦杀入杭州城，肯定是烧杀奸淫无恶不作。好好的杭州城，被一群畜生给糟蹋了呀！

一时间钱镠悔恨不已，当初不该因为他们打仗骁勇，就将这群恶魔收留下来。他也明白了罗隐所说向内筑城的意思。最坚固的城墙，都可以攻破，因为破坏城池的，往往不是外面的炮火兵勇，而是防不胜防的内贼。

现在，钱镠必须回到城内，回到王城，回到自己的根基上去。

如果从城门进入，无异于自投罗网，只是除了城门，面对自己修建的，又高又坚固的城墙，又哪有什么办法越过？但是，正因为城池是钱镠亲自带领军民，亲眼看着一砖一石修建的，所以他对整座城池再熟悉不过，就像自己的孩子一样。

当下，钱镠就找了个没人看守的地段，下了护城河，拿出他孩童时候打鱼摸虾练就的本事，从水底潜了过去，直接进入了城内。然后，凭借自己对地形的熟悉，来到王城偏僻的后方，与城头的守兵取得联系。很快，城上抛下一根缆绳，钱镠手抓绳索，提一口气，一试，当年行走峭崖峭壁的身手还在，也就手脚并用，噌噌便上了墙头，顺利翻入了城内。

进城得知，杭州城内的卫戍兵力，在危急时刻，还好及时退入了王城，从而保留了战斗力。也所以，抵住了叛军对王城的攻击，并没有沦陷。

见钱王能够安然归来，城内众人都松了一口气。国主在，王城在，就算叛军围困，吴越国根基没有丢失，总是会有办法的。钱镠随即检查了各处防御，见物资仍然可以应付，将士们的抗敌决心都在，也就放心了大半。

一时，召集罗隐、皮光业等将臣进入重华殿，商议御敌的计策。

罗隐说："大王，臣下以为，目前先等待各位将军赶来相救，万一他们敌不过贼军，只有一个办法，请吴国相助。"

钱镠说："罗给事，你是说请吴国帮助吴越国平叛？这就别提了吧，杨行密那恶贼，趁火打劫才是他的本事，替人解围，他会有这个德性？"

皮光业自告奋勇："大王，如果万不得已，必须求助于吴国，臣下请命出使。"

钱镠说："向吴国求助，这件事就不要议了，先抵住贼兵，保住王城，再等候苏、越、台各州的兵马到来，争取内外夹击，歼灭叛贼。"

既然国主定下御敌对策，手下也就遵照执行。

钱镠布置完回到内宫时，只见戴夫人陪护着元璙、元瓘，一脸忧凄憔悴。这位戴夫人啊，虽然她自己没有生育，但是把钱镠名下的这些孩子们，一个个都当成她亲生的，从来疼爱有加。如今大敌围城，见一家子身陷危境，她能不揪心吗？

再看元璙、元瓘几个，转眼间，都已经长大了，一个个容貌像他们的母亲，清秀俊美，而身姿又像父亲，高大挺拔。如今面对险境，心里分明也有担忧，但脸上一个个镇定自若。钱镠看着，便觉得十分欣慰。龙生龙，凤生凤，老鼠学爹打地洞。钱镠，是身经百战打天下的英雄，作为他的孩子们，也必须有直面刀山火海的勇气。

见大王又一次虎虎生威出现在面前，大家都是既惊又喜。戴夫人又问临安的亲人，问吴夫人和琳儿的情况，元璙、元瓘也问娘亲和妹妹她们，听说她们都平安无事，才一齐松了口气。

钱镠也就跟元璙、元瓘交代，万一王城被叛军攻破，要他们务必保护好大娘。而戴夫人却说，夫君好好的，她便活着，要是夫君有个三长两短，她一定跟随而去，让谁也不要拉她。

元璙、元瓘也说了，生死追随父王，无怨无悔。

钱镠听后心中大恸，却还是面不改色，开导亲人说："眼下并没有山穷水尽，不许说丧气话，一个个都提起精神，把难关挺过去！"

大家听了，都昂起了头。

杭州告急！

明州守将顾全武、安东镇守将杜稜、湖州刺史高彦、睦州刺史陈询、温州刺史朱敖等各州主政，都收到了杭州发来的出兵诏令。

顾全武与杜稜等老将，得知叛军围困杭州，怒不可遏，接到诏令后马上集合兵马。

湖州刺史高彦，是钱镠的兄弟发小，曾一起拜在戴先生门下做学童，还一起贩盐走四方，如今兄长有难，为弟的二话不说，就要发兵。

高彦的儿子高渭也是军中的副将，对父亲出兵杭州有些担忧，说："父帅，我们从湖州奔赴杭州，只用两个时辰就可以到达，但别的兵马，难以在这么短的时间内到达，那么我们走在前头，敌军肯定早已作好准备，会全力对付我们，到时候一定是以弱敌强，所以我们是不是等一等，等数路兵马到齐了，一起齐力杀敌。"

高彦说："儿啊，你说的道理为父懂，但是儿要记住，大王是为父的生死兄弟，我们要是多等一刻，他那里就多一分危险，必须马上发兵解救！"

湖州高彦父子率兵马飞奔先到，结果在灵隐山下，中了叛军的埋伏。

父子俩率兵奋起杀敌，血染战袍，终因寡不敌众，全军覆没。

明州与安东镇的兵马，同样遭遇伏击，一时靠近不了杭州。

这时候，被困在杭州王城之中的钱镠等人，得到的消息，除了高氏父子殉主，顾全武与杜稜兵马受阻，还有睦州刺史陶询，见敌军的势头强劲，干脆投降易主，认敌为父，加入了攻打杭州的队伍。温州刺史朱敖的军中起了变故，副将丁章发动兵变，杀了朱敖，同样向敌军靠拢。

这时候，吴国杨行密的手下大将，宣州节度使田頵，趁机发兵，包抄而来。当然，田頵的目的可不是解救钱镠，也不是支援徐绾等叛军，他是想先拿下杭州，再拿下整个吴越国，自己称霸一方。

又得到消息，杨行密也发兵了，由大将李神福带领，越过昌化昱岭关，同样朝杭州奔赴而来。

数路大军压境，眼看着，杭州成了板凳头的一枚鸡蛋，危在旦夕。

王城的城门下，有将士又在叫阵。

有个身穿盔甲，骑高头大马，提一杆蛇矛的人上前，对着城楼高处，摇头晃脑。

这人说："钱镠啊，你八百里退兵，数次主阵杭越大战，杀刘汉宏，灭董昌，这一路走来，算是够艰辛的，只是你这钱字大旗，在杭州的城楼上还能插几天？告诉你，不用几天，钱字旗就要改成我田姓大旗了！"

这人是田頵，看来他不仅要赶来趁火打劫，还想将杭州收服之后，摆脱宿主杨行密，自立称王，真是个小人。

田頵一番耀武扬威之后，得意地回营。

一会，又有人上前。只见一名敌将，押着一个被捆绑的人，一步一步朝城门前走来，越走越近。看清了，那被绑的，却是白衣白裙的女子。

城楼上的兵将，要朝城下的人放箭。

钱镠定睛一看，认出了下面的女子，连忙让兵将停手。

只听下面押人的将士，朝着城楼上放声大喊："姓钱的，你不是喜欢她吗？你要是再不肯打开城门，我这就把她给砍了！"

他们押着的不是别人，竟然是玉姹茶楼里的洛晓姑娘。

听下面人再狂飙："钱镠，这小娘子长得天仙一样，还能给你唱小曲，你不是给她留了定情物，急着想接她进宫吗？你难道想看她现在就死？"

钱镠见玉人受难，实在是万箭穿心。

只是，却一时想不明白，自己不过私下去了几趟茶楼，听洛晓姑娘唱了几只曲子。就算钱镠私下对玉人有意，给人家留了东西，那也是极私密的事情，怎么就被敌军掌握了呢？

见城上没有回音，那人就洛晓再往前推一把，一面把钢刀架上了她的脖子。眼看着，马上就要挥刀砍人了。

钱镠见状，不由一声虎啸："不要！"

持刀人愣了一下，倒停下了手。

被刀架脖子的洛晓姑娘，倒显得很镇静。只见她仰着头，目光朝上面扫去，扫过了钱镠，却并没有停留，继续再扫，就好像在搜寻一个人。

这时候另一个人，也不由得扑上礅口，喊叫一声："洛晓姑娘！"

这喊叫的，不是别人，是那日与钱镠一同去玉姹茶楼的皮光业。

洛晓这时便停下了目光，脸上还似乎透出了一丝笑意，朝着上面，大声地说："外面已经搭好了绞架，千万别开城门！不要担心我，我是吴国大将军李神福的妹妹！"

原来，这名叫洛晓的卖唱女子，是有来历的，她是吴国大将军李神福的妹妹，那么她来到吴越国，说不定是被派来做卧底的。

这么一说，也就明白了，为什么钱镠他们私底下的一举一动，全在敌人的掌握之中。

但显然，洛晓不想把她的假身份扮演下去了，而是直接坦明，还让城内人不要开门。为什么？因为她不想城里人死，更不想人家为她而死。姑娘的心思，已然明了。

押人的将士见洛晓没再配合，也便气急败坏，狠狠地再推她一把，直接将她推倒在地。一面举了刀，眼看果真要砍下去了。

紧急时，只见一骑枣红马飞跃而来，马背上的人挥动一杆长枪，将砍人者手里的砍刀直接撩飞，又回手照人脖子一枪捅去，拔出，一个血窟窿，那人便倒下。他随后一把将洛晓拉起，迅速提上了马背。

只听得洛晓喊了一声："哥哥！"

洛晓的哥哥，不就是吴国大将军李神福。一时间，城楼上一个个早已准备着的弓箭手，就要松弦放箭。钱镠却还是举手，止住了放箭人。

眼见枣红健马几个腾跃，兄妹俩早已在射程之外。

不久，传来了消息，说顾全武领兵护主，在城外与李神福的部队相遇，杀成一片。原本顾全武占上风，但是李神福诈败，顾全武不知是计，领兵追赶，结果中了埋伏，已经被李神福生擒了。

顾全武，那是吴越国的梁柱，更是钱镠的股肱，没有了他，那该如何是好？

听说顾全武被擒，钱镠再也忍不住了，不由得伏案大哭。

可是，哭又有什么用？看眼下，叛贼与敌军，相互媾和，围困了杭州城。

眼下的吴越国，又该何去何从？

和亲

东海滨的吴越国宫廷，海风吹来，扑灭了炎炎暑热，只见凤凰山上原先绿得苍翠的树，与红得艳丽的花，一夜之间绿老红褪，消沉黯淡。

重华殿内，国王钱镠与臣子们聚在一起，再一次对这个海滨独立政权的存亡，作一番权衡与定夺。

作为吴越国的智囊，罗隐还是坚持之前的决断，说这一次想要击败围城的敌人，只有一条路了，那就是借用邻国的力量，向吴国国主杨行密寻求援助。

钱镠也明白，都到这个时候，就算万分不情愿向冤家宿敌低头，在这样的生死关头，也必须低头了。

只是，还是要先想一想，作为冤家风敌，就算钱镠肯低头，人家是不是愿意出手相助呢？

要知道，赶来趁火打劫的田頵就是他的部下，还有他的心腹大将李神福也已经抵达，他们与叛军一联手，不正好拿下杭州，吞并吴越国吗？到口的肥肉，人家已经吃到一半了，还指望吐出来？

罗隐说："要想获取吴国的相助，首先要让吴王明白，就算他吞并了吴越国，吴国马上将四面受敌，凭他的实力，不用多久，就跟吴越国一样，同样被别国啃噬吞并，要想篱笆紧，不能少个桩。还要告诉他，田頵早已与徐绾之流达成合谋，取下杭州后自立为王，凭田頵的小人心性，他就算取下吴越国还不会满足，势必将矛头对准吴国。还有一点要紧的，要想得到吴王的信任，吴越国必须有人去做人质。"

钱镠听了，点了点头，却又迟疑地说："也只有这么办了，只是，本王的孩子们还小，这人质……"

钱镠的儿子们也在列，一听需要人质，一个个都挺身站了出来。

元璙先说："父王，我已经十七岁了，我愿意去吴国做人质，派我去吧！"

元瓘也说："父王，我也已经十六岁了，我也愿意去吴国做人质，还是派我去吧！"

钱镠见自己的儿子在家国危难之时，能够不惧生死，不顾个人，挺身而出，一时觉得十分欣慰。无奈送儿上险地，难为了老父的一颗慈心，不由心中疼痛，眼眶发烫，使劲忍住了热泪。

想想吧，身为一国之主，身为一国之主的孩子们，那是使命在肩，为家为国付出所有，甚至牺牲性命，也是义不容辞的责任。当下，狠了心意，决定送儿做人质。

只是，就算自己肯把儿子送去吴国做人质，又怎样能抵达得了杨行密跟前？

这时候，皮光业站了出来，说："大王，请放心，臣下有办法，一定安然地把王子送达吴国，还一定想办法保证王子在吴国的安全。"

见自己的骄儿与良臣都敢于担当，钱镠也就不再迟疑，同意在皮光业的护送下，让钱元璙去吴国做人质。

这时候戴夫人赶到，听说要把她的儿子送去敌军做人质，虽然她是个明理大义的女人，但身为养育孩子的母亲，还是扑倒在地，痛哭不已。

戴夫人说："璙儿啊，你这一去，大娘的心都碎了啊！你要是有三长两短，让大娘怎么跟你娘亲交待？"

钱元璙说："大娘，你放心，璙儿命大，会平安回来的。"

钱镠拉起夫人，一狠心，让人把皮光业与钱元璙送上城头。

皮光业和钱元璙没有迟疑，奔向城头，手攥准备好的绳索，一下滑下了城墙。

眨眼间，不见了两人的身影。

夜晚，玉姹茶楼，一间布置精致的房间里，洛晓姑娘坐在床沿。床前的墙壁上，挂着琵琶。只是整个人倦懒无力，又哪里再有兴致触摸闲弦。

琴弦无声，心腑有语。心里的话语，悠悠又叹叹，那二八芳龄的女子，虽然没有生在豪门富裕家，也衣食无忧。出落成形后，好个玉容花貌。原想着，挑个如意人，举案齐眉，相守月光下。可是一旦美颜外泄，世上的事，再由不得自己了。王上欲揽入怀，王后却设局排挤。幸好有李将军，认作干妹妹，救了她一命。被排挤的人，承污受命来到吴越境内，以丝竹美色笼络人心，卧底探秘，以此报效母国。没料想，还真遇上了吴越钱大王，还得到了大王的赏识，重下青目，赠予玉佩。而姑娘，是扮成羊的狼子，要把好心的大王咬一口。可到底，是被逼为狼子的羊，成不了真正的狼。兰心蕙质的玉人，被逼得逆心而行，几回午夜梦醒，想投身眼前一湖清澈水，化为孤山下的一缕烟魂。哪想到，想生难，想死也难。在生死两难的绝望时候，偏偏还遇见了梦寐以求的人。一双碧潭销魂的眼，两片丹珠飞扬的唇，一个举手，一个抬足，一身风流。才明白，人世间，果真有份情，叫一眼千年。

可是啊，自己做下了愧对人家的事，今生就算相思，只怕也是空相思，就算回肠，也只能白回肠。只恐怕，想再看他一眼，也未必有机会了。

洛晓姑娘正在胡思乱想时，忽然听到敲门声。

夜深了，是谁还来敲姑娘的房间？

连忙起身，伏在门边问："是谁？"

门外传来声音："故人。"

洛晓听着这声音，还真是熟悉的，却不敢相信这个时候会有什么故人上门。

便果断地说："这么晚了，有什么事天明再说吧。"

门外人再说："我是吴越国推官皮光业，有事需要姑娘相助，请开门吧。"

洛晓这一听，惊诧得不行，竟然是他！

以为今生今世，再也不能见上一面的那个人，这个时候竟然就站在了门外。

老天！

洛晓略加思索之后，按住小鹿般奔跳的胸口，轻轻打开了房门。

一个身穿黑衣头戴帽子的男子闪身进了房内，他的身后，又跟进了一个人，同样的一身打扮。

进屋的男子在灯下拿下帽子，一看，果真是他，容颜如昨，风姿不减。洛晓朝人看上一眼，早已经脸上飘红。

皮光业给洛晓姑娘行了个礼，再说："洛晓姑娘，在下请你务必帮个忙，想办法把我们带去吴国，见到吴国的国王。"

又指着他的身后人说："他是吴越国的王子钱元璙，受大王之命，去吴国做人质。"

钱元璙上前，给洛晓行了礼，一面说："姑姑，吴越国危在旦夕，姑姑之前在城楼下好心帮了我们一回，现在还没来得及报答，却又要请姑姑出手，再帮我们一回。"

看眼前的钱元璙，同他父亲的高昂威猛不一样，生得是眉清目秀，玉树临风，看来这杭州城，果真是人杰地灵。

洛晓也就没有迟疑，只说："好，我一定让哥哥想办法，把你们带进吴国王宫。"

洛晓找到哥哥李神福的时候，他正皱着眉头，好像遇到了难以决断的事。开口说了，说是本来想处决俘虏顾全武，在绞杀前跟人谈上几句，却实在没有想到，顾全武不仅大义凛然，不惧个人生死，还睿智过人，跟他一一剖析了吴越国存在对吴国的好处，至情至理，细致周全，让他李神福无言反驳。

李神福喃喃自语说："杀死一个人很容易啊，特别是当他为自己敌手的时候，但是让他活着，比死了可能对你更有利，那么该怎么办呢？"

洛晓听哥哥的口气，他应该是不打算杀害顾全武了，这是英雄与英雄之间的惺惺相惜吧。便趁机开口，把吴越国想与吴国交好，打算向扬州派送人质的事，跟哥哥说了。

李神福听后，也就答应下带人去扬州。不过又说了，吴越国人质以及顾全武等人的性命，是取还是保，全由吴王来定夺。

困局，也就有了一丝解锁的希望。

吴国王宫中，身形彪悍的吴王杨行密，头戴金冠，身穿蟒袍，腰上佩剑，一副高傲巍昂的姿态。

大将李神福上前报说，吴越国派来使臣向吴国求助，并且带来了王子作人质。

杨行密听后哈哈大笑，说："他钱镠不是总说要砍杨头吗？是不是他砍不了杨头了，打算乖乖地让本王穿他的钱眼？"

李神福说："大王，既然钱镠低头了，你是不是先见见吴越国派来的使臣？"

杨行密说："吴越国只剩下一座小小的王城了，作为钱镠左膀右臂的大将军顾全武，也被你生擒了，还有什么资格向我吴国派来使臣？"

李神福说："大王啊，据在下探知，田頵已经与徐绾等人合谋好了，等拿下吴越国，就掉头来攻打吴国，把地盘扩大之后，他还想称帝！"

杨行密说："田頵这条恶狗，真是白养了他多年！对了，顾全武倒是将帅之才，本王慕名已久，让你劝降，为我吴国效力，你可劝开了？"

李神福说："在下无能，劝不动顾全武，他说好男不事二主，宁愿砍头，也不背叛钱镠。"

杨行密说："看来钱镠还真有两下子，能让手下对他这么死心塌地追随他，这一点，看来比本王要强。想到田頵，本王就气得不行，他与你李神福都是打小同本王一起长大，一起创业打天下的，怎么就成了反咬人的狼？"

李神福又问："大王，你要不要见吴越国的使臣？要是不见，在下就替你打发了。"

杨行密说："本王倒好奇，败国使者，还有什么话说，再说钱镠的儿子，本王也想看看长个什么模样，是不是跟他老子一样壮得像座塔，好吧，那就让他们进来吧。"

李神福一听，赶紧把人招呼进殿。

皮光业与钱元璙一同上前，先给吴王行了礼，再立在阶前。

杨行密抬头一看这两人，眼前一下子亮了起来。原来，这人世间，果真有玉树临风前，碧月耀幽室。

看看皮光业，又看看钱元璙，心想这西湖边，都淌的是什么水，连男子都润养得这么俊美。一时间，一代枭雄杨行密，他那一双如牛魔王的圆珠大眼中，现出了惊诧，却也现出了赏识。

皮光业也就趁机开口，把吴越国与吴国依傍共存的利害关系，一一道来。

虽然皮光业说得合情合理，杨行密也心思松动，只是让吴国出兵去相助吴越国，得有个正当理由吧，也就是师出有名。如果出的是无名之师，会不会因此遭别国的非议与责难。

就在这个时候，有两个人躲在了宫殿的幕帘后。是两个姑娘，一个呢，是洛晓，另一个呢，也是像洛晓一样秀美俏丽的女子。

只听得洛晓轻声跟身边的女子说："汐公主，你看好了，这说话的，是吴越国的推官，他叫皮光业，那个没有开口说话的少年郎，就是吴越国的王子钱元璙。"

原来这个俏丽的女子，就是杨行密的女儿杨汐。

再说汐公主，在这豆蔻花正开的青春年岁里，一眼看到了一位风华绝世的王子，那还不是眼波潋滟，心意悄然。

正这时，钱元璙开口说："大王，我的父王生长在乡间贫苦人家，老家的周围，也是同样的人家，邻居间从来互相照顾，互相帮衬，父王时常跟我们说，千金难买邻居好，睦邻友好，家舍平安。"

钱元璙的话，无疑合情合理。

见父王杨行密听了钱元璙的话，一时还没表态，杨汐便忍不住了，撩了一角幕帘，探出头来，朝前面咳了一声。

又红着小脸叫一声："父王！"

杨行密回头看一眼爱女的神情，心头自然明白怎么回事。

李神福见机，也便说："大王，吴国与吴越国结下亲事，吴国出兵替吴越国解围，也就是亲家帮亲家，还怕师出无名吗？吴越国的翩翩仙公子站在这里，汐公主也已到了及笄之龄，在下就替吴王与吴越王两家保媒啦！"

钱元璙一听，赶紧下跪，说："泰山大人在上，受小婿一拜！"

杨行密见了十分高兴，哈哈笑开，说："好啊，本王答应这门亲事啦，佳婿快入后宫，给太后与王后行礼去吧。"

幕帘后的杨汐羞红着脸，却又将俏脸笑成了花朵。

一旁的洛晓姑娘，同样笑着，她的目光穿过幕帘，投向不远处的那个人。不想那个人，也正把目光朝这边投来。当下，洛晓姑娘也羞红了脸。

当晚，吴国宫中张灯结彩，吴越国王子钱元璙与吴国公主杨汐，完成了拜堂合卺的人生大礼。

仇家成了亲家，亲家有难，当然是义不容辞。当下杨行密派出大军，由李神福带领，从扬州出发，直奔杭州。

吴国大军一路挥杀，大败围困杭州城的叛军，除掉了徐绾等人。只是，田頵原本是杨行密的旧部，虽然生了异心，已经在宣州自立称王，但好歹也算是手足，不能火拼。于是也就好言劝说，让田頵自行退兵。

田頵的心性，本来就是小人加无赖，如今吴国与吴越国都有求于他，便狮子大开口，跟人讨价还价谈起了条件，他说吴越国赔偿他出兵的费用，还说既然钱镠送了个儿子给杨行密当女婿，他也要带个钱家公子回去当女婿。

吴越王宫中，钱镠听到田頵的条件，气得差点喷血。他索要钱财还好说，可他田頵算什么东西，也要钱镠的儿子做人质。派儿子去吴国，做了杨行密的女婿，钱镠虽然心里难受，但多少还是情愿的。因为虽然视杨行密为仇家，却也认杨行密是条英雄汉。钱镠与杨行密，也算

伍 风云起，吴越男儿挽狂澜

是英雄惜英雄。可田頵这样的小人，他什么事情做不出来，送儿子去他那里，还不是被他糟践了。就算结了亲家，钱镠也觉得那是玷污了自己的名声，更是害苦了儿子。

钱镠决心，就算与田頵拼死，也不愿意让自己的好儿子受糟践。

这个时候，钱元璀主动站出来，说："父王，眼下王城还在受困中，兵力脆弱，万万不能与人硬拼，还是让孩儿去吧，孩儿愿意去田营当人质！"

钱镠一听，忍不住老泪纵横，说："璀儿啊，你这前去，与你哥璙儿有所不同，你哥有皮推官等人护随，可你只能只身前去，是完完全全跳火坑啊！"

钱元璀说："父王，你尽管放心，孩儿去了之后，会随机应变。"

钱镠再也忍不住了，伸出大手，抹下一把热泪，仰面看天，只想大喊："老天，你干脆杀了我吧！"

钱元璀："父王，你我父子赴黄泉也不怕，可是你我身后，是满城的百姓啊！"

是啊，满城的百姓，怎么可以让他们陪钱氏父子赴黄泉呢？

钱镠也实在没有办法，只能答应下田頵的条件，再送出自己的骨肉。

戴夫人赶到，又是扑倒在地，却已经哭不出声，只哀哀地说："璀儿啊，你这一去，不比你璙哥啊，他有皮推官护着，你是只身入虎口啊！"

钱元璀凛然说："父王，大娘，孩儿能为国家解决困难，就是真的捐躯了，也是应该的，你们要为孩儿高兴！"

有贤儿如此，钱镠和戴夫人还有什么好说的。

临行，钱元璀跪下，给父母叩了个头，说："父王，大娘，你们一定要多保重！"

说完，果真就头也不回地去了。

总算，围困杭州城的兵将悉数退去。

吴越国，挺过了这场差点灭亡的灾难。

再说钱元瓘，与他哥哥钱元璙长得相似，也是风姿卓然，人中龙凤。只是，田頵带走钱元瓘，压根不是为了找个俊美的女婿，而是完全带个人质。甚至他想的是，带个吴越国的王子回来，在他称王称帝时杀了祭旗。

所以，钱元瓘到了宣州田营，可没有他哥哥到扬州的待遇。钱元瓘不仅动不动被田頵吆五喝六，还有事没事就说要拿他试刀，甚至连基本的衣食都得不到保障。一直到达田府后，才有了改善。

为什么到达田府后能得到改善？

因为田頵这个天不怕地不怕的混世魔王，也还是有一位不得不顾忌的人，那就是他的母亲田老夫人。

田老夫人，竟然成了钱元瓘的保护神。

却说田老夫人听说儿子以和亲的名义，从吴越国带回了人质，也便想看看，这人质长得怎么样，也便跟儿子提了出来。钱元瓘被人带进田府的时候，田老夫人正和孙女殊儿在府中花园赏花呢。钱元瓘跪下，给老夫人叩了头，再站起来，他在一旁，花在一旁，怎么回事，满园的花草都失去了颜色。

田老夫人上下打量着眼前年轻人，不由赞叹不已，高兴地说："老身我，活到今天，总算目睹了一回龙凤真颜。"

当下，田老夫人作主，让钱元瓘与田殊定下亲事，结为百年之好。

只是就算钱元瓘成了田頵的女婿，田頵这个魔头，还是连女婿也不肯放过。他为了早日完成自己实现称王称帝的心愿，不顾死活，四面出兵，不是跟吴越国交锋，就是跟吴国或齐国争斗，结果总是得不到好处，到处吃败仗。而每回吃了败仗回来，便总想拿钱元瓘开刀。幸好有田老夫人护着钱元瓘，每当田頵回来，就让孙女和孙女婿寸步不离地陪在自己身边。

而钱元瓘的夫人田殊，更是不惜为夫君挡剑。

有一次，眼看田頵要挥剑砍向钱元瓘，田殊马上站起来，把钱元瓘挡在身后。面对着父亲手下寒光闪闪的剑锋，毫不退缩，并且有情有理地跟父亲明言。

田殊说："父亲，我是你女儿，我尊重你，可他钱元瓘是我的夫君，女儿既然与他结成了夫妻，也就生死同命，你要是决心砍了他，那就请先砍了你女儿！"

就算田頵在外再霸道无赖，面对家里人，也是无可奈何。

田老夫人更是生气地骂她儿子："老娘我是生你的人，老娘最了解你，你也就是只老鼠，打打地洞就行了，别老想着做成什么大事。而元瓘，我老身的孙婿，你的女婿，你睁眼好好看看他吧，这才是龙姿凤颜，世间罕见，告诉你，他将来必定能够成就大业！"

这话把田頵气得呀，做梦都想杀了钱元瓘。

这一天，田頵又要出门打仗了，出门之前放出狠话，说这回要是再吃败仗，回来非宰杀了钱元瓘不可。

这一次田頵攻打的是升州。升州，那是李神福的老家。田頵不顾曾经与李神福同帐共事、称兄道弟的情谊，竟然趁人不在，端了人家的老巢。还把李神福的妻儿也绑上，给俘到了营中。田頵以为绑了李神福的妻儿，就能逼着李神福脱离杨行密手下，过来为他卖命。当时，他就下令把李神福的妻儿绑到阵前，以此来逼迫李神福投降。

李神福见了之后，怒发冲冠，但是他说自己从小就追随了吴王杨行密，而杨行密待人宽厚，决不是田頵这个小人能比的！当下，竟然给将士下令，先射杀了自己的妻儿，然后亲率大军，挥戈直取田頵。田頵原本就不是李神福的对手，如今李神福又要报这血海深仇，也就当场将田頵击杀在马下。

田頵再也回不来了。

主子没命了，逃回来的手下却还是不肯罢休，认为是钱元瓘给宣州军营带来了晦气，同样想杀掉他。

田老夫人早已悄悄打点好行装，关键时刻，把孙女孙婿护送出城。还让他们出了宣州之后，从小路走，一路向东，越过千秋崇山，悄悄地返回吴越国境内。

钱元瓘在深明大义的岳太老夫人帮助下，带着新婚妻子田殊，躲过追兵，穿过浙皖边境的重山密林，一路辛苦，回到了故国。

这一趟质子之行，总算是有惊无险。

再说在吴国做人质的钱元璙，以及推官皮光业，深得杨行密的喜爱。当钱元璙提出想带妻子回杭州，杨行密也没有阻拦。不过呢，他想要留下皮光业，答应给皮光业高官厚禄，只要他肯给吴国效力。但是皮光业说好马不认二主，认下二主的马，也就不是好马，自己既然委身一主，要是更变心志，也就不值得新主信赖了。

杨行密见皮光业心意坚决，又在爱女苦苦恳求下，也就没有为难他们，答应让他们回国，并且做了顺水人情，放出顾全武，让他们一同回去。

在他们临走之前，还问皮光业，可还有什么要求。皮光业也就没有迟疑，提出想请吴王准许，让洛晓姑娘同他们一同回杭州，说是一来洛晓姑娘与汐公主一同上路，路上也好有个照应，二来到了杭州之后，洛晓姑娘对杭州熟悉，也好与汐公主结伴游玩。

杨行密虽然是个粗人，却不是个笨人，早已从两个人的眼睛里，看出了情愫。就算自己对佳人有所动心，但是后院严厉，害怕起火，也就干脆放走他们，算是成人之美吧。

这样一来，可算是美满了。

风和日丽，钱元璙一行数人，也就顺利地回到了杭州。

再说钱镠与两位夫人，见一双骄儿，都携了美眷，平安归来，不由得一个个老泪纵横，感天谢地。

国难已除，家人合欢，双媳进门，无比欢喜。钱镠赶紧令人设下祭坛，少不了对着垂恩眷顾的天地，一番隆重祭拜。

却又见到了洛晓这个如花女子，虽然没想到这女子竟是别国卧底，但她爱憎分明，关键时刻庇护了吴越国，当然是既往不咎。只是，自己有心问明月，却不料明月向沟渠。这心头，委实有些难受。不过想想，她是洛晓，到底不是灵茵。灵茵的心底烙着她的婆留哥，生生死死都抹不去。而洛晓，有灵茵的形，却不是灵茵的心。各人承各人的雨露，各人得各人的缘情，或许一切都是前世注定，强不来啊！

看得出来，洛晓姑娘与皮光业，他们两人已然心意相属，情意缱绻。

豁达明智的吴越王钱镠，也就暗自叹息一声，收回了自己的心思。还像吴王杨行密一样，干脆成人之美。便以国主的名义，替手下能臣皮光业与李氏，热闹地操办了婚事。

一双碧月清风的绝世佳人，算是合为了完美的玉璧。

之后，钱王又派皮光业出使东南海上各国，以便打通吴越国的海上贸易途径。

当下，皮光业携娇妻李氏，带着吴越国的物产，登上了远航的巨舰。

陆

山水澄明，一代贤王魂归乡

千秋关之战

再看看中原朝廷，又是姓甚名谁。

这时候的中原皇帝，姓朱呢。

朱温，又叫朱全忠、朱晃，他从草莽中跃起，降唐又覆唐，干成了改朝换代的大事，建立了梁政权，定都在开封。只是朱温称帝建朝之后，中原的战事却一直没有平息下来，朝廷的四周，一定是群狼环伺，只要闻到一点血腥味，就会立马纵身扑来。这其中最强大又凶狠的一头狼，便是坐拥河东的晋王李克用。

说起来，李克用与朱温两个人之间曾经有过节。他们之间的过节，比起钱镠与杨行密之间的，大多了。起初，他们一个是朝廷功臣之后，另一个是从黄巢手下归顺，成为同僚之后，也一度坦诚相待，称兄道弟。反目成仇的事情，发生在平定孙儒叛乱之后。当初孙儒率兵反叛，攻击了高骈和周宝两位朝廷重臣，他们接受朝廷旨令，并肩南下平叛。在与钱镠等众豪杰会合之后，联手灭了孙儒。就在胜利班师的路上，当时已是黄昏，扎营入帐后，朱温邀请李克用来他的帐中，一同喝杯叙欢酒。俩枭雄之前就称兄道弟，酒菜上来，两杯下肚，酒兴上来，也就更亲热了，一时间你敬我，我敬你，一杯又一杯，一杯接一杯。结果呢，两个人都喝高了。喝高的两个人，开始指点江山，评点天下。一样年强力壮，一样心气高涨，结果你说我不服，我说你也不服，说着说着就吵了起来。之后越吵越起劲，越吵越凶猛。善于提枪挥槊的两个人，嘴上来往显然不过瘾，很快挥胳膊扬拳，眼见就要大干起来了。手下赶来劝架，拉扯了半天，才好不容易把两个醉汉给拉开了。

只是，李克用因为实在是喝多了，泄了心火之后，腿下如踩棉，脑袋昏沉，竟然回不去自己的营地了。也就在朱温的营帐中倒头躺下，一时间呼噜噜鼾声大作。

到了半夜，李克用居住的帐房起火了，火势凶猛。这下好了，营帐中醉烂如泥的人，那不是只得葬身火海？巧的是，大火刚起来，一场大雨漫天扑到，生生把大火给浇灭了。同时，把醉死的人也给浇醒了。

天不灭人，人又奈何？一代枭雄李克用，活着逃出了火海。

只是李克用认定，那把火一定是心胸歹毒的小人，借此来灭掉异己。小人是哪一个？那还用说，明摆着的。从此以后，李克用就记下了朱温的这笔大仇，一生一世也化解不开了。

朱温篡唐之后，李克用的晋军拒绝后梁朝廷的使唤调遣，并且照旧沿用唐朝的年号。李克用还想联合更多的兵力，以讨逆为理由，跟朱温继续你死我活地干。只是天不假年，这时候李克用得了场大病，没能挺住，早早归了西。

李克用去世之前，把权位交给了他的儿子李存勖，同时交给了儿子三支令箭，每一支令箭，代表着吩咐给儿子的一件事，第一支是平定中原，第二支是征讨辽国，第三支便是杀了世仇朱温。要儿子趁年轻励精图治，好干出一番事业，并且一定要杀了朱温给老子报复，要不老子在地下也不会瞑目。

而朱温呢，还没等到仇家寻上门来，先被自己的亲儿子给结果了。

说这位梁太祖朱温自从坐上皇帝高位之后，先是给自己改了名字，不叫朱温了，也不叫朱全忠了，叫朱晃。只是做了皇帝的朱晃，却不是从此亮晃晃地干好事，而是明晃晃地干坏事。他到处搜刮民财，让遍地怨声载道。这还不算，他还要到处奸淫女眷，连手下大臣的妻女都不放过，甚至连自己的儿媳妇也不放过。他儿子朱友珪、朱友贞的妻子，都必须进宫侍寝。开始，儿子、儿媳妇迫于他的淫威，也是敢怒不言。直到朱友珪面对妻子受奸辱，自己还要面临被贬斥的情况下，终于起了杀心，买通禁军将校，引兵入宫，将他混世魔王般的老子给一刀结果了。

之后，朱友珪举着血淋淋的弑父大刀，又自行登上了帝位。但是他的兄弟们，却不服气了，一个个睁着乌鸡眼，盯着朱友珪屁股下还没坐稳的椅座。也就兄弟阋墙，同室操戈，燃萁煮豆，好一番急急相煎。结果是，朱温的义子，也就是朱友珪的义弟朱友贞，打败了别的兄弟后，带兵闯入开封皇宫，包围了内庭，逼迫朱友珪自尽。之后，他自己又踩着兄弟的鲜血，登上了高座。

这真是，乱世生乱象，一团乱糟糟。

江淮、江南这边，倒好像比中原安静了一些。自从钱镠与杨行密结为亲家之后，在儿女与将臣的斡旋调和下，似乎有了握手言和的趋势。

要是在西湖的游船上，布几碟杭州小炒，再摆几坛庐州老窖，俩亲家会不会心平气和地坐下来，我道好，你问安，来个哥俩好？乱世中呼风唤雨的两个人，说不定大手一挥，把杯子满上！然后，推杯换盏，你敬我，我敬你。三杯不够，五杯还不行，干脆把秘色瓷杯盏撤了，换上青白瓷大碗，斟满了，再干！

说不定再窜出三二个孩子，用软软嗲嗲的杭州腔调，拉着这个的衣袖喊阿公，又扯着那个的衣角唤外公。

到底是，冤家宜解不宜结，相逢一笑，从此泯恩仇。

不管钱镠和杨行密这对老冤家有没相逢一笑，反正在吴越国与吴国结亲之后，两国边境暂时平静了下来。浙皖两地的百姓民众，毗邻而居，原本就走得近，一旦烽火停歇，更是你来我往，互通有无。

只是，才刚安定，力促两地友好共处的吴国大将李神福，在出征鄂州时得病，不久便病逝了。第二年，吴国政权的奠基人杨行密，也薨逝了。

吴国主张与吴越国睦邻修好的君臣两位不在了，国内也便又冒出无数企图扩张打劫的势力。而在吴国看来，离嘴巴最近，最令人垂涎欲滴的肥肉，一定是吴越国。

当下，在新任吴王杨渥的授权下，吴国大将李涛，带领数万人马，浩荡出发，打算从千秋关入境，攻打杭州。

要想攻下杭州，必须先取下衣锦军。

衣锦军，也就是临安。这可是吴越国钱王的故里，无疑是吴越国的命脉根源，要是攻下了衣锦军，不仅是端了钱镠的老巢，同时打通了去往杭州的通道。而对于杭州城来说，衣锦军无疑也是西面的重要堡垒。

所以，吴军对衣锦军，那是势在必得。

而衣锦军对于吴越国，一定是万不可失。

吴越国的重华殿里，部下向钱镠奏报了紧急军情。钱镠听了，到底是风雨过来人，面不改色，只说水来土掩，兵来将挡。既然吴国军队要来犯境，吴越国当然会出兵迎敌。当然，面对数万有备而来的敌军，一定是场恶战。

任用谁来统帅迎敌？

当时，钱镠的儿子钱元璙、钱元瓘都站了出来，请命领兵出战。

钱镠考虑之后，决定兵分两路，分别由钱元璙和钱元瓘率领。

钱镠下令："元璙、元瓘听好了：元璙率兵不用正面迎敌，而是过昱岭关去攻打徽州，务必夺城，一旦吴军听闻背后被劫，一定军心慌乱；元瓘率兵直奔千秋关，利用崇山险隘，因地制宜，从正面阻杀来犯敌军。"

兄弟俩领命之后，双双率兵出发。出了杭州城，经过衣锦军，然后兵分两路，各自行动，又遥相呼应。

钱元璙从西北面过昱岭关，奔向徽州城。

昱岭关，位于浙皖两地的昱岭上，是三国时山越人建造的戍所。崇高峻岭间的昱岭，只见漫山绿草古树，巨石罗布。这些巨石，有的像老龟，有的像奔马，有的像卧龙，千奇百怪，就如同天然的九宫八卦阵。

过了昱岭关，便是皖界。不过三两个时辰，钱元璙已经抵达徽州城下。

而钱元瓘，从西南面过天目山，奔向千秋关。

千秋关，在天目山的西麓，所在的山峰就叫千秋岭。千秋岭高耸入天，岭头经常是云烟笼罩。罗隐前来巡视之后，曾经写下"回望千秋岭上云"的诗句。站上箭楼往四下眺望，那是崇山逶迤，峻岭横亘，古木参天，满目苍翠，如同一条绿色巨龙伏身在天底下。

昱岭关与千秋关，都是皖地通往浙地的咽喉要道，地势十分险要，自然也成为千百年来的兵家必争之地。

钱元瓘到达千秋关，也便想着父亲叮嘱他"因地制宜"的话。钱元瓘明白父亲话里的意思，那就是让他利用熟悉的地形地貌，以奇招来杀敌，并取得奇效。

要知道这以奇制敌，正是钱镠的拿手好戏，当年八百里退敌、渡江夜袭等，全都被他用上了奇字，演绎得十分精彩。

上达千秋岭头，只见这里山高林密，岭长坡陡，悬崖峭壁，地势十分凶险。再看千秋关，削峰陡壁间一道关口，垭口间筑了结实坚固的城楼，将兵把守，弓箭齐备，也真是一夫当关，万夫莫开。

钱元瓘看在眼里，心里也就有了计谋。

钱元瓘并没有就着关隘布兵，而是让人找来当地人，让他们带路，去找到山岭间的天险小道。这些山间小道，是当地的樵夫与采药人开辟的，靠着一双脚，日复一日踩踏出来，一定是危险又隐蔽。所以，除了当地人，外人难以知晓。

找到绝壁断崖间的小道之后，钱元瓘竟然下令，在小道两旁的密林中布下重兵。

他这选址布兵的方法可以理解，就像渔人挑选一片水域，放下地笼。然后等待鱼虾进入笼中，提起笼子，一笼打尽。

只是，笼子安装好了，怎样才能赶鱼虾进笼呢？

钱元瓘已经想好了办法，他让手下几个士兵换上当地农人的衣服，让他们装成樵夫或采药人的模样，然后告诉他们计谋，让他们依计行事。

再说吴国大军才到宁国，便听到了徽州城失守的消息。这些吴军将士中，不少是徽州籍。徽州城的家中，还有他们的妻儿老小。他们一听老家城破，也就请求将帅将队伍掉转方向，先去解救徽州。但是主将李涛，可不这么想。李涛是李神福的堂侄，但是他的心思与堂伯不同。李神福虽然在杨行密的授命下，屡次进犯吴越国，但在他个人的想法里，还是主张两地和睦共处，所以是主和派。但李涛，年轻气盛，无疑一心想着建功立业。他这回进犯吴越国，就想一举击破杭州城。说不定，还想一口吞下吴越国，然后找机会进一步开疆扩土。

所以，李涛对部下的建议，一律不听。下了死命令，照着既定的行军路线前进，早早越过千秋关。谁要是再提退兵的事，一律斩首。

在千秋岭下，遇到了打柴和采草药的农人，李涛便让手下把人抓过来，探问岭头的情况。

樵夫与采药人便说："长官啊，我们刚从山上下来，千秋关的城楼上全是人，拿弓的，举箭的，提枪的，那是里三层外三层，就好像叠罗汉一样，了不得。"

李涛听后，略一沉思，再问："这山上有没有另外的小路，可以翻越过这岭头，不用经过关口。"

采药人说："长官啊，你要是问别人，肯定说没有，问我们就问对了，我们天天在这大山里采草药，为了找到珍稀药品，常年在绝壁悬崖上行走，哪里能翻山，哪里能越岭，当然是一清二楚啊！"

李涛一听十分高兴，说："你快在前面带路，翻过千秋岭后，本将一定重重地赏你！"

采药人却说："只是小路不仅要在茅草荆棘下面钻，还要在悬崖上攀爬，限难得很啊！你们上去后，一个个都要跟紧了，不然会掉队，掉队了容易迷路，也不要东张西望，眼睛只管盯紧脚下，不然又高又险的悬崖，会让人犯晕。"

李涛说："这个好办，本将照你说的吩咐下去就是。"

果真吩咐兵将，悄悄潜入山间小路，一个个跟紧了，留意脚下。

一大队人马，果真就进了大山，在艰险的莽林中，一时在荆窝草丛间穿行，一时又低头攀爬山崖。

眼看队伍已经到达绝壁悬崖，只需越过险崖，过关在望。

这时候，却听得一声角号，蓦地响起。

一时间，山崖上，大树后，草丛间，冒出无数兵将。

大旗迎风猎猎，旗心却是大大一个"钱"字。

李涛的兵将，这下可苦了，要是往上，看见了，悬崖边沿上的巨石滚木在侍候，要是后退，退路却又已经被砍倒的大树与石块挡住了，还有刀矛枪箭在等待。而脚下，稍不留神，一个溜滑，肯定跌落深谷，粉身碎骨。

再看带路的樵夫与采药人，早已不见了人影。

也就明白，肯定是中计了。

进也不是，退也不是，总不能站着等死吧。李涛见状，也就下令冲上去。有不怕死的，果真硬起头皮往上冲。马上巨石滚落，所到之处，碾压一片，人与石头一同滚落下深谷。见前进无望，李涛只得下令回撤。石崖上的兵将们一个个贴得紧，紧急之下抽身，中间有脚步不稳的，一个趔趄，绊倒一个，马上连锁撞击，又是一片摔下山崖。

吴越国的兵将还没出手，吴国的兵马已然大创。

从悬崖间折返的兵将，迎来的是吴越国的强兵劲将，一阵厮杀，又死伤大半。好不容易活下的，眼见上天无路，入地无门，也便纷纷缴械投降。

吴国与吴越国的这一战，吴军失了一大半。李涛在手下将领的舍命掩护下，才算逃出了一条命，只好狼狈地返回扬州。

千秋关一战，吴越国大胜，吴国大败。

衣锦军无恙，杭州城无恙。

钱元璙和钱元瓘，一双钱氏好儿郎，大胜而归。

狼山江之战

吴越国派往海外的推官皮光业，和他的夫人李洛晓，回来了。

皮光业不仅以带出去的瓷器与丝绸，换回来了满船的货物，除此之外，还领来了海外的使臣和商队。

这些使臣和商队，来自大食、高丽、新罗、百济、天竺等东、南国家。

使臣来到吴越国，表达了各国想与吴越国交好和通商的意愿，递呈了国王文书。

钱镠召见了使臣，还给海中诸国进行了册封。

看海外的商船都带来了什么：大食国的猛火油，高丽的参茸，新罗的海豹皮、金银器具，百济的沉香木，天竺国的宝石与宝刀，真是琳琅满目，应有尽有。

从此，杭州城的街头，有穿白衫扎头巾的，也有别腰刀踩木屐的，各色人等，中西融汇。而首府杭州城的水陆码头，街坊市肆，越发繁忙热闹。

真是"南来北往客盈门，财源广进裕东南"。

外来货物最受钱王青睐的，不是金银器具，也不是千年难得的沉香木，而是猛火油。

杭州之前就有火油，钱镠初来乍到时还被人利用火油攻击，差点全家人丧命火海。只是那些火油十分稀少，难以起到大的作用。如今有了商队供货，虽然价格不菲，但数量可以保证了。凭吴越国的财力，大量购买也不成问题。

这猛火油，还可以用来制造的武器，叫希腊火。

将猛火油掺杂上硫磺与生石灰，制成一个个圆球，再将圆球装进筒子里。这个筒子，叫唧筒。点燃之后，油球着火，从唧筒中飞射而出，飞得老远。

这么个会飞的大火球，就是火箭，真是不得了。

钱镠见了，大开眼界，让人仿制了唧筒，又训练出一批会发射火球的士兵，就叫火箭军。

这样一支火箭军，上了战场，可就大有作为了。

钱镠担心作战时唧筒遗落，被敌手得到，把制发火箭的机密给泄露了，也就让人在筒身上嵌上银饰。万一被人捡去，捡到的人一见筒上的银饰，见财眼开，赶紧藏起来，偷偷把银子剥下来，再赶紧把没用的筒子丢掉。

真是用心良苦。

这一日吴越宫中，公主琳儿做了一会儿娘亲布置的女红，又读了一会儿诗书，觉得有些犯困，也便丢了书卷，站起来伸个懒腰。她一时觉得无聊，便想找谁说说话，或者跟娘亲汇报下女红的进展，却感觉四周静悄悄的，竖起耳朵听听，也只有窗外传来嘶嘶的蝉叫声。应该是夏日午间困倦，都打盹去了吧。

她也就不去打扰人家，自己走出门庭外看看。只见庭前的碧水池中，一条条红鱼在游弋，碧水红鱼，十分好看，便取了些碎食，喂鱼玩了会。玩完了，还是无聊。想到前几日跟随娘亲去庙里上香，路过街坊时，满耳都是人声，当时悄悄揭开帘角看了一眼，只见街上布满店铺和人，好不热闹。

琳儿早就想再去那热闹的地方好好玩玩，苦于宫里的规矩重，娘亲又看得紧，总是没机会脱身。这下好了，可以偷偷跑出去看看。

想到大摇大摆出去总不合适，便把心思跟贴身丫鬟小月说了，还让小月给自己找套和与她一样的衣服。小月听后害怕，连忙摆手拒绝。却到底拗不过倔强的公主，只得照她的吩咐取过衣服过来。琳儿果真脱下了身上的锦衣，穿上了粗衫布裙。

再说这位琳公主，她是钱氏夫妇的掌上明珠，转眼已经到了及笄的年岁。看她，长了一头乌黑的头发，眉毛细长，小粉腮上透着胭脂红，是个小玉人。而她的身段，更是袅袅娜娜，有款有致。要是将她比喻成花，一定是西子湖中那朵最娇艳的荷。就算粗布衣衫穿在她身上，也遮不住这一身的日月光华。

琳儿她，也到了找夫婿的时候了。这件关于儿女的人生大事，琳儿的父母也知道。只是琳儿跟他们说了，自己不想早早出嫁，想多陪陪父王娘亲。父母明白，宝贝囡囡不是不想嫁人，她是希望想找到如意的。

琳儿和小月，避开宫里人的耳目，悄悄溜了出去。

这街头，果真是热闹啊，街的两边全是店铺。这些店铺的门楣上，招牌晃眼，幡旗飘飘。沿街，来的人，去的人，来来去去，川流不息。街心，有人挥鞭赶着马车，驶过去了。又有几个人抬着轿子，走过来了。又有挑着担了，推小车的，穿戏衣踩高跷的……

真是车水马龙。

到了坊间集市，看到沿路摆着许多摊点，有卖扇子的，宫扇、团扇、折扇、桃花扇；有卖绣品的，绣衣、绣鞋、绣帕、绣荷包；又有卖铰子的，尖头的、圆头的、长柄的、短柄的。真是各式各样，应有尽有。

再走几步呢，还看到有捏泥人的，画糖人的，耍猴戏的……

琳儿一面走着，一面看过去，一样样都觉得新奇，也便又停下来指一指，点一点。

从热闹处出来，再转时，看到一处卖刀的店铺。琳儿生在将门，与女红相比，她骨子里更喜欢刀剑这种硬硬朗朗的东西。走进店中，只见架子上挂满了刀，有大有小，有长有短，有笔直的，也有弯月形的。目光停留在一把翻卷形佩身小刀上，兽皮做的刀鞘，金闪闪的刀柄，柄上还有卷草纹饰，十分好看。她也便拿起来，拔刀出鞘，只见刀刃上一道寒光。

琳儿看着手里的小刀，非常喜欢，就想买下来。可是一想，买东西得付钱，身上一摸，糟了，出宫时忘了拿钱。她赶紧问小月，小月又哪里想得到带钱的事。

既然没钱，她也就只好讪讪地将刀还了回去。

要起身离开时，却有人站在了她身边。还没看清人的模样，只听得店家与那人一阵叽哩咕噜说话声。然后店家就把琳儿看过的那把刀拿起来，送到了她的面前，一面说："小姐，这把刀来自波斯，眼前这位朋友，也来自波斯，他说了，这把刀他买了，买下送给小姐。"

琳儿听着吓了一跳，竟然有人替她付钱买刀，这是怎么回事？

抬头一看，一位身穿白袍的高个男子，站在她的面前。这男子的模样，跟琳儿见过的人明显不一样，这是一位年轻人，眉毛很浓，眼睛大又深邃，玉柱般的鼻梁，丰厚的嘴唇，而且唇间下巴连同腮帮，全是浓密又黑亮的胡子。

琳儿连忙摆手，说："不不，我不能要你的东西！"

男子笑着，很亲和的样子，说："东方的姑娘，你有一双慧眼，看上了波斯国的宝刀，也只有你这样美貌的姑娘，才配得上这把皇室工匠亲手打造的佩刀。"

波斯人说完，从店家手里接过刀子，就要递交到琳儿手上。

琳儿见状，倒急了，后退几步，推开人家的手，一面夺口而出："我的父王与娘亲不许我轻易接受人家东西！"

琳儿说完，拉起小月便跑了。

波斯人却愣在了那里，半天才回神过来，喃喃地说："她说她的父王，难道，她是这个国家的公主吗？"

再说琳儿有了与波斯人这番遭遇后，又想起自己明明一身下人的打扮，却说了父王母后的话，怕自己漏嘴引起别人的注意，再也无心游逛，打道回到了宫里。

王宫中，不见公主，可把满宫的人急坏了。吴夫人得知后，更是急得不行，让人把角角落落都找遍了，还是没见人。差点就要告知她的父王，让她父王下令满城搜寻。

还好琳儿回来了，让所有的人都松了一口气。

这位胆大又顽皮的吴越国公主，得好好管束了。

不说父王母后想如何管束女儿，却说琳儿回来之后，在夜深人静的晚间，回想起白天的经历，只觉得一幕幕，一处处，都挺有趣的。还遇上了波斯人，想那人的眼睛，虽然微微透出幽蓝色的光，但是目光不像父王那样坚韧，也不像几位兄长那样锋利，倒挺柔和的，就像阳光下的草地，让人看着舒服。这么想着，也便越发觉得宫外有趣。

却不知道，她的面容，一样印入了别人的脑中。

就在这个时候，哨探来报，吴国又要起兵攻击吴越国了。

说是李涛率领下的吴军虽然在千秋关吃了败仗，溃不成军，落荒而逃，但是他仍然不服气，认为吴越国不过是凭借了崇山天险，利用奸计，让人败落。虽然说兵不厌诈，吴越国将领做得并没有错，但是被打败的人，还是败得不服气。所以这一次，他再次领兵来攻，不走昱岭关和千秋关，特意绕开天险，选择水路进攻。

要知道吴国依傍长江，水系发达，出行与运输都离不开船只，也就使得当地造船能力很强，所制造的战船，高大又坚固，巨桅扬劲帆，简直就是江面上的巨无霸。而这样的巨无霸，在江淮之间，数以千计。吴国正是凭借强大的水上力量，加上长江天险，面对屡屡进攻、想打通江淮南下的北方强劲势力，也不甘示弱，有恃无恐。

吴越国同样有能力打造大型船只，但与吴国战船的高大坚利相比，还是差了一截。

面对水上强敌来攻，吴越国又怎样应付？

向钱镠请命破敌的，依然是钱元璙与钱元瓘。两位钱氏王子，龙骧凤翥，智勇双全，一战成名。如今他们不惧艰险，又一次主动请战，也就让吴越国上下，提振了抗敌的信心。

钱镠思量之后，也便下令，任命钱元瓘为都指挥使，统领兵马船只，迎战抗敌，并由钱元璙负责后方物资供给。

吴越国水上迎战吴国，虽然明白船只不如人家，但是自恃有了一件克敌利器，那就是火箭。镶嵌着银饰的唧筒里，装着来自大食国的猛火油。凭你船大帆高，一个火球，就可以摧毁一切。同时，钱元瓘下令，在每条战船的甲板上，铺满厚厚的豆子。

这豆子有什么作用？一时叫人费解。

很快，两国交战的船只，北下南上，都到达了狼山江。

狼山，就在长江边的狼山镇，四周有军山、剑山、马鞍山、黄泥山，有着江海第一山的美誉。再说狼山江，唐朝鉴真和尚东渡就在这里起航，从来是风急浪高，江涛汹涌。

吴越战船到达狼山江，虽然大小船舰也有五百艘，还有火箭这个秘密武器，只是不行啊，老天不成人之美，当时江面上刮得是北风。吴国船只，由北向南，顺风顺水；而吴越国船只，由南向北，逆风逆水。

这样的情况下，如果交锋，不出意外，吴国船上的巨型拍杆横扫过来，吴越国的船只将被一路掀翻，统统沉没。而吴越军就算射出的火箭，也会被风吹回来，落在自己的船只上，只能伤己毁船。

面对这样的状况，钱元瓘也是一筹莫展。

关键时刻，手下一名叫成必的小将站出来，说他有办法。

这位成必，就是吴越国宿将成及的儿子。说起来，成及与钱镠打小穿开裆裤长大，一起进学，一起贩盐，又一起征战，是实打实的铁杆哥们。待成必长大，先与父亲练习水战，又做了钱元瓘的手下，参与了千秋关等数场大役，也算在战场上久经考验了。成必年岁也比钱元瓘小一些，但既然上一辈是世交，他们自然就成了心心相印的兄弟。

成必跟随他父亲成及在海湖习练，自然懂得水性与船性。

当下，跟钱元瓘说："我们的船只虽然体量小，但由于航海需要，保留了划桨，现在，可以把划桨利用起来。"

钱元瓘一听，茅塞顿开。可不是，海上风信多变，除了顺风而行，也需要逆风而进。在逆风的时候，就离不开船桨与人力，所以全都保留了划桨。

吴越国的船只配了划桨，那就是灵活的。而吴国的大船全靠风力，无疑是笨拙的。要是吴越国的船队凭借人力，绕过吴国船队，那么两国的船队，就可以调换风口。

这一天清晨，江上起了大雾。纱帐裹乾坤，江天成一色。而两国的船队，南上北上，迎面在即。

钱元瓘果断下令，趁着江雾，所有的船只避开正面交锋，从侧方划过去。

一时间，吴越国的将士水手一阵操桨猛划，飞速绕开吴国船只，直驶而上。待到雾散时，吴越国船队反而到达了吴国船队的北面。而吴国的大船，当时江雾笼罩下没能及时发觉异况，错过了交汇时绝佳攻击的机会。之后又因为船体巨大，无法快速掉头，也就处在了下方风口，由优势位置转成了劣势。

这时候，吴越国的战船上，钱元瓘下令，对着吴军船只挥洒石灰与豆子。

石灰随风漫天弥散飘扬，入了眼睛，便粘在眼膜上，让人打不开眼皮。豆子撒在甲板下，圆溜溜的，加上甲板上往往湿漉，踩上去，一溜一滑，叫人哪里站得稳。站都站不稳，还谈什么杀敌作战。

眼看吴国的战船上，一群瞎子，在溜滑的甲板上上跌下绊。

而吴越军这边，就算也有豆子落下来，却因为早先就在甲板上铺满了厚厚的豆子，化零为整，滚珠成了垫子，所以根本不会再打滑了。

接着，便是火箭军上阵。

一个个大火球，从唧筒中飞出来，就像一条条火蛇，随风借势，火劲凶猛，直扑对方的船只。

毫无疑问，猛火先点燃了船帆，紧接着是桅杆，是船舷，是甲板，是整个船身。

转眼之间，一片红通通的火海，映红了江面。

而火海之中，吴军将士一个个被石灰迷了双眼，身子又被烈火点燃，就像没头的火鸟，疯乱地挣扎扑腾着。有的好不容易甩开了火苗，跳入江中，也被激流的江水卷走了。

吴越国都指挥使钱元瓘，站在高高的船楼上，目睹了敌方的一切。

只是，面对眼前的惨烈，这位年轻英武的统帅，并没有展颜欢笑，而是皱紧了眉头，若有所思。是啊，要不是生逢乱世，这位容颜俊美的钱氏儿郎，应该在石镜山下攻读诗书，在苕溪里嬉水欢娱，在山清水秀的家乡，沐浴着怡人的清风明月。

而不是，直面烈火中人躯无望的挣扎。

所以，火烧狼山江的一幕，虽然是最痛快的杀敌场面，但裹火挣扎的影子，却化成了一个魔鬼，钻进了钱元瓘的心底，从此挥之不去。

狼山江水战，同样是吴越国大胜，吴国大败。

吴越国王宫春华殿，钱镠已经摆好了丰盛的庆功宴，迎接他那再次凯旋的骄儿健将。

宫中男女上下，全都盛装以待。琳儿也是插簪戴花，好好装扮了一番。莲步入殿，依着王后戴夫人和母后吴夫人坐下来。

眼看，钱元瓘带领一众健将，气势轩昂地步入大殿中。

琳儿看着战胜归来的哥哥，越发觉得雄姿勃发，英气逼人啊！在哥哥的身后，紧跟着一名年轻的战将，同样英俊威武，华彩四射。这名年轻战将，琳儿认识他，是伯父成及家的成必哥哥。

众人向着正席上的钱王与王后，行过叩拜大礼。

钱王也就对着各位功臣勋将的面，颁布了嘉奖令。

众人领受谢恩之后，依次入席。

正准备开席，侍卫来报，说是宫外来了外国人，说是波斯使臣，请求前来拜见国王，并庆贺吴越国取得战争胜利。

钱镠听了，满心高兴，便下令让使臣入内相见。

一会，只见一位身形高拔的年轻人，带着一名随从，大步进入。

待人走近，琳儿一眼认了出来，这个人，不就是在集市上遇见，想要赠刀给她的那位吗？

这位波斯人的身上，不再是当日的随意装束，而是戴着精致的头冠，穿着华美的紫袍，蹬着翘头的皮靴，看上去，一副隆重的模样。

然后，只见波斯人手按胸口，先给钱王行了礼，说："尊敬的国王陛下，我是波斯王子阿杜德，国王让我带着他的美意与礼物，来与东方的国家交朋友，听说你们刚刚打了大胜仗，本王子特意赶来祝贺。"

钱镠听了阿杜德的话，十分高兴，也便收下了他的礼物，再邀请他一道入席。

阿杜德还说："国王陛下，我还有一个请求。"

众人听了，也便想，这个波斯人，会不会刚送了礼物，就开口要回礼了。

却见他又拿出了一件东西，说："请国王和王后允许我，将这把来自波斯小刀，作为一件小小的礼物，献给你们美丽的公主殿下。"

原来，他是想给琳儿送礼物。

钱镠和吴夫人听了，也都没有拒绝。

阿杜德便来到了琳儿面前，恭敬地将那把令她眼熟的小佩刀，呈了上去。

琳儿听到父王与娘亲已经允许，又当着众人的面，只好收了下来。没想到她接收时，波斯王子竟然握住她的手，拉到自己的唇边轻轻地吻了一下。

琳儿哪里经历过这样的场合，不由羞花飞红了双腮。

就在阿杜德接近琳儿时，有个人的目光落在他的后背上，虎视眈眈的样子。见他还亲了公主的手，也便更加不愉快了，一只手竟然还按在剑柄上。当时，要不是有国王与众将领在座，说不定他会一跃而起，要与波斯王子展开一场格斗。

这个人，就是成必。

阿杜德送出礼物之后，后退坐下。

这时候，成必还是怒视着他，就好像这个异族人，是来与他争夺宝贝的。而阿杜德，也觉察到了对面那位帅小伙不太友好的目光，就朝他笑了一笑。

这两个人，为的是什么？

当然是为了眼前美丽的姑娘。

只是不知道在姑娘的心里，是不是也有朵窦花正在悄然含苞。

在吴越国这场声势浩大的庆功宴上，美酒上来了，少不了越州的花雕与女儿红、婺州的寿生酒、苏州的桥酒，全都醇香又甘洌。接着，美味佳肴一道道上来了，天目山的鲜笋、东湖的藕、明州台州的海鲜、西湖的鱼。

钱镠吃了鱼，连夸不错，便问这是什么鱼。

一时，众人都答不上来。

罗隐站起来说："大王，这鱼，百姓们称为使宅鱼。"

钱镠听了不解，问："为什么称为使宅鱼？"

罗隐回答："大王，请允许臣下在宴毕后，再向你解释这使宅鱼。"

钱镠也便说："也好。"

一时酒肉过肠，满场酣畅，波斯王子阿杜德又站出来，说他要为国王和王后献上波斯人的剑术表演。

钱王听了十分高兴，也便让阿杜德上场。

阿杜德来到宴厅中间，朝四方行过礼，还特意朝琳儿颔首示意。再从随从手里接过剑来，拔出，是一柄长又薄的直剑。

阿杜德持剑，迈开步伐，纷舞起来。看他的剑术，以刺为主，又夹了劈与撩。随着剑势，剑手的身体翻腾游走的时候，矫健灵活，满满都是力量。

一时间，赢得了满堂喝彩。

成必看来不高兴了，当下站起来请命，说要跟阿杜德比试剑术。

钱王听后，也允许了。

成必同样行了礼，持剑上前，站在了阿杜德对面。

看这两位，一位是远地而来的波斯王子，一位明目皓齿的东方少年英豪；一位是出身贵富，浑身上下洋溢着太阳般炽烈的光芒。一位栋梁初成，由内而外透露着春树般冉冉上升的朝气。

地上画了圈，两名剑手入内，互相行过礼。

随着令旗一开，一个夹风出剑，一个沐雨承接，也便挥舞起来。

成必的剑术，与阿杜德不同，他秉承的是中华传统，以抹、揭、抽为主，对应阿杜德的刺、劈、撩。挥动时，同样身手敏捷，身形飘逸。

观者的眼前，只道森森剑影，却又隐隐繁花。

眼看数十个回合，两个人之间也没有分出高低胜负。

看来，是高手遇高手了。

随着令旗一合，两个人同时收剑，握手言和，退出圈外。

一时宴散，众人各自欢愉离场。

陌上花开

经历了千秋关与狼山江两战之后，吴越国与吴国，这两大冤家与亲家，并没有从此大恨深仇，再不来往，反倒成了不打不成交的兄弟，又坐下来握手言和了。之后，吴越国与吴国之间，更多的是商贸往来，睦邻共处。

罗隐，也把使宅鱼的事情，跟钱王说了。

罗隐说："大王啊，这使宅鱼，并不是鱼的名称，是说西湖的渔民每打一回鱼，都得往你府上送一些，也就是有所抱怨，如今臣下也斗胆说，吴越国的税赋确实太重了，该减减了。"

钱镠一听，勃然大怒，说："你以为本王想盘剥百姓吗？不征收重税赋，拿什么给中原朝廷进贡？你罗推官也不是不知道，一年的贡品是多少！要是不给，又是怎么样的后果？中原一声令下，四面挥戈征讨啊！这在乱世之中，吴越国的平安是从哪里来的？是靠丝绸、茶叶、瓷器还有真金白银去填山填海，给填出来的！"

罗隐却坚持为民请命，不肯知难退缩，见宫墙上有幅《磻溪垂钓图》，竟然取过笔墨，在上面填起诗来，写的是：

> 吕望当年展庙谟，直钩钓国更谁知。
>
> 若教生在西湖上，也是须供使宅鱼。

填完，掷了笔，竟然不顾君臣礼节，拂袖扬长而去。

这样的事情，要是发生在钱镠气盛暴戾的当年，说不定一声令下，他罗隐也就与吴玉璧一样，直接被装进麻袋投入激流滚滚的钱塘江。

但是今日非往日，钱镠的性情早已得到了打磨，明白了王者应当以怀柔治天下的道理。更何况，铁骨诤言，虽然逆耳，但于国于君于民实在是有利的。

钱镠最后听取了罗隐的建言，下令降低全国的税赋。

琳儿不知道怎么回事，脑子里老是出现波斯王子那双脉脉含情的蓝眼睛。

对自己的婚姻大事，虽然父母还没有明言，但她自己心里多少知道一点，那就是父母看好的人，一定在吴越国的将门中，而且最看好的，就是成及伯父的儿子成必。

琳儿没觉得成必不好，自己小的时候，就跟在人家的屁股后，追着他喊，成必哥哥，成必哥哥。成必长大之后，曾经与自己的亲哥哥们一起读书。她的这些哥哥，在学业上都很优秀，只是因为家国的需要，不能伏在书案前，必须要早早投笔从戎，在战场上写诗篇。成必哥哥，也是一样。

要是不出意外，这次成必凯旋，钱成两家，说不定就要商量儿女婚事了。那么琳儿，也将结束春闺里的一帘幽梦，嫁为人妇，生儿育女，相夫教子。

偏偏，有位异族的王子，撞入了她的春梦。

她思恋那高拔英挺的身姿，思恋他的彬彬有礼，思恋他挥剑时候的洒脱，她甚至思恋他衣袍上陌生又神秘的花纹与靴筒上的华彩斑斓。

他赠予她的小刀，正握在她的手上，她的手触摸着这柔软又结实的皮鞘，就好像一个人的肌肤，而刀柄上卷叶草的纹路，多么像姑娘心里悄悄然然的心思。

直到娘亲进来的时候，她还在手握小刀，若有所思。

女儿的小心思，哪里躲得过娘亲的眼睛。

只是娘亲什么都没说，只问了一句："囡囡，是不是哪儿不舒服？"

琳儿回过神来，连忙把小刀藏起来，一面说："娘，我没有。"

娘亲笑着说："没有就好，娘知道，我们的宝贝囡囡，不是个弱不禁风的小女子。"

琳儿便又撒娇，说："娘啊，我还想出宫玩玩，宫外可好玩了，你就帮我求求父王吧。"

娘亲说："你眼下就有一个出宫的机会，不过呢，不是出去玩，是去办事。"

琳儿听说可以出宫，一下子来劲了，赶紧问："娘，这是真的吗？我可以出宫了？"

娘亲说："父王给了你一个任务，让你带着吴越国的使节，去波斯王子下榻的驿馆，替父王和母后答谢他们波斯国的盛情，并带去回馈国王和王子的礼物。"

琳儿一听，满脸鲜花盛开，说："好，琳儿一定完成任务！"

当琳儿以吴越国公主钱元琳的身份，站在波斯王子阿杜德眼前的时候，让阿杜德简直不敢相信。就像做梦一样，在梦中见到了自己思念的心上人。

交接了国事，一男一女，两个来自不同国度的年轻人，可以面对面，好好看一看对方了。

阿杜德看着琳儿，说："感谢真主安拉，让我见到了最美的东方女神。"

琳儿看着阿杜德，却一句话也说不出来，只是，深情又痴迷地看着那双散发蓝光的眼睛，然后，含羞带喜地微笑。

是不是，此时他们的耳朵里，会响起一曲来自天际的歌唱：

"有缘的人啊，山山水水隔不断情意，千里万里总会相见，是不是，那热情的沙漠玫瑰，也会思恋，清清的西湖水……"

分开时，阿杜德拉着琳儿的手，说："琳公主，我要娶你，我马上回国禀报父王，让他同意我的选择，并希望波斯国的臣民们，都来参加他们王子与东方公主的婚礼。"

琳儿竟然眼含热泪，点了点头。

阿杜德王子要回国了，回国之前，他跟琳儿说，她要是想他，就看看天上的月亮，他一定在月亮上看着她。他说他在故国想琳儿，也会看月亮，琳儿也一定在月亮上看着他。

也就约好了，早去早回。

这天凌晨，钱王突然穿着一身睡服，披散着头发，手里提着一柄长剑，从寝宫里跑出来。

钱王一面跑，一面喊："有敌情！有敌情！"

王宫里的侍应，包括内牙卫军，一时间都起来了，严阵以待。只是，近来下面没有上报敌人，城楼上的哨兵每日枕戈待旦，也没有发现异况。

钱王他，这是怎么了？

却说他在睡梦里，警铃响了。这事大家都知道，他从早年贩盐起，睡觉用警枕。依靠这个警枕，他多少次提前发现险情与军情，所以一次次逃出性命，也得以提前布下杀阵，击退与消灭敌手。

只是这一次，分明没有险情，再三察看了，还是没有。

那这次响警，到底是怎么回事？

好了会，下去察看的人才回来说，是王城宫门外一群女子在跳舞。这群人有船娘，有采茶女，还有摆摊卖瓜饼的妇人，组成了一支踢踏舞队，兴致高昂，天一亮就起来集合练习，打算在钱王七十寿庆这一天，能登台为敬爱的大王献舞。

原来是王城的宫门外跳踢踏舞，整齐的步伐震动着地面，触发了钱王枕下异常灵敏的警铃，才引起了这场乌龙事件。

真是虚惊一场。

钱王知道实情后，也便松了口气，笑笑回了寝宫。

在寝宫中坐下时，又省起刚才的事情，民女组成舞队，要为他献舞。而自己，竟然已经七十整寿了。都说人生七十古来稀，可看看自己，戎马倥偬大半生，活到七十高龄，就算头发有些灰白，脸庞中还透着红光，加上耳不聋，眼不花，也算神奇。看来，不愧是八百岁寿星彭祖的后人。当然，能活到八百岁不过是个神话吧，能活到七十岁已经是稀奇，要是八十，那是奇中奇了。

不管是七十岁还是八十岁，总还是有走的那一天。王者逝，江山不逝。就算照着当年方士说的，吴越国只有百年国祚，也还得考虑剩余的数十载。

正思量着，元瓘带着弘僔等孩子，一起来到宫中请安。

眼前的钱元瓘，只见他身材高拔，目光炯炯，已然由当年的玉树成长为栋梁了。

他当年去宣州做人质时，娶了田頵的女儿田殊为妻子，夫妻俩结合后同心同德，互相敬爱，一起携手渡过了难关。后来又在祖母田老夫人的帮助下，摆脱宣州军的控制，一同回到了故国，从此结束了寄人篱下、担惊受怕的日子。虽然田頵的品行为人不齿，但田殊贤淑善良，与元瓘还是少年夫妻，两个人一直恩爱有加，发誓携手白头。只是婚后数年，田殊一直没能生育，不得已，元瓘才又娶了马夫人，之后又纳了许氏、鄜氏几个，也才有了弘僎等孩子。

钱镠看眼前弘僎等孩子呀，一个个眉清目秀，机灵又诚实，实在都是钱家的好苗子。阿公看孙儿，越看越欢喜，不由得眉开眼笑，眉发胡子一起抖擞，开心得不行。

想起老家临安刚送来了茶香饼、核桃糕，让人赶紧端上来，让孩子们尝尝。

一会又让人捧了一盒玉带上来，说是南诏进贡给吴越国的，让元瓘挑选。

元瓘看看这盒子里的玉带，细致的图纹，镑间装饰着宝石和金扣，有大有小，一条条精美华丽，光彩夺目。

元瓘问："父王，兄弟们可挑选过了？"

钱镠答："他们还没挑选，你挑选之后，再让他们挑选。"

元瓘说："还是让兄弟们先挑选吧。"

钱镠说："你就不要推辞，父王让你先挑选，你就先挑选吧。"

元瓘听父亲这么说，也就挑选了一条，却挑了其中最小的一条。

钱镠见了，便问："盒子里有更大更华丽的，你怎么只挑选了这条最小的？"

元瓘回答："父王啊，四岁的孔融，就懂得让梨了，更好的东西，应该留给兄弟们。"

钱镠听了儿子的话，非常高兴。

元瓘父子刚刚离开，又有人来报，说是琳公主和驸马爷带着小公子来探亲了。

钱镠听了，又惊又喜，要知道琳儿这些年怀着心结，与父王也疏远了，如今看来，到底是想开了。

快，快让他们进来呀！

是琳儿，钱王与吴夫人的宝贝囡囡，她和她的夫婿带着他们的孩子，一起进宫看望父王和娘亲。

琳儿，果真是琳儿！这些年过去，生孩子了，身体也圆润了一些，却还是眸间明净，双腮白里透红，像当年一样好看。她的夫婿，也由意气风发的年轻将领，成长为肩膀宽厚的壮男，不变的是，一双眼睛里，满满当当的，都是对妻子的爱意。他们的孩子，两个虎头虎脑的小家伙，进了门便给外祖父和外祖母行礼，行完了礼又蹦蹦跳跳，既懂事又活跃，真是将门无犬子。

再说当年，琳儿还曾与波斯王子私订终身。波斯王子，也发下了一定要娶琳公主为妻的誓愿。之后，他便起程回国禀告亲人，还说很快回来迎娶。只是，他走了之后，却一直没再回来。

多少个夜晚，琳儿望着天上的明月，痴痴地，傻傻地。她相信，她的王子就在月亮上，王子也在看着他。她更相信，王子一定会回来的。

相思的姑娘，不知道挺过了多少个不眠夜，又不知道偷偷流了多少眼泪，却从此不见人影，连封书信也没有。她也想过，异国的人可能多情又花心，见异思迁，早就把先前许下的诺言丢在了脑后。可是痴情的姑娘，偏不肯放弃，一直盼望着哪一天王子突然又出现在她的身边，就像他们最初的相遇，美丽又神奇。

后来，终于在波斯商人那里获得了消息，却说王子已经不在了。说是阿杜德王子从东方赶回去的时候，正赶上外族人入侵波斯国，王子为保家卫国，奋起还击。在与敌手的交锋中，王子殉难了。

人没了，头顶上的月亮也空了，空空荡荡。

所有的思念，成了飞在大海上空的一只鸟，海天浩渺，无处落脚。

而成必，却又守候月亮一样，守候着他的心上人，痴心不改。

看眼下，钱王跟前，有女儿、女婿说着关切的话，还有可爱的外孙儿承欢膝下，瞧把老人家欢喜得。只知道乐呵呵地笑，笑得一把白胡子抖抖颤颤。

琳儿还赶着要去后宫，拜见她的大娘和娘亲。父王告诉她，她的大娘年前回郎碧老家探亲还没回来呢，眼下快到寒食节了，也该回来了。

一时，儿女孙辈散去。钱王默默坐了会，又站起来，走去窗前，看看窗外。只见院中的杨柳已是满枝青绿，假山前的一株梨树，也含苞欲放了。便想着，又该给郎碧去寄封信了。

等纸笔准备好了，手下要帮他代拟，他却摆摆手，转身走到案前，亲自擎起笔管。

心中好像有千言万语，到达笔端，却只浓缩成了一句话：

"陌上花开，可缓缓归矣……"

临安郊外，矗立一座座小山，有朗山、玲珑山、九仙山、菜秧山、状元山，等等，到了春暖时候，一处处芳草碧树，花红柳绿，莺飞燕舞。

山下，有桑园茶园竹园，春风一来，一派葱绿。

春天的田园阡陌上，开满了山野小花，有红色的，有粉色，有黄色的，有蓝色……星星点点，各自芬芳，把乡野点缀得异样好看。

开满小花的阡陌上，一顶轻轿，在车马的护送下，缓缓而行。

修寺建塔

钱王巡城，来到了黄龙山下的灵隐寺。灵隐寺在东晋年始建，开山鼻祖是西印度来的僧人慧理和尚，到了南朝，梁武帝赐田扩建。只是因为会昌法难与战祸，眼见这座曾经是杭州城内最恢宏的佛门寺院，已然寺毁僧散，烟火熄灭。

钱镠看后，异常痛惜，回宫之后，很快下令，对灵隐寺重新开拓修建。

待灵隐寺修建完毕之后，钱镠还亲手写下寺名，叫灵隐新寺。

之后，又建造了海会寺、昭庆寺、显严寺、宝仁寺等数十处寺院。从此，吴越国香火旺盛，也就有了东南佛国的称谓。

原想着，要请洪湮法师来杭州的寺院住持，没想洪湮法师谢却了钱王的好意，依然留在西径山双林寺中修行。钱王也就尊重故人心愿，没有强求，却拨了款项，对双林寺也进行了修缮。

钱王再上西径山的时候，洪湮法师在山门前迎接。

一别多年，当年苦心渡人的高僧，如今依然是僧衣寒骨老龙身，猿眉聚瞳慈悲目。而当处心火喷薄的年轻人，如今已然须眉花白了。不过僧俗道中的两位老人，一位形如瘦鹤精神健，另一位是身体硬朗脚下轻。

禅室里坐了，也就先沏上了茶来。看这茶具，不是越瓷秘色，是两口粗瓷海碗。碗中，只有半碗清汤，而汤中沉浮的，不是香叶也不是尖毫，只有几根松针。

洪湮法师说："四季万物，甜苦百味，随手拈来，入汤皆是茶，用不着去峭壁间攀寻，也不用着去云雾中求索。"

法师又说："茶，就是修，修，也就是茶。"

钱镠端起杯子，喝了一口，只觉得舌间一苦清苦味，却又异样清芬。

他不由得说："这茶与禅，果然是一味啊。"

两个人又谈了世间与世外，山上与山下，只说日月如磋磋，世情是轻烟，缘起总有因，怨与非怨是两极，此消彼长会轮换，得祸未必是真祸，得福不忘再修行，临渊要收脚，临水无舟得回头。

一时，又听洪湮法师语气深重地说："东南孤舟，就算横于沧浪，总是难以抵抗强风雨，东南西北，小船汇成一体成巨轮，才是御风雨、济苍生、保儿孙、兴华夏的长久之计。"

钱镠说："法师箴言，我钱镠不仅毕生谨记，还一定传授给儿孙。"

两位老友，一直谈到玉兔西沉，晨鸡打鸣，才知道消沉的黑夜过去了，明亮的一天已经到来。钱镠这才起身，与洪湮法师依依惜别，下山回府。

钱镠从临安回到杭州王宫没过多久，忽然得到临安报来的消息，说是洪湮法师已经功德圆满，归还西天了。

故人西去，白云作挽，清风相送。

钱镠步上凤凰山巅，遥望眼前的钱塘江，只见苍茫云天之下，江海辽阔，孤帆点点。

为了纪念洪湮法师，钱镠又在凤凰山上修建了一座寺院，叫梵天寺。修成后的梵天寺坐落在松风竹影之中，庑殿重梁，四壁焕金，晨钟声声，暮鼓悠悠，庄严恢宏，气宇非常。

钱镠还决定在寺院旁边，建造一座高塔。听说杭州城里有位叫胡启的匠师，手艺不错，能够担当造塔的重任，钱镠便将人聘来，让他主持修塔。

原本打算建造九层塔，修到六层的时候，钱镠便想看看修得怎么样。在胡启和手下人的陪同下，进塔去看。才上了二层，不得了，这塔身怎么摇摇晃晃的？这么高的塔身，要是摇晃几下倒塌下来，那还了得。

赶紧出来，也便向胡启问责。可胡启说了，因为塔还没修完，等到成工了，也就稳固了。既然是这样，就让他继续修建吧。为防万一，也就不要建九层了，降低为七层吧。

只是呢，这七层塔完工之后，塔身还是摇晃的。

建塔可不是小事，要是把这摇晃的塔直接交差了，查验之后不合格，触恼了钱王，一声令下，还不得让胡启脑袋落地，身首分家。

塔身已经建成了，总不能推倒重来吧？

可是，又用什么办法来补救呢？

就在生死两难的关口，胡启想到，同行中有位高手，叫喻皓，他是浙东婺州人，要是能把他请来，说不定还有办法挽救。

那还迟疑什么，赶紧去请人吧。

喻皓正忙着呢，拿着鲁班尺，正在丈量基柱。听胡启说了这么大的事，同行有难，还人命关天，喻皓连忙从台架上跳下来。当下随人出发，由婺州赶到了杭州。

喻皓看了胡启建造的七层塔，倒先笑了，还夸他："干得不错呀！"

胡启只好苦着脸问："还有救吗？"

喻皓轻松地说："没事，在每层塔梁上，再搭一道横梁，钉在一起就行了。"

胡启一听，心里虽然将信将疑，但自己又没有别的办法，只好照着喻皓说的去做了。结果呢，钉好之后，塔身果真就稳固了，再没有一丝摇晃。

之后，钱镠带人又过来巡查了一遍，也觉得很满意。

又让人在塔旁，立了经幢。

后来听说胡启建塔，能够顺利完工，是因为得到了一位高人的相助。钱镠知道后，也没有为难胡启，只让他把高人请来宫中，也好见识见识。

站在钱镠面前的喻皓，一身粗布衣衫，一双旧鞋，个子不高，腿膊细瘦，下巴尖尖，样子还有些拘谨。看上去，也就是一名寻常的民间手艺人，实在看不出是个身怀绝技的高人。钱镠也就猜疑，他把那座摇晃的七层塔扶稳，也只是侥幸了一回吧。

为了检验喻皓到底有没有真本事，钱镠也就问他稳塔的道理。

喻皓说："把竖梁架上横梁钉在一起，是让塔身的六个面联结在一起，形成相互的牵制，也就稳固了，这跟做箧子是一样的道理。"

钱镠听了，也就点点头，再问喻皓："本王打算在南屏山上，再建一座十二层的宝塔，用来供奉从明州阿育王塔请来的佛祖舍利，本王打算把这件重活交付与你。不过你首先得想仔细了，要是塔建成了，你一定会名扬天下，被传颂为再世鲁班，本王也将封你为吴越国的都料匠，要是失败了，你必须以身祭塔，这活，你敢不敢接？"

喻皓听了，毫不迟疑地说："小民敢接。"

喻皓领命后，也便先找来合适的人手，勘风水，选地址，筑地基，起墙身，搭建阁楼……一桩一件，有条不紊地忙开来。

数月之后，南屏山上的宝塔建成了，是座八角十二层的高塔。入内看，塔身一层叠一层，一层又一层，四方端正，八面玲珑。从下往上仰望，每一层塔身渐渐收缩，直到最高处呈现着一道又长又细的塔尖。在远处眺望，整座塔就像一柄孤傲的宝剑，插在了山巅，而剑尖直指苍穹。

钱镠看了，十分欢喜，果然履行了自己之前的承诺，将喻皓赐封为都料匠。

吴越国的能工巧匠喻皓，被称为建塔鲁班。他的美名传开了，一直传到了中原。中原朝廷的君主，听说吴越国有这么一名能人，特意把他请到了中原。

喻皓在中原又修建了一座高塔，建成之后，共有十三层，每一层都用心精制，美轮美奂。但是呢，塔身却是斜的。中原的君臣，认为他是吴越人，不肯为中原朝廷效力，故意建一座倾斜的塔。喻皓却解释说，中原空旷，因此风大，塔身倾斜，就是为了抗击风力，估计一百年后，塔身就被风力一点点扶正了。反之，要是塔身笔直，被大风吹刮后，会早早倾倒。

原来喻皓连风力都考虑进去了，不愧是在世鲁班，让人折服。

之后，回到杭州的喻皓，把他的建造心得，用文字记录下来。

喻皓记录木工建筑的文字，被人称为《木经》。

这时候，却又传来了一个钱镠不愿意听到的消息，罗隐病重。

钱镠有三个最得力的手下，顾全武、罗隐、皮光业。顾全武领兵打仗，战事上靠他。罗隐主持内政，是辅国的重要帮手，朝廷的大小事务，都离不开他。皮光业则是主管外交与商贸，是处理与中原朝廷以及各国的往来、海内外的贸易等方面的行家。顾全武依然健朗，替吴越国扼守东南数州。皮光业继续在海陆间奔波，正着手建立博易务，用来处理吴越国与当地的贸易和纠纷。没想到罗隐，他为家国呕沥完心血之后，还没来得及好好享受一回西湖的暖风、富春的明月，却要先行一步了。

罗隐他，一生愤世嫉俗，铁骨净容，来到吴越国入职之后，也没少忤逆钱镠。只是钱镠懂得，真正有才能又正直的人，就像那竹子，宁愿折断，也不愿弯腰。这，就是气节。多年来，钱镠以自己的一颗心，去换得了罗隐的一颗心。所以钱镠与罗隐，虽然身份上是君臣，但在两个人的心里，却都把对方当作自己的知己好友。

钱镠听到罗隐病重的消息，不顾自己年高，亲自奔来罗府探望。

见到罗隐，他已然是脸白如纸，身薄如片，躺在床上，艰难地喘息着。罗隐见钱王到来，还想挣扎起身行礼，无奈实在起不了了。钱镠连忙把人按住，让他安心躺着，自己也就在他的床头坐了下来。

两人四目相对，这对相扶走了多少年的君臣，两个诗话往来相交了多少年的知己，在这夕阳暮色里，也都明白已经到了阴阳分手的时候了。只是在两个人的心里，却又有着多少的不舍啊！开口，说了两句相互安慰的话，却都没能忍住眶中老泪，一行一行流了出来。

执手呜咽，难分难舍，却总还是要离别。别前，钱镠又特意要了笔墨，在罗府的墙壁上，写下了他心中的诗句。

《题罗隐壁》：

> 特到儒门谒老莱，老莱相见意徘徊。
>
> 黄河信有澄清日，后代难应继此才。

病榻上罗隐得知后，努力地提起双手，遥揖为谢，一面又泪流不止。之后，竟然嘴角含笑，直往九天去了。

魂归故里

就在吴越国歌舞升平的时候，中原依然烽火不断。如今在逐鹿群雄中最突出的，是一位叫李存勖的年轻人。李存勖，是晋王李克用的儿子。

李存勖的祖上是西突厥沙陀族酋长，本姓朱邪，因护唐朝有功，被赐予李姓。晋王李克用，拥兵河东，与朱温争霸中原，互不相让。李克用病死，朱温被弑，他们的权杖，也便交付到了下辈人的手里。

再说继任晋王的李存勖，虽然当时只有二十四岁，却刀马骑射，无一不精，而且熟读《春秋》，懂得微言大义，也掌握了运筹帷幄的本领。就在朱氏兄弟同室操戈，血溅四壁的时候，年轻的李存勖带领手下兵马南征北战，没有一日懈怠。

一场场战争之后，后梁朝廷控制的区域越来越小，而李存勖控制的区域越来越大。随后，李存勖在手下的拥戴下，在魏州称帝，紧接着便灭了后梁朝廷，建立起唐朝廷（史称后唐），定都洛阳。

只是李存勖在建立后唐之后，再不思进取，而整天唱戏。

那戏文里唱：

> 我本王孙贵公子，琴诗书画皆拿手，奈何父仇深似海，不报此仇定不甘，也便掩了书卷，跨马之上续风流，南征北战，惊骇天下，待大仇已报，江山收囊中，也便从此勒马，日夜清唱小曲，闭门自寻风流。

能进戏文的，往往是短命的王朝，苦情的男女，飘零的絮。

再说李存勖换梁为唐后，也就要诏告天下，少不了派出使臣，奔赴南北各诸侯国。

派到吴越国的使臣，是宰相安重海的手下，返回中原后，跟安重海说吴越王钱镠十分无节，只记着旧主，不把新朝君主放在眼里，对新朝派到的使臣不给面子，不加理睬。安重海听后也十分恼怒，又添加一些关于吴越国的坏话，奏报到李存勖这里。

李存勖还没换下戏衣呢，听说之后，兰花指一戳，大骂一声："可恶！"

也就下旨，褫夺朝廷钱镠所有的爵位，不再承认他是吴越国王，并且待时机成熟，举兵直捣杭州。

唐主的旨令，很快到达吴越国。

吴越国，钱王身边的亲人，戴氏和吴氏两位老妻，相继过世了。

想当年，鲜花嫩果一样的姑娘，一天双轿，抬进钱家的大门。一晃，把一生交付了，把半世操劳了，完了，都先走了。叶落归根，故土埋骨，把灵柩都扶回了家乡安葬。

钱王自己，眼看着，已是奔八十岁的人了。老年人多伤怀，眼瞧着亲人一个一个离他而去，他的心里，哪天不是既酸又楚。想想这人啊，真是多活一年，多一份凄惶。这凄惶却又是只能增，不能减，越增越多，越来越重，就算是铁打的身体也会承受不住啊！

江山不老人易老，王位和权柄总有换人时候，想通了，也就不再苦苦支撑，回到临安府第，静心休养，朝中的大小事，都交给了儿子钱元瓘暂管代办。

正是这时候，中原换代，后唐使臣到了江南。

江南好啊，一路过来，满目锦绣，玑珠遍地，肯定是金山银海。后唐使臣颁发了新帝的旨意之后，也便隐约开口，向吴越国索要贿赂。每个地方都知道，南下北上的兵马，不管是改旗或者换将，也不管是剿匪还是作乱，经过一处境地，往往都会张口拿要。

吴越国的官员，因为江南物阜，声名在外，一次次，一回回，实在是被人索拿得又烦又无奈。加上当前的中原朝廷，一直是动荡不稳，就算手中丰厚，也舍得拿银子，也是堵了这个，堵不了那个，狮子口太多了。也所以，就没有尽量去满足后唐使臣。结果，这人回去就使了这么个阴招，让李存勖把钱镠的爵位一把掳去了。

为此钱镠十分痛心，召集了文武进入重华殿，谋求应对的办法。

钱镠说："褫夺了本王的头衔，只要吴越的山河在，本王还是本王，可是这件事，还是令本王十分痛心。让本王心痛的，不是虚空的头衔，而是因为这些年，吴越国从来没有自专，只奉中原朝廷为正朔，在吴、闽、蜀等国不肯给中原纳贡的情况下，只有吴越国，满船的贡品，源源不断奉向中原，从来都没有中断，难道，这就叫忠心白付吗？"

钱元瓘说："父王，不如干脆断了与北面的关系，再也不给他们上贡了。"

钱镠说："不可！吴越是中华的吴越，不可切断，也切不断！你们一个个都听好了，不管是为君为臣，还是为子为民，都要尽忠报国！吴越国，决不做汪洋孤舟！"

众人应诺："大王吩咐，永世铭记！"

钱元瓘提议："父王，那就让儿臣写悔过书吧，并带书出使中原。"

钱镠说："这样，也好。"

钱元瓘带着悔过书和厚礼到达洛阳，跟李存勖禀明了当时的情况。李存勖见钱元瓘十分真诚，带来的贡品也是满满当当，看得出来，吴越国承认了后唐，这可是大好事。而之前挑拨朝廷与吴越国关系的是安重诲，加上之前就听人说安重诲有不臣之心，李存勖当下就把安重诲贬出了京师，随后又让人将他处死了。

自然而然，后唐朝廷马上恢复了钱镠的所有爵位。

暮光里的钱王，除了眼睛看东西有些模糊，腿脚还好，脑子也不糊涂。却也明白，一个人在世上的时光，总是越行越少，终有个尽头。要想在人世间留个念想，只有靠子孙与家族去传承。只有这样，才有日月轮回，岁月绵绵。

为了让子孙后代少走弯路，顺利闯过太多的人生关口，想着把自己的经历记录下来，算是启示与训诫，也便让人修撰了《钱王八训》《钱王遗训》。

这一年开春，吴越国南北上下，又是风调雨顺，日丽景明。到了忙种的季节，农人们照旧忙碌起来，耕田的耕田，播种的播种，还有培桑的，育茶的，种豆的，植瓜的。眼见一派繁忙，又一派欣荣。

国王钱镠，在宫里还是坐不住，在手下的陪随下，四处走走，亲临田野。站在田埂上，把四野的景象看进眼里，虽然眼中的画面略显模糊，但知道吴越境内南北祥和，万民安乐，也就由衷地高兴。

到了盛夏，正是稻株黍稷劲长的时候。精心侍弄青青苗火的农人，一定在想象着秋后的丰收景象。没想到，一阵晴热之后，竟然飞来了无数的蝗虫。

这种虫子，褐身细长腿，一张尖嘴巴，牙齿就像钢煅的，坚固又锋利，朝禾苗禾秆一路推进，只见青绿马上变为土黄，禾苗的残渣都不剩。

铺天盖地的蝗虫，飞来时遮天蔽日，一旦落下来，赶也赶不完，碾也碾死不了几只。蝗灾，可以让禾苗茂盛的田地，瞬间变为荒坡荒原。

所以蝗虫这东西，就跟洪水猛兽一样，令人害怕又无奈。

吴越国赶紧组织人手灭蝗，但是收效微弱。只怕不出几天，全国上下，也就剩下一片焦土。农人们辛苦半年，到了秋后，只怕是颗粒无收。

没有粮食，叫人怎么活命？

钱镠知道后，真是既心急如焚，又无计可施。急火上攻，一双眼睛越发看不清了。

眼睛看不清也不要急，民生最要紧。

想想也没更好的办法，只得让人在王宫祭坛前设下祭案，祭天祭地，只求上天的庇佑百姓苍生。

钱镠在祭坛前跪下来，对天对地，重重叩了头，然后泪流满面地说："天公啊，地母啊，请你们帮帮吴越国的百姓苍生，赶走那些作恶的蝗害，给人留一口吃的吧！要是需要拿什么来作代价，就拿我钱镠的命吧！只要免了蝗灾，我钱镠愿意马上领死！"

祭拜之后，也是奇怪，一阵狂风刮起来，把那铺天盖地的蝗虫一下子刮走了，很多被刮进江水中，淹死冲走了。田里地里，连个虫子的踪迹都没了。

总算松了口气。

蝗灾消除后，由惊到喜，整个人几乎虚脱的钱镠，认为自己在祭坛上许下了诺言，一定得重诺。那么自己人生的大限，也该临头了。

而且钱镠的眼前，只剩下模糊的光影，再也不看见万人与万物了。

这时候，有一位方士，自报家门找到了吴越王宫中。说他可以用扎针术，治好钱王的眼疾，让他恢复光明。只是，眼睛复明，寿数就尽了。眼睛不明，还有三五年的光阴。方士说明之后，也就让钱王自己抉择。

钱镠，这位大勇大义的王者，认为自己既然为治蝗，在天地面前许过诺言，就得依诺而行。当下，便说选择让眼睛复明。

方士扎针之后，钱镠果真又能看见眼前了。

天地澄明，繁花似锦。

人间很美，值得留恋，但就算龟寿千年，人寿百载，都还是有走的一天。

钱镠说要好好看一看。

竟然不要人搀扶，独自拄杖，一步步走出宫寝，又一步步走向焚天寺，进大殿点了炷香，再向塔走去。一步又一步，走走歇歇，一直攀上了塔顶。

看吧，那北面的，常州、润州、苏州、秀州，都修建了新的城墙，宽厚，结实，罗绮走中原，物阜人丰，热闹啊！

那南面的，温州、台州、处州、衢州、明州、婺州，城池坚实，港口码头，贸易通畅，南来北往都是客，兴旺啊！

眼前的，湖州、睦州、越州，鱼米之乡，良田广陌，桑麻遍地，美酒飘香，还有越州城里，那座香烟缭绕的娘娘庙，供奉的是甄氏娘娘，魂牵梦萦啊！

脚下的，杭州，倾注了一世的心血啊，将海上孤舟，建成为人间天堂，烟柳画桥，风帘翠幕，珠玑遍地，罗绮盈户，好光景啊！

满堂，花醉，三千客。

一剑，霜寒，十四州。

东南永作金天柱，谁羡当时万户侯。

好啊!

好……

眺完疆城,回来之后也便在床榻上一头倒下。床上人的心头明白,自己的时日,已经屈指可数了。

也该,安排身后事了。

多年来,自己着力培养的人选,不外是元璙与元瓘。兄弟两个,都文武双全,临危不惧,有勇有谋有担当,只是元瓘的战功与才能,更突出一些。所以自己心目中的首选,肯定是元瓘。

为了让元瓘得到锻炼,从众兄弟及臣将中脱颖而生,自己也就把千秋关、狼山江等多场大战的指挥权交给了他。而元瓘,以他的智慧与实力,一次次成功御敌,得胜还朝,不仅没有让父亲失望,而且让满朝文武刮目相看,肃然起敬。也所以,钱镠早就把兵马大元帅的重要职位交给他了。

钱镠决不愿意看到,吴越国在权力交替时,也像别国一样,一派血雨腥风。

一时间,钱氏的儿孙们都过来了,齐齐地跪在父祖的病榻前。

钱镠说:"我的孝儿贤孙啊,虽然为父为祖想多陪陪你们,但是天庭上缺了一员大将,玉皇要召为父为祖回去归列了,所以啊,吴越国的担子,就要交到你们的肩上了。我知道,你们个个都身强体壮,才能横溢,我高兴啊,也放心。有一件事,你们想过没有,你们想让你们其中的哪一位,来继任吴越国的王位,继续守护我们的吴越国?"

众人听了,异口同声,推荐钱元瓘为继主。

钱镠深吐了一口气,先问钱元瓘:"瓘儿,你的兄弟与儿侄,全都举你为贤,你觉得自己,能担当大任吗?"

钱元瓘说:"父王,璙哥是兄长,他能文能武,有胆有识,立的战功,并不比儿臣少，理应由他来担当啊！"

钱镠也就再问元璙："璙儿，你是哥哥，瓘儿是弟，瓘儿也说了，你对家国的付出与功劳，也不比他少，为什么你不推荐你自己，反而要推荐你瓘弟？"

钱元璙说："父王，众目所睹，瓘弟比璙儿更有才能，璙儿自愿奉他为君，自己为臣，再说兄弟同胞，不分彼此，理应为国为家，同心同德，共同效力。"

钱镠又问另一个儿子钱元球："球儿，你早年就担任明州制置使，是兄弟中最早出任重职的，众兄弟推荐你瓘哥为王，你有什么想法吗？"

钱元球略略沉思一下，只说："儿臣听父王的，只瞻瓘哥为马首。"

钱镠也就点点头，再问："我的孝儿贤孙哪，你们都像璙儿、球儿一样想的吗？"

众儿孙一起叩头，答应说："是！"

钱镠听了，脸上露笑，让儿孙们退下。

又让皮光业、顾全武等文臣武将们，齐同入内。

文臣武将，一个个在钱王的榻前跪下。

钱镠说："各位爱卿啊，吴越国不是我钱镠一个人的，是我们大家一起，用鲜血与心血浇铸出来的，你们要是觉得，我钱镠的儿孙无才无能，不配做吴越国的领头人，你们有更好的人选，那就说出来，或者直接站出来，坐上吴越国的王座。"

文臣武将一起叩请："愿奉大元帅钱元瓘为国主！"

众文武退去时，皮光业独自留了下来，恳求说："大王，臣下还有一个疑惑，恳请让臣下面向大王讨教。"

钱镠说："皮爱卿，你有话尽管说。"

皮光业说："大王，臣斗胆说，你百年千岁之后，万一中原纷乱，懦弱不堪，吴越新王，是不是可以登基称帝，号令四方？"

钱镠听了，竟然要挣扎起身，摆着手说："不可！万万不可！"

到底薄弱之身，一番挣扎，还是没能起来。也便一头倒下，直喘粗气。如此情景，吓得皮光业再不知道该说什么，只知道一味地叩头。

钱镠稍歇，却指着墙上的弓箭，跟皮光业说："你把那支箭取下来。"

皮光业听了，果真站起身，把墙头的箭取了来。

钱镠再说："你把这支箭给我折断。"

皮光业不知道钱王的什么意思，但还是遵照他说的，手下使劲，把箭身一折为二。

钱镠再说："皮爱卿，你对吴越国功高又忠贞，这支断箭，由你来替本王保管着，将来，本王的子孙要是有非分之想，你就把这支断箭给他。"

皮光业说："大王真是千古圣贤，臣下谨遵嘱托。"

目送众人了，身后大事，总算安排完毕。

随后，整个人也就松软了。

太白食昴，紫微黯淡。

卜，艮上坤下，山地剥。

是日，一颗集天目灵秀、苕溪纯澈、径山卓越、石镜奇异、五百年一遇的将星，吴越国王钱镠，与世长辞了。享年，八十一岁。

中原朝廷得知吴越国主钱镠去世，废朝七日，并赐谥号为武肃。

吴淞江呜咽，钱塘江悲鸣，瓯江哭泣。

万木飘零，千里齐喑。

一时间，凤凰山上，挽幛遍布，白幔一片，就像铺天盖地的冬雪飞飞扬扬。

依照钱王的遗愿，落叶归根，魂归故乡，墓陵就选在临安茅山。扶枢还乡的日子，钱氏子孙麻衫布裤，手执孝子棒，头顶瓦盆，从凤凰山发，一路西行。

随着送葬的队伍，只见钱塘堤岸，城墙内外，西湖岸畔，从城西到临安的道路两边，直至十锦亭，径山下，石镜中，垄坞里……所见的，全是伏地迎拜的城民百姓。

"钱大王啊，慢走啊——"

"海龙王啊，可要一路走好了——"

一声声发自肺腑的呼喊，响彻四野，直冲云霄。

这正是：

> 雄起山野，发奋图强。
>
> 退敌保境，只为乡亲。
>
> 捍塘筑城，天堂雏形。
>
> 广植农桑，民生无忧。
>
> 南北商贸，繁华初现。
>
> 礼贤下士，四方来归。
>
> 保境安民，国策不移。
>
> 不兴兵戈，造福一方。
>
> 国主爱民，民以载舟。
>
> 恩公薨逝，万民同悲。
>
> 一代贤王，鹤啸九天。
>
> 故乡山河，从此泽辉。

文穆尽忠，守护河山报先王

继位

临安钱府，满府内外一派素白。已故吴越国王钱镠的灵柩返回故乡，正停灵府中。

临安的官员与民众，听闻大王魂归故乡，归葬桑梓，全都涌来祭拜。想想吧，从石镜山下走出去的神勇儿郎，拼搏数十年，生出一双巨翼，像大禽一样庇护了一方平安。如今回归故里，却已是百年后身。

壮魂兮，归来……

父老乡亲祭拜时，想着钱王的大功德，也就一个个放声号啕。

钱元瓘和众兄弟披麻戴孝，哭声哀哀，一一给前来祭拜的众人回礼。

一时，内牙军指挥使陆仁章进来，分开众人，来钱元瓘面前跪下。

陆仁章说："大王，在下已经另外搭建祭帐，请大王移步。"

钱元瓘哀泣，一面说："我哪里都不去，我要和父王和兄弟们在一起！"

陆仁章说："大王，这里人多眼杂，臣下担心。"

钱元瓘说："都是我的家人和父老乡亲，不用你担心。"

皮光业也上前，只见老推官麻衣素帽，支了根拐杖，颤颤而上。

皮光业说："大王，你已经继承王位，众臣都盼望你节哀顺变，以国事为重，所以还请大王暂搁亲情，移步另帐。"

钱元瓘见老臣皮光业开口，也就没再推辞。站起身来，对着父王的灵柩，再次叩拜。一面又对着众兄弟再交待了一番，特别是对哥哥钱元璙。

钱元瓘说："璙哥，这里就交给你照看了。"

钱元璙说："大王，这里有愚兄和兄弟们，尽管放心，愚兄与众臣一样，希望大王以国事为重，不要太过悲伤了，多多保重自己吧。"

钱元瓘说："璙哥，各位兄弟，大家的关爱我记住了，你们同样不要因为悲伤而倒下！"

众人回答："谢大王，我们都记下了。"

钱元瓘在众臣的拥簇下，离开灵棚，走入王帐。

钱元瓘刚在王帐中坐下，手下来报，说是琳公主悲父过度，竟然晕过去了。想要赶去看爱妹，又一时脱不开身，只好让手下赶去探看，吩咐要有急况，马上来报。一会，手下回报说琳公主已经醒来，有附马爷照顾着，喝了水。又让人过去，叮嘱妹妹妹夫和家人们都要节哀顺变，照顾好各自的身体。

一时，又有人急报，说是临安城南水坵村有位姓水丘的老翁，听到钱王故去的消息后，日夜痛哭，给家人留下遗言，说要去地下追随海龙王，尔后竟然一头撞柱，当场身亡了。

这水丘村，正是先祖母水丘老夫人的娘家，父王的外祖家，他们的太外祖家。水丘一族，也都是钱氏的族亲。

钱元瓘听后，又挥泪不止。

一面下令，厚葬水丘村老翁，并在村口建立忠烈牌坊，用以纪念忠烈老者。村名也由水丘村，改为了牌坊村。

眼看，就到了出殡的日子。

在武肃王出殡这一天，从垄坞里到郎碧，从牌坊到袅柳坞，从石镜山到西径山，全都是白花花一片。就像是钱王故里的整片山河，都呈现出苕溪景象，苕飞絮扬，八月飞雪。

钱元瓘亲手执掌孝子棍，为父亲的亡魂引路。

一路过去，沿途全是赶来相送的百姓，只见叩头的叩头，痛哭的痛哭，哀声入天地，凄凉共山河。随着送葬队伍的行进，又有抬送百民伞的，有插香祭拜的，有焚烧纸钱的，有挑纸马香担的，真是冰河银龙，见头不见尾。

爱民者自得民心，生死两不负。

眼看引柩入陵，重门关合。一阴一阳，从此分界。

钱元瓘再也把持不住，伏倒在阴阳关前，放声痛哭。

完了葬礼，中原朝廷的旨意也到达了，由钱元瓘继承吴越国王位，并授予天下兵马副元帅的职位。钱元瓘接旨之后，也便顺利完成了王位继承。

只是，即位不久的钱元瓘，还没从丧亲的悲痛中走出来，却又得到消息：有敌军来犯境。

又是吴国的兵马，自从在千秋关和狼山江战败之后，虽然心里不服气，但主要害怕钱镠的宏才与威名，一直不敢轻举妄动。如今钱镠走了，就算新继国王钱元瓘能干，还是当年击败他们的主帅，但吴国认为只要没有了钱镠，吴越国肯定大不如前。于是趁吴越国办丧，吴国又蠢蠢欲动，想要趁机打劫。

说起来，吴国自从杨行密去世，王位看似由杨行密的儿子杨渥继承，但是杨渥没有称雄称霸的能力，实际权力，掌握在了大将徐温的手里，杨氏反倒成了徐氏的傀儡。杨渥后来被徐温杀害，他的弟弟杨隆演、杨溥又相继出任吴王，不过同样还是徐氏的傀儡。后来，徐温的一名养子叫徐知诰，又脱颖而出，掌握了实权。

眼下得报，徐知诰领兵从升州，进犯苏州。

吴越国军营中，钱元瓘的众兄弟，都请命抗敌。

这些兄弟中，最出色的当然是钱元璙，他是钱元瓘的兄长，身经百战，却又为人低调，不与人争功夺利。其次是钱元球与钱元珣两个弟弟，他们两位身体强壮，风华正茂，都正是为国为家建功立业的好年纪。

钱元球说："大王，父王让愚弟统练兵马多年，就让愚弟统兵北上，与徐知诰决个雌雄。"

钱元珦说："大王，珦弟愿与球哥一同迎敌！"

这次的战争，或许只是平息边患，并不像之前那般关乎政权的生死存亡，凭钱元球和钱元珦的本事，应该可以撑起大局。但是面对英武又自信的两位小弟，钱元瓘还是犹豫了。

权衡再三之后，钱元瓘下令："由神武大将军钱元璙统领吴越兵马，北上苏州抗敌。"

钱元璙领命。

钱元瓘又下诏令，让钱元球执掌温州，钱元珦执掌明州。

钱元球与钱元珦走出帐外，因为没有得到重用，也便有些失落，两个人悄悄议论了起来。

钱元珦说："球哥，瓘哥不像以前一样跟我们亲热了，不让我们领兵上阵，是不放心我们吗？"

钱元球也说："父王在时，大家都是兄弟，父王不在了，他成了王，我们就成了臣子，哪有王与臣子十分亲热的，至于领兵上阵，他对璙哥，自然比对我们放心，璙哥以前不和他争夺王位，将来也不会，而我们年轻，就算我们没有这样的心思，说不定也会令他担心。"

兄弟两个，你一言我一语，也没有全然顾及身旁，竟然让陆仁章的耳目听了去，报给了陆仁章。

陆仁章也便把元球、元珦的话，传给了钱元瓘的耳里。

钱元瓘听后，只说："我这两个弟弟年轻，心气又高，发几句牢骚很正常，再说他们也没说多大的坏话，不必当回事。"

陆仁章也就低了头。

钱元璙又要上阵了，先回府与家人辞行。

夫人杨汐看来已经得到信报，面带焦急，早早等在那里。见了夫君，先迎进屋内，再急急地问："相公，你真的要与吴国对阵？"

钱元璙回答："徐知诰挑衅，给他点教训。"

杨汐说："相公知道，妾身跟了你这么多年，早已是吴越国的人，只是吴国好歹是妾身的娘家，每一回吴国与吴越国交锋，妾身的心中，就如同刀绞，妾身的父兄已经没了，溥儿是小弟，我父王也就只有这点血脉了，实在不忍心听到他再遇不测的消息。"

钱元璙说："汐妹，你的心思，我都知道，你自从与我来到杭州，再也没有回过故乡，就算你的父王与兄长离世，你都没能送上一程，我知道，你虽然深爱着吴越国，但一直思念着家乡故土。"

杨汐说："这么多年，有相公疼爱妾身，妾身知足，父亲和兄长在天上看着，一定也会欣慰，只是相公又要上阵，对阵的还是我的娘家人，不管哪方输赢，妾身都难过啊！"

杨夫人说着，止不住地流下泪来。

儿子文奉和文炳过来，一把拉住父亲，说："爹，爹，我们不想你再去打仗。"

钱元璙说："好孩子，爹必须去打仗，还必须打赢这场仗，因为只有打赢了，我们的吴越国才安然，吴越国境内的百姓才安然，而你们，才能平平安安地读书写字。"

杨夫人和两位公子听了，一时都不能再说什么。

钱元璙又说："想想你们的阿公吧，他从故乡临安起步，身经百战，出生入死，才保住了吴越国全境的百姓们，过上了眼前的好日子，要是作为钱氏子孙的你我怯战，那么阿公打下的基业，就可能很快不保。"

文奉又说："爹，可是孩儿听说了，你这回要打的，是我们的舅舅。"

钱元璙说："爹也不想同你们的外祖家打仗，两国相安无事，那该多好，可是你们的舅舅杨溥作不了主，他的手下，一个个如狼似虎，要向我们扑来，我们要是不还手，他们就会把吴越国给灭了，把大王连同你我，都抓进牢里。"

文奉、文炳齐答："爹，我们懂了。"

钱元璙欣慰地说："你们都是爹娘的好孩子，爹不在的时候，你们要照顾好娘。"

钱元璙也就再吩咐一番，决然离家而去。

杨夫人搂着孩子们，看着夫君远去的背影。他的背影并不像先父一样身体魁梧，沉稳如塔。他钱元璙秀颖如竹，挺拔如松。秀竹生田园，青松长山涧，要是没有战争，做一株石镜山间的悠竹闲松，该有多好啊！生在王侯将相家，看着富贵，却往往身不由己。

吴越国王宫中，新王钱元瓘头戴王冠，身穿蟒袍，坐在了高高的王位上。一面下旨，将皮光业封为丞相，又分封了各位文武大臣。同时，又颁恩诏大赦全国，并减轻百姓税赋。

中原朝廷又传来消息，又一次改朝换代了，这一次的朝代，叫晋。

却说后唐明宗李存勖的义兄李嗣源，发动兵变取代李存勖，随后李嗣源病死，由他的儿子李从厚继位。但是李从厚只知道玩乐，不懂用兵与权谋，皇位很快被他的兄弟李从珂取代。只是李从珂是李嗣源的养子，李嗣源的女婿石敬瑭不服，勾结契丹，以割让幽云十六州为代价，在契丹的帮衬下讨伐李从珂，并灭后唐，建立晋朝廷（史称后晋）。

天下兵马纷乱，但各路诸侯对石敬瑭割土求援、认贼作父、消耗中原的种种恶劣行径，令人不齿。

随后，后晋的使臣拿着皇帝的诏令，来到吴越国交接。

钱元瓘明白，新朝说是给他封号和爵位，却少不了要回去大量的贡品，对此，不免心里反感。而他心里，对这个后晋朝廷最反感的，当然是里通外敌，割地求和。要知道割去了幽云十六州，北面就没有了屏障，胡人的铁蹄，随时可以南下。

钱元瓘招来老臣皮光业，君臣两个在密室坐下来。

钱元瓘先说："皮相，吴越国对中原朝廷，从来奉为正朔，称臣纳贡，不管是篡唐的梁，还是灭梁的后唐，只是如今，这石敬瑭，他灭了后唐，本王仍可以奉他为正朔，只是他认贼作父、割土求和，让华夏门户洞开，契丹铁骑纵横，本王要是仍然拜服于他，那真是有辱祖宗先人！"

皮光业问："老臣先问，大王有什么想法？"

钱元瓘说："皮丞相，你是父王的肱股，更是本王的倚杖，本王心里是有个想法，吴越国事奉中原多年，忠心不二，可现如今北方昏暗，后晋无道，不如从此断绝，不再屈从。"

皮光业说："大王要是断了与中原朝廷的关系，那也就是自立门户，自行称帝。"

钱元瓘说："本王也并非想称帝，只是不想与石敬瑭这样的小人来往，还要受他挟制，所以不得已，才想要摆脱制约。"

皮光业忙说："大王万万不能自立！"

钱元瓘问："吴国杨溥已经称帝，本王为什么不能？"

皮光业回答："天下都知道，吴越国富裕丰腴，只要略有漏洞，一定是群而攻之，不仅诸侯国与后晋的狼虎们，恐怕连契丹人的铁骑，也不会放过这块肥肉，到时候，吴越国不仅国将不保，连十四州的百姓，也将成为肉泥啊！"

钱元瓘再问："吴越国有十四州的池城兵马，有良将，有火箭，猛火油，还有战无不胜的战船，难道就怕他们来攻吗？"

皮光业说："再强大的猎手，也怕饿狼群攻！"

皮光业说后，见钱元瓘还不死心，便拿出一支断箭，示给钱元瓘。

皮光业说："大王，这支断箭，是先王临终前交付臣下的，先王说了，若钱氏子孙不顾国家安然，想狂妄自立，就把这支断箭交给他。"

钱元瓘接过皮光业呈上的箭，只见箭身断裂，一折为二。把断箭捏在手里，紧紧地捏着。也便感觉到，父王的眼睛盯着他，父王的手指着他，父王将箭支一折为二，扔向他。

一时，觉得脑子里又响起了父王的龙吼，"瓘儿啊，为父把国家交给了你，你可不能犯糊涂，来个家破人亡啊！"

钱元瓘的心头，也就从开始的万马奔腾，到风卷沙落，再到波平浪静。

他不由得伏倒在地，痛心地叫道："父王，孩儿答应你，从今往后，都一定遵照你的旨意，忍辱称臣，不给吴越国引来巨祸！"

吴越也就好好答谢了后晋的使臣，再准备了丰厚的礼品，派人入贡中原。

完了公事，钱元瓘离开重华殿，入了后院。只见鄘夫人领着弘傅、弘倧，马夫人领着弘佐，抱着弘俶，都迎在院前。钱元瓘也就跟几个夫人问了些家事，又问了几个孩子的学业。之后，他却进了田夫人的房间。

田夫人田殊，自从跟随元瓘从宣州来到杭州，同兄嫂杨氏夫人一样，再也没有踏入过皖城故乡。田夫人和杨夫人，进了吴越国深宫，尽心孝敬公婆，扶持夫君，善待所有的亲人。只是田夫人有一项不比杨夫人，杨夫人生育了文奉、文炳两个聪明懂事的好孩子，而田夫人一直没能生下一儿半女。虽然田夫人把夫君名下的孩子，都当作自己亲生一般疼爱，但到底心里还是遗憾的，所以再不见像初识时那么明媚灿烂，代替的是沉郁寡欢。

田夫人见夫君来到，先拿了软垫让人坐下，问夫君是不是太累了，一面让丫头把芡实莲子羹端来，说文火慢熬了一整天，能消乏强脾，吃一点。

钱元瓘也知道，这是夫人的心意，多少年来，她虽然话不多，但她还是当年初见时候的田殊，相见一眼误终身。在宣州田府的一见，从此她的心里装的，全是他。

喝下田夫人亲手熬制的羹点，放下碗，田夫人要收拾，钱元瓘拉住她，说："殊妹，这些年你总是忙前忙后，宫里不缺人手，你就歇着点吧。"

田夫人说："怕下人不尽心，妾身习惯了。"

钱元瓘说："你坐下来，我想跟你说会话。"

田夫人也着依着夫君，坐了下来。

钱元瓘："殊妹，你知道，我已经继承了吴越国王位，只是王后，一直还没有册立，原因你应该想得到，我想立你为正宫，你我相随多年，情深意重，除了你，还有谁配坐王后宝座。"

田夫人一听，跪倒在地，哭着说："大王啊，你有这份心，妾身实在是感激不尽，可是，正宫位重，妾身万万担当不起，妾身有自知之明，妾身的母族对吴越国有害无益，而妾身在为夫家续嗣这桩大事上又无能，所以只要夫君不抛弃妾身，让妾身陪伴在你的身边，妾身就十分知足了！"

钱元瓘说："殊妹，你对我元瓘不仅有情，还有恩啊，当年要不是你和岳太老夫人，我钱元瓘多少回都成刀下鬼了，还谈什么继位称王，子孙香火。"

田夫人说："那是大王自有王相天命，凭我那蠢父，根本奈何不了你，还有什么刀山火海，千军万马，全都奈何不了你！"

钱元瓘说："殊妹，跪着干什么，快起来。"

田夫人说："大王答应妾身，慎重考虑册立王后的大事，妾身才敢起来。"

钱元璙只好说："好吧，我答应你。"

田夫人听后，这才拭泪起身。

钱元璙又说："殊妹，你力辞王后之位，真是千古少有的贤良，那么依你看，后宫这几位夫人中，哪一位适合立为王后？"

田夫人说："大王，册立王后，是朝廷大事，妾身不敢妄言。"

钱元璙说："殊妹，你越发谨慎了，你放心，不管到哪一天，我都是那位和你一起躲过明刀暗箭，一起穿越崇山莽林，一起出生入死的璙郎。"

田夫人忍不住又泣，只说："大王，妾身知道。"

之后，也就册封长子钱弘傅的生母郦氏为王后，又立钱弘傅为世子。

宫里稍稍理顺，更担心的还是北面的战事。

阋墙

苏州城外，钱元璙与徐知诰对阵。

如果说钱元璙是江南秀松，风姿不凡，他徐知诰也正是江淮的青杨，同样外形俊美，卓尔不群。四目相对，英雄见英雄，眼神里流露出的，不仅是敌意，还有互相间的欣赏。

徐知诰先开口，他说："元璙兄，说起来，你是吴国的女婿，在下应当尊称你一声姑爷。在下规劝姑爷，务必看清眼下的形势，吴越国在东南一隅，难以扩张，而我大吴傲倨江淮，目前仍在壮大中，再说吴越国故主西去，新主继位，你是兄长，这王位理当是你的，偏偏被你弟弟钱元璙得去，所以你该明白自己的处境，果断舍弃小国，为我大吴所用，我也必定呈报吴主，给予姑爷高官厚禄。

钱元璙斩钉截铁地说："为人臣子，忠贞不贰，头可断，卖主求荣的事，钱家子孙决不会干！"

徐知诰说："姑爷啊，你可真糊涂，想想吧，你将来的命运，被你坐在王位上的弟弟主宰着！就说这次你我间的争战，你要是战败，钱王就算饶了你，心里也会记下你的过，要是战赢，他会担心你功高盖主，同样不会记你的好，可你，却一心为他卖命，这是何苦呢？"

钱元璙说："姓徐的小儿，你听着，我们钱家兄弟情深，谁也别想离间挑拨，你就不要多费口舌了，尽管放马来战！"

两位白袍战将，一位跨白龙马，一位跨枣红驹，一位提枪，一位执槊，你来我挡，你挑我拨，你扫我刺，战在了一起。一时间夹风带雨，落英飞花，果真是银龙战玉虎，各具姿采。

从日起战到日落，还没分出战负，校尉也就只好鸣金收兵。

钱元璙与徐知诰，连战数天，局势还是胶着。

本来还要再战，却有消息传给了徐知诰，说是闽国君臣趁吴国出兵吴越国，他们也打起了小算盘，竟然袭击鄂州，想要收取长江天险。眼下想要攻取的苏州，对于他徐知诰来说，不过是锦上添花，而鄂州却是他的立足之地，万万不能丢失。所以得到鄂州遇袭的消息之后，徐知诰丢下钱元璙，立马掉转矛头，直奔鄂州去了。

钱元璙也就命人把苏州无恙的战报，连夜送到杭州。

钱元瓘得到兄长钱元璙发来的捷报，非常高兴，一来国土无虞，足以告慰先父，二来这份捷报这是他继任以来取得的首喜，分量自然不轻。也便下诏，大大褒奖了苏州将士，并任命钱元璙为中吴节度使，继续为吴越国镇守北门。

钱元瓘又得到陆仁章的密报，说他的弟弟钱元球与钱元珦有异样的动作，说不定想谋反篡位。

钱元球与钱元珦，同钱元瓘并不是同母所生，但是兄弟们在父王宽大的羽翼下，一同成长。从小到大，兄恭弟悌，手足之间并没有什么隔阂。

再说元球长大后，同兄长们一样，风姿不凡，文才出众，武力同样超群。

想必，卓越的王子走到哪里，都像一道阳光，灼灼注目。

却说钱元球在温州的任上，特别钟爱海滨名山雁荡山，一次次游弋其中，为之写下了不少佳美的诗作，其中就有《游雁荡》：

> 东风驿路马蹄春，晓起行春到夕阳。
> 三月莺啼花柳寺，几家人住水云乡。
> 名山不用问樵字，清世何须忧庙廊。
> 且脱纶巾随洞客，紫箫吹月夜天凉。

看这诗句之中，清晨出发游赏，直到夕阳西下才下山，耳朵里是莺啼，眼睛里是花柳，向往的是水云之家，脱纶巾，紫箫吹月，真是悠闲又美丽。看这字里行间，分明是富贵王孙的情怀坦荡，哪里有心怀叵测者的一步三顾。

钱元瓘也一样，坚决不相信弟弟有异心。

但是陆仁章拿出了一个藏有秘信的蜡丸，说是钱元球托人送给钱元珦的，被他的手下给截获了。甚至陆仁章还说，钱元球还派人送出了另外一个蜡丸，那可是送给了中吴节度使钱元璙。

钱元瓘不由想，他们，自己的哥哥与弟弟，串通起来背叛自己？

再想，就算元球、元珦两个弟弟意气用事，而璙哥，他与自己是手足情最深的，也会背叛吗？

所以钱元瓘还是认为，这件事，实在是不可信。

只是，坐在王位上的这个人，跟以往在父王的羽翼下，与众兄弟抱成一团的模样，到底不一样了。坐在王位上的人，总感觉身下的宝座架在火堆刀尖上，似稳却不稳，荣华与危险时刻相伴啊！

所以，对这种虚虚实实的事情，明明告诉自己必须信其无，却还是不由自主地信其有。

忐忑地，打开蜡丸，却看到果真是元球的笔迹。元球在信中说了，他认为自己更适合治理吴越国，要约同元珦一同起事，事成后不仅共享富贵，还要向四面推进，直追中原。

钱元瓘看后，实在是痛心不已。

只是，他还是将事情按住了，没有立即发声。隐隐中，他还在等待什么。

他等待的事情，没出意外，到来了。

是苏州来人了，说是中吴节度使送来一件东西，必须面呈国王。

呈上来的，正是一个蜡丸，却是原封未动。

看来，兄长钱元璙果真与自己是一心的。

钱元瓘不再迟疑，以家庆为名，邀请钱元球、钱元珦来王宫团聚。

钱元球与钱元珦，根本不知道这是一次有去无回的鸿门宴，却认为是一次正好实施计划的机会吧，欢欢喜喜地从温州和明州回来，进了王宫。

宴席上，钱元瓘当场发话，向元球和元珦问罪。元球和元珦还没来得及辩解，只见从幕帐后冲出无数刀枪手，生生将两人按下。

结果在元球和元珦身上，各各搜出了暗藏的利刃。

钱元瓘也就没再心软，将两名背叛他的亲弟弟关押起来，并面临处决。

只是，田夫人得知钱元瓘要处死两个亲弟弟，本来不多话的一个人，竟然不顾一切，跪倒在夫君面前，哀求说："大王，你们是手足同胞，不能相残啊！就算球弟和珦弟犯了大错，你也不能赶尽杀绝啊！"

钱元瓘一听，竟然一改之前在田夫人面前的柔情，骂道："朝堂上的事，妇人不得多嘴！"

田夫人说："大王，父王在天上看着呀！"

钱元瓘说："你要是再多嘴，就将你禁足宫苑！"

田夫人说："大王，你不顾天伦，没有问清是非黑白，生生杀戮自己的亲兄弟，是会受天谴的呀……"

钱元瓘说："竟敢诅咒本王，来人，把这个疯婆子拉去关起来！"

眼看，田夫人被押走。

当下，钱元瓘下令，将钱元球与钱元珣斩首。

两名钱氏骄儿，两条活生生的人命，就这样没了。

紧接着，后宫传出消息，田夫人殁了。

苏州钱元璙府邸，偌大的后花园，入园，沿着夹花芳径，只见楼台纤巧，回廊曲折，沿着玉白栏杆走过去，这一边，细桥小渡，垂杨绿池，另一边，假山轩亭，望蕉雅室。

钱元璙和杨夫人，一起走进园来。钱元璙解下盔甲，素幞束发，一袭青衫，英姿皓容，仍然如同江天之间的那轮满月。杨夫人一身素色衣裙，看起来只愿做月影淡云，只是容颜依旧皎皎，岁月褪不去美人华彩。

进了园，一眼望过去，只见假山下一个人正在掊土种花。

听到脚步声，种花人转头一看，连忙站起来。这种花的，不是别人，正是钱元璙和杨夫人的儿子钱文奉。这文奉，也已近弱冠的年纪了，同样生得玉容仙姿，明月照人。只是，他不像他的父祖辈一样，喜欢拿枪舞槊，除了读书之外，只把全部的心思，都化在了园林花草上。看看眼前这个人，卷了衣衫，一只手拿把小铲，另一只手上全是泥巴。

杨夫人便有些自责，对着夫君说："相公，孩子们的事，都怪妾身管教无方，妾身也知道，钱家是将帅之家，父王要是在地下知道，他老人家的孙儿不喜欢冲锋陷阵，却只喜欢种花植草，一定会把你我重重责怪。"

钱元璙看着儿子文奉，却不恼不怒，并且微笑着，脸上露出欣赏的神情。

钱元璙说："奉儿，你这么做，是对的，爹爹不怪你，还要鼓励你。"

杨夫人说："相公，你怎么能说这样的话？"

钱元璙说："钱家的孩子们，并不需要每个人都拿枪提刀，每个人有每个人的喜好，每个人有每个人的路，这样就很好，就像继承王位的，只有众兄弟中的一位，而别的，或文或武，或工或农，都可以啊，这就叫各尽所能，各守其职。"

钱文奉说："爹，你懂孩儿，孩儿也懂你，你是希望王叔看到我等醉心花草，胸无大志，那么他坐在王位上就更放心了。"

钱元璙点了点头，却又暗暗叹了口气，说："奉儿，你和炳儿都要记住，不管你们是文是武，都要像你们的父亲我，不管王叔或者王叔的后继者，怎么对待你们，你们都要以国为重，以民为要，奉王命，做臣子，不逾规，不越矩。"

钱文奉说："爹，你说的孩儿一定牢牢记在心里！"

杨夫人说："相公，妾身懂了，夫君的心，还在为元球、元珦两位兄弟伤痛，所以为了让王室后人避灾免祸，现在就给孩子们指出条踏实的路。"

钱元璙说："不说这些了，还是奉儿说说，对你的园艺，还有没有什么想法？"

钱文奉说："爹，孩儿我真有个大想法，我看到一处好地方，就在秀州的鸳湖上，有座湖心岛，岛上有座建于晋代的楼阁，十分精美，只是多年失修，目前已经颓败了，孩儿想请爹爹批准，重新修建，并且孩儿保证，一定将鸳湖楼台建为人间仙阁。"

钱元璙说："奉儿，爹答应你。"

凤凰山王宫，这傍山而建的园林中同样是绿树遍地，繁花锦簇，加上春风暖日，山鸟唱晴，这无疑是至美的仙境。

园中一处轩室，室里一张茶桌，桌上几碟果品，一壶清茶，两具杯盏。国王钱元瓘与兄长钱元璙，对面而坐。两个人都去除了冠冕礼服，盔衣甲袍，只是日常的装束。看起来，是兄弟俩在家园庭室中喝茶叙情。

看杯盏中的茶水，叶片肥厚，汤水金黄透亮，一闻，芳醇扑鼻。

钱元瓘说是闽国送来的佛手茶，才开罐，特意与兄长同享。

钱元璙谢过王弟，也就端起杯盏，徐吹去沫，呷上一口。

钱元瓘也同样端着杯盏，吹了一吹，却说："璙哥，我明白，原本这王宫与王座，都应该属于你的，如今被我占据，实在是你兄长送给我的。"

钱元璙一听，赶紧放下手中的盏子，跪倒在地，说："大王，因为你才能过人，智慧超群，愚兄我与众兄弟，远远不及你，父王才选你继任，你要是说原该属于愚兄，真是折杀了愚兄，叫愚兄怎么担当啊！"

钱元瓘说："啊呀璙哥，你这是干什么，我们只是兄弟掏心掏肺说几句心里话，你怎么还跪下了，快起来吧。"

钱元璙说："望大王收回之前说的话，愚兄才敢起来。"

钱元瓘说："好了好了，就当我没说过，璙哥快起来。"

钱元璙这才起身，又说："如今吴越国境内安稳，境外也没发现战端，愚兄不免有所懈怠，眼瞅居地有虎丘寒山这等名胜，便与犬子捣鼓起园艺，犬子文奉，除了培植苏州的几处园林，还想在秀州鸳湖畔，整修烟雨楼。"

钱元瓘说："璙哥与贤侄有这样的雅趣，很好啊，等贤侄把烟雨楼修成之后，我一定率领朝中文武，一起去登楼赏景，还要作赋留存。"

钱元璙说："多谢大王玉成，愚兄与犬子感激不尽。"

此后，苏州留下了处处名园，而吴越国王权也就没有了最有力的竞争者。

世子殇

后晋朝廷又给吴越国颁旨，册封国王钱元瓘为天下兵马大元帅。

吴越国的北面，出现了一个强大的邻国，也就是唐（史称南唐）。南唐的创建者，便是曾多次与吴越国对垒的徐知诰。徐知诰是吴国掌权人徐温的养子，因为徐温的亲儿子战死的战死，无能的无能，权力也就落入了徐知诰手里。

徐知诰先建立齐国，之后接受吴睿帝杨溥的禅让，登基称帝，改国号为唐，定都金陵。紧接着，徐知诰也改回自己本来的姓名，姓李，叫李昪。李昪自称是唐宪宗之子建王李恪的四世孙，如今登上帝位，似乎世道轮回，李唐后继有人，也就有志光复先祖的盛世华彩。所以李昪建立的唐朝廷，也称李唐或南唐。

南唐的疆土，有蕲、黄、鄂、常、庐等三十五州，远远大于吴越国。在东面与东北面，与吴越国毗邻相望。

再说南唐烈祖李昪，虽然同样马背上打天下，但登基之后，学取了吴越国先王钱镠的治国方略，同样以保境安民为国策，休兵罢战，敦睦邻国，同时结好北面契丹国，牵制中原政权，使得南唐国境平定下来。一时间，江淮与江南，呈现出一派太平兴盛的景象。

自从休战言和，吴越国与南唐的民众商贾，也就频繁往来，商贸交易，互利互益。

这真是，水乡成一市，罗绮走中原。

这一天，在临安去往杭州官道上，一名年轻人正策马扬鞭。

年轻人束发带冠，身穿锦袍，背宽肩阔，远远望过去，这背影似曾相识啊！没错，那身子是多么像少年时候的武肃王。这位与武肃王钱镠酷似的年轻人，不是别人，正是钱镠的孙子，当下吴越国的世子钱弘傅。

钱弘傅青春年华，精力充沛，从小就以祖父为榜样，学文习武，勤勉奋发，只待来日继位为王之后，为吴越国守住疆土，为民众护好家园。

一口气奔到杭州城下的钱弘傅，跳下马背，将手中的缰绳扔给手下，他自己大踏步进入城门，步上城阶，直接到了城楼。

站在城楼上，看这由西到东的一条路，虽然不长，也有百多里，而他策马过来，才用了不到半个时辰。

城楼上，少年汗湿了身衫，却微笑着。这时一阵由东向西的劲风吹来，不由抖抖衣衫，让凉风穿体而过，图个爽快。

这时手下来报，说："少主，大王要去昭庆寺听行知法师讲经，让你与几位公子陪行。"

钱弘傅一听，也就说："好，马上回宫随驾。"

钱弘傅兄弟几个，跟随父王的车辇，从凤凰山王宫出来，往西行，出了钱塘门，也就看见了昭庆寺。

这西湖边的昭庆寺，由武肃王修建，建成之后，原本想请洪諲法师前来住持，但洪諲法师眷恋双林寺，也就延请了行知法师。

来到昭庆寺，只见寺前的场地，已然成了香市，摆满了各色摊点。摊头售卖着胭脂簪珥、牙尺剪刀、经卷木鱼、伢童嬉具等等。

一时间，只见香客行人，你来我往，络绎不绝。

待钱元瓘父子一行到达时，行知法师已经在大雄宝殿外迎候。

看这位行知法师，深目大鼻，天庭饱满，真是一名罗汉尊者。

待时辰已到，人员就绪，行知法师就在大殿外的法华坛上，诵读《妙法莲华经》，讲授三乘归一，只说只要诚心修为，人人皆可成佛。

待法事完毕，行知法师与钱氏父子等人，进入禅房看茶。

一时，说着佛事与人事，又提出贤德的先王，免不了一番感伤缅怀。

离别时，行知法师好好看了钱元瓘的几个儿子，又细细地看了世子弘傅一番，一时皱了皱眉，若有所思的样子。

行知开口说："大王啊，依老衲看，你的这几位公子，个个骨骼清奇，人中龙凤，来日龙飞凤舞，不可限量，只是长公子，似乎命中有个劫数。"

钱元瓘忙问："如果傅儿命中有劫，请问大师，可有什么方法化解？"

行知法师说："大王要是不怪罪，老衲就直说了，长公子不妨舍了父母与荣华，归于老衲名下吧。"

钱弘傅忙说："父王，法师，我不想当和尚，我要像祖父一样，扬鞭策马，纵横四方。"

钱元瓘听后，也面露难色，不好决断。

行知法师也便笑笑，再说："个人的缘分，老衲也只是说说，不会强求。"

说了一回，钱元瓘也就领着孩子们打道回府。

之后，钱元瓘也就没有把行知法师的话放在心上，毕竟十五六岁的少年儿郎，阳刚明朗，精力健旺，就算有个小灾小难，也就渡个劫，不会是什么大事。

钱元瓘给钱弘傅派了个任务，让他去明州、温州，安抚当地的军民。

先前明州的守将是钱元珣，温州的守将是钱元球，既然把这两个阴谋背叛的弟弟处决了，对他们统领下的部下与城民百姓，也需要有个交代。

钱元瓘原本想亲自前去，只是朝中的事务太多，抽不出身子。代替他前去的，儿子钱弘傅无疑是最好的人选，一来钱元傅是已经册封的继位世子，未来的吴越国主，可以代表父王布恩施令，二来他青春年少，正好出去历练，增添见识。

从杭州出发，意气风发的年轻人，向东一路策行，先到明州，再到温州。翩翩世子，每到一处，接见驻军将领之后，赶忙与城民百姓见面。有老者见了弘傅，感动得直落泪，说眉眼真像他的祖父，见到他，就像又见到海龙王了。而年轻人见了弘傅，无不倾倒于他的绝世风采，纷纷呼喊着他的名字，投去鲜花瓜果。

在这热闹的人群中，钱弘傅发现有位白衣女子，有些显目，一瞥之下，只觉得姿容如同仙子降世，惊鸿一现，动人心扉。少年人的心中，不觉一阵莫名异动。想再看时，却又不见了人影。

欢呼声中，这位王族少年被团团拥簇。

一时间，满城传开海龙王转世再现的消息。

处理了军务政务，弘傅也便想着去慕名已久的雁荡山游览一回。

去之前，怕惊扰当地，便换了便装，只带了两个仆从，清早悄悄出发。

雁荡山在海滨，被称为海上名山，寰中绝胜。据说因为山巅有湖，芦苇结荡，南归的雁鸟宿于荡中，也就叫雁荡，山也被称为雁荡山。雁荡山的开山鼻祖，还是南朝时期的梁国太子萧统，萧太子因"腊鹅厌祷"事件，与父王生出罅隙后离开国都，来到雁荡山中建寺造塔，开辟了这处名山胜地。

钱弘傅到达雁荡山时，只见满山一片仙雾缭绕，天地灰茫成一色，深山幽谷不知处。

待到红日东出，云升雾腾，面纱揭开，才看清眼前劲峰兀立，天柱石笋，神奇又壮丽。也就想到了贯休大师写下的诗句："雁荡经行云漠漠，龙湫宴坐雨蒙蒙。"果然是恰如其分。

沿着山间小阶，拾级而上。

一时，又想到叔父元球写在雁荡的诗文。虽然叔父背叛，受到父王的裁决，只是叔父总归是叔父，血脉相连，生死都是亲人。而且自己从小喜欢跟随叔父身边学习求教，知道叔父性情旷达，才情横溢。

想钱氏元球公子，紫箫吹月，风流明净，让人萦怀难忘。

沿着山间迂回盘旋的小路，一步步向上。再看眼前，这样的绝壁险峰，又高又陡，就像从地底伸向天空的手臂，看着实在是惊叹不已。

忽然间，耳朵里传来了琴声。

在这样的世外旷野，听到琴声清越，无疑心境倍受感染，只觉得自己不再处身人间，而是来到了仙境。

循着袅袅仙音，不觉来到了巅峰灵岩。

看到了，一位白衣女子，正在灵岩上弹琴。

这女子，是不是昨日在人群中惊鸿一瞥的那位？

黑发如瀑，白衣似仙，是她，一定是她！

待钱弘傅走到姑娘近前，琴声戛然而止。

白衣姑娘抬起头来，看着眼前的人。只见，两弯柳眉之下，一双秋水般明净的眼眸，而眼神之中，似隐若现带着点点幽怨。果真是从天际降临的仙女无疑啊！

十五六岁的少年，正是情窦初开时候。先前感叹佳人匆匆一瞥，今世无缘，却哪里料到，竟然在这仙山灵岩再次相遇。

钱弘傅不由得满心欢欣，直接走上前去，朝女子施了一礼。

弘傅说："在下钱弘傅，拜见神仙姑娘。"

而白衣女子，对钱弘傅的来临与拜会，好像不觉得惊诧，款款还了一礼，然后低敛了眉眼，丢下钱弘傅连同琴具，闪身进入一旁的山居，隐没不见了。

钱弘傅见了，哪里舍得再放手，连忙让手下去叩门求见。

叩门之后，屋里有人走出来，却不是先前的白衣女子，而是一名中年妇人。

妇人给几位行了礼，说："老身是这雁荡山里人，请问几位客官有事吗？"

弘傅说："大娘，刚才弹琴的姑娘，她，她如果方便，我还想听她弹奏。"

妇人回答："那是老身的小女，叫白雁，喜欢拨弄琴曲，客官们既然听过一曲，也就不要留恋，前面有的是好风景，还是走吧。"

钱弘傅哪里肯依，再三告求，要女子出来再见。

妇人没有办法，也就回屋转告。

一会，女子果真还是出来了，手里还托着茶盘，盘里茶水壶盅。

女子端来了茶水，却并没有招呼用茶，而是将茶盘放在旁边的小几上，她自己却自顾自在琴台前坐下来。

钱弘傅也就不等姑娘招呼，自己去取盅倒了茶水。端盅时，眼睛去看姑娘，没想到姑娘也在看他。

我看卿卿深情意，卿卿看我可类同？

却看到姑娘的眼底微微发红，好像刚刚哭过。同时在与钱弘傅纯情炽热的目光触及时，一闪而避，躲开了。

姑娘理好琴弦，重新弹奏，却是《相思曲》。这粗粗细细七根弦，弹奏出来的声音，根根索索是问询，是不平，是哀怨。一声声，一句句，都是哭，都是述。伤心不问来与去，消魂黄昏又晓初。果然是，千思万念道不尽，入骨相思知不知。

让姑娘相思不忘的良人，又是哪个？

钱弘傅听着这幽情旷怨的琴声，心中竟然生起点点酸楚，一时便恍惚起来，不觉举起盅子，将盅里的茶水一饮而尽。

曲毕，梆一声，琴弦崩断。

叫白雁的女子，缓缓站起身来。

她睁大了一双眼睛，看着眼前的钱弘傅。这一回，她的目光不再是闪躲，而是咄咄如剑，很是逼人。

白雁开口了，她说："少主，你知道我是谁吗？"

弘傅回答："你是雁荡山的白雁姑娘。"

白雁说："没错，我是这雁荡山中的白雁，可你并不知道的是，我还是你叔父钱元球的一位故人。"

钱弘傅听着，不由一惊，说："你认识我叔父？"

白雁正色道："岂止认识，当年，也是在这样晴空照青山的日子里，他来到雁荡山中游赏，天牵线，地为媒，我们相遇了。他吟诗，我弹琴，他的诗吟与我的琴声，丝丝入扣，水乳相融，我们也就成了人间知己。他要将我迎娶回府，可我却留恋这宽广的天地与明媚的山水，他尊重我，所以，我依旧居住雁荡，他却时常入山与我相会，我与他，虽然没有朝夕相伴，却早已将一颗心全然交付。那一日，他说回杭州参加完宫宴，很快会赶回雁荡，却哪里想到，他这一去，竟然就回不来了，是被你的父亲钱元瓘给杀了！"

钱弘傅脸露愧色，却说："叔父谋反，父王没办法，才痛下杀手。"

白雁说："你们难道不知道，他钱元球驻守明温以来，一直是尽心尽职，以国为天，以民为重，本着一颗为父兄建功守业的心，兢兢业业，不敢有丝毫懈怠，这样忠贞的钱氏子弟，什么时候有过谋逆之心？所谓蜡丸，不过是别有用心的人伪造的，所谓宴席上搜出的佩刀，也一定是有人强塞给他的！"

钱弘傅说："你也只是猜测，并没有凭据。"

白雁又说："去杭州前，他特意把他的随身佩刀解下，说赴宴不可以带刀，所以就把刀留给我，还说他不在的日子，我要是想他，就看看这柄佩刀，见物如见人！"

白雁从袖中取出，果然是一把精巧华丽的佩刀，一看就是王室之物。

白雁再说："少主啊，所谓弟篡兄位这件事的事实，是你的父亲，也就当前的吴越国王钱元瓘，见自己的两个弟弟文才武能，出类拔萃，担心他们风头盖过自己，更担心他他自己身下的王座不稳，所以才痛下杀手，干出这种伤天害理的事情！"

白雁说完，突然拔刀出鞘，一柄锐器，寒烟冷光。

钱弘傅连忙说："白姑娘，你不要激动，待我回去之后，一定查明真相，给叔父，也给白姑娘，一个交代！"

白雁说："不用了，告诉你吧，少主，我已经在你喝的茶水中加了毒药，叫七日断魂散，没有解药，七日之内，你必将毙命，所以你快回去吧，回到杭州见的你父母亲人最后一面，记住，你只能活七天了！"

钱弘傅一听，不由惊骇，手中杯盏跌落在地，摔个粉碎。

仆从赶紧抽剑扑上，架住白雁。

白雁悲叹了一声，最后说："少主，实在对不住了，我确实不应该向你寻仇，但也要怪你自己，你千不该，万不该，不该到来这雁荡山来，更不该接近我，给了我这绝好的下手机会，而我，不用你们动手，我这就追随我的钱郎去了……"

说完，拨开直逼她的剑刃，走到崖前，随即纵身一跃。

青山黑崖间，一个白影，从上而下，化为了一只远飞的白色飞雁。

钱弘傅哪里受过这样的惊吓，一时间脸色煞白。

就在这个时候，突然间天际出冲来什么，冲到眼前时，又呼啦一声，飞掠而过。看见了，竟然是只通体雪白的大鸟！

钱弘傅再次受到惊吓，站立不稳，跌落在地。

很快，钱弘傅额上冒汗，双手紧按了心腹。

说不定，少主真的中毒了！

手下赶紧闯进屋，想为少主寻找解药。却看到屋里空荡，只见一个人倒在地上，扳过身子一看，正是之前的妇人。却见她口鼻流血，一探，已经断气身亡了。

再说钱弘僔回到杭州时，已经沉疴难起。

出门时好好的一个人，回来后便一头躺倒，没过几天，双目紧闭，滴水难进，这是怎么回事呀？

关于钱弘僔的病，有人说是被雁荡山中的妖女下了毒，也有说被一只俯冲而下的白雁惊了魂，也有说在海滨染了时疫。众说纷纭，没个真假。

请遍了名医，有的说中毒，有的说中邪，有的说染疫，没有定论。各种药都灌了，该想的办法也都想了，却毫不见效。

作为人父的钱元瓘，也是束手无策，生母郎夫人只知道捶胸顿足。几个弟弟，在兄长的病榻前寸步不离地守着，却也无可奈何。

没过多久，身为吴越国世子的钱弘僔，竟然亡故了。

明明是红日冉升的追风少年，谁能想到，蓦然间红日被乌云遮蔽，转眼滑落伤逝，无影无踪。

这真是，手脚相残种冤孽，荼毒璧子万不该。

火灾

凤凰山的王宫里，落日西斜，眼前的宫墙上被抹了一层残阳的余晖，厚厚的古铜色，看起来也便感觉多了些沉重。

钱元瓘走出重华殿，回到后宫。

这后宫中，自从父王薨逝，才几年，田夫人殁了，世子钱弘僔又亡了，而身边的郎夫人自从爱子没了之后，伤心过度，病了一阵，病好之后依旧整日以泪洗面。

钱元瓘回宫的脚步，也就没有之前轻快。

在后院，倒看见弘佐领着弘倧和弘俶在练习射箭。弘佐才十岁开外，长得跟他亡兄弘傅一个模样，眉目清秀，身子挺拔，清澈如水的目光里，却又透出少年人难见的沉静。弘倧人瘦弱一些，平日受父母的呵护更多一些，刀马骑射，难得参与。而小小的弘俶，还是个懵懂儿，跟着哥哥们又蹦又跳，好玩极了。

看着眼前的几个孩子平安健康，钱元瓘苦闷的心里，才慢慢涌出点点活流。

见父王到来，几个孩子想让父王宽心一点，也就一起抓住父王的衣袖衣摆，让父王和他们一起玩射箭。

钱元瓘果真从孩子手里接过弓箭，拉弦搭箭，瞄准靶心，一箭射去，正中红心。

孩子们便一起叫起来："好啊好啊！父王真厉害！"

钱元瓘便将几个孩子拉过来，说："我的孩子们，你们要记住，你们生在王侯之家，随着你们长大，面临的困难要比百姓人家多得多，但是你们不要害怕，要把一个个的困难，都当成靶上的那个红点，找准了，干掉它！"

孩子们似懂非懂，却又异口同声地说："父王，孩儿记住了！"

离开孩子们后，钱元瓘又习惯性地走到了田夫人原先的住处。楼台依旧，却已是人去楼空。想自己少年时候，翻山越岭，远赴宣州为人质，与田殊有缘相见相伴，一声瓘郎，一声殊妹，情真又意切，声声在耳啊！

如今已然物是人非，令人伤怀。

陆仁章上前，说："大王，梨园新招了几个唱戏的，已排了几出新戏，微臣陪大王去解解闷？"

钱元瓘摇摇头说："戏曲中唱的，尽是悲欢离合，听了，越发惹人伤心。"

陆仁章又说："新排的曲目叫《斗虎》，是铿锵武戏，大王或许会喜欢。"

钱元瓘说："也好，去瞧瞧吧。"

钱元瓘在陆仁章带领下，来到梨园中，在台前坐定。一时间台上鼓乐声起，幕布拉开。即时，只见一名老者与一女子上台，老者挂杖，女子搀扶，似乎是一对赶路的父女。突然间，一只吊睛白额大虎，扑腾而上，生生扑住老者，一阵撕咬。女子为救虎口下的老父亲，不怵虎威，不顾性命，与老虎展开搏斗。

看斗虎的女子，形体丰满，身手矫健，加上扮相清丽，唱腔高亢，竟然有一股少见的英武壮丽气势，扑面而来，让人眼前一亮。

钱元瓘也便开口问了句，台上女子的来历。

陆仁章说这名女子来自中原，戏名叫丽春。

看到主子的眼神，敏锐的手下，一下懂了他的心思。待到台上唱毕，也就把叫丽春的戏子领了过来。

丽春还没来得及卸妆呢，挂着一张抹着油彩的脸面，只见眉梢带俏，目中含情，而饱满丰腴的身体，已然是满树桃花正灿烂，只待君王来采撷。

朝着钱元瓘，朱唇轻启，一声："大王——"

含娇带媚，让钢心铁胆的人也先酥软了三分。

这天晚上，吴越王宫中便进了一名新宠。

只是据说这位丽春早年唱戏，名盛一时，后来改行了，还嫁人生子，过上了安稳的日子。只是世事难料，夫君早亡，家道败落，面对老父幼子，她不得已才又回到了戏台上。

对丽春夫人的过往，钱元瓘竟然毫不在意。恩泽布施之后，还让人把丽春夫人的家人也接进了宫中。丽春夫人的儿子，是一个黄瘦的孩子。钱元瓘看在眼里，满是心疼，将孩子收为继子，改名钱弘侑。

吩咐宫人，将公子好好调养。

钱元瓘还让人在王宫中专门装饰了一座院子，华梁雕栋，金纱玉床，十分富丽，专供新夫人居住。

这真是，人生凶吉难料定，一朝承恩艳阳天。

吴越国宰相皮光业，走出王宫，回到宰相府，却是一副悻悻的模样。

看他皮光业的形容，也会不由得感叹光阴似梭走，岁月逝如川。这人世间，万千人不同命，万千人却同行。看吧，转眼之间，当年仪态万千的倜傥才俊，如今也已经眉发俱白，成了朽翁老者。

府中，李夫人迎出门外。

再看这位相府夫人李洛晓，当年貌绝南北，佳丽无双，如今也是满头灰白，花谢水流，无情东风吹得池面皱。只是脚步倒还轻快，体态身姿，也依然透出轻柔含蓄。

李夫人问："相公，你这是怎么了？"

皮光业见问，重重地叹了口气，只说："进屋说吧。"

进里屋坐下，皮光业才说："大王又没有上朝，只让陆仁章传出话来，说是身体不适，让众臣早早回府。"

李夫人说："大王先丧父，又丧子，谁家要是接连出几桩这样的大事，几个人能扛得住？"

皮光业说："说是陆仁章倒有心，给大王举送了一位媚娘，大王还特意修了丽春院，所以老夫担心，大王受丧子打击之后，会不会一蹶不振，还会不会陷身于金屋玉娇娘，沉沦迷醉，不理朝政。"

李夫人说："如果大王真如此，万一朝野出了事，那怎么办？"

皮光业说："夫人这个问题，正是老夫心中的顾虑啊，那个内牙军指挥使陆仁章，明面上是大王的耳目，暗地里，恐怕不那么简单，眼下他要是不生事还好，万一生事，必定是大事。"

李夫人说："相公受先王重嘱，为了吴越家国，一定要早早防备，万一国中引发危急，必须要千方百计想办法保全钱氏基业啊！"

皮光业说："这样的大事，靠老夫一人之力恐怕难为啊，要有个得力的人一起商议才行。"

李夫人说："相公一定有所考虑。"

皮光业说："是啊，老夫有所考虑，眼下满朝最得力的，无疑是中吴节度使钱元璙。只是他目前在外任职，老夫我作为内臣，与外将联络，怕引人疑心，这样一来，说不定刚好给了人家一个借口，给老夫与钱帅扣上一个谋逆不轨的罪名，下场也就与球珦两位将军类同。所以，怎样才能与钱帅联系，又不落人口实，正是老夫眼下正思谋着这事。"

李夫人说："相公啊，妾身当年与钱帅夫人姐妹相称，情分不浅，妾身可以游赏为名，去一趟苏州。"

皮光业说："夫人啊，让你独自出行，老夫有些不放心啊！"

李夫人说："妾身当年跟随相公漂洋过海，天大的风浪都见了，一趟苏州小行，相公还有什么不放心的？"

皮光业说："夫人贤能，一如当年。"

李夫人说："相公操劳，同样如同当年。"

秀州鸳湖畔，在钱文奉主持下，新的楼阁已经建成。只见华阁拔地而起，一连数层，琉璃瓦、朱漆柱，丹青素垩，修饰得十分精美。江南多雨，雨幕中湖面腾升袅袅的水气，如烟似雾，鸳湖上总是烟雨蒙蒙。杜牧就有诗，"南朝四百八十寺，多少楼台烟雨中。"因而，这鸳湖楼阁，就命名为烟雨楼。

梳烟沐雨，长笛送晚，果真是人间至境。

再说在苏州，钱元璙父子依杜牧的诗篇《金谷园》中"繁华事散逐香尘，流水无情草自春"的意境，来修建了一座金谷园，繁花流水，楼宇轩台，又是一处美不胜收的江南名园。

钱元璙夫妇接到消息，说是宰相夫人要来苏州游赏，自然是十分高兴。说起来，杨夫人与宰相夫人李氏，都来自吴国，一位是吴国杨行密的女儿，一位吴国大将军李行福的义妹，从小相识友好，如今人生近暮，还能再次见面，哪里有不高兴的道理。

当下，李夫人到府，钱元璙夫妇热情相迎。

夫妇俩原本想领李夫人游赏金谷园之后，再去秀州登烟雨楼。李夫人却先把吴越国近况，透露给钱元璙，再说明了皮光业的担心。众人也就游兴顿减，心事浓郁。

李夫人说："钱帅，大王已经多时没有临朝，朝中大小事，全都由陆指挥使内承外达。"

钱元璙说："作为兄长的我，对王弟的能力与为人十分信任，他登基以来，也一直是兢兢业业，如今他意志有些消沉，实在是因为我那贤侄弘傅走得突然，丧子的悲痛，叫谁能扛住？"

李夫人说："钱帅啊，拙夫担心，万一宫内出了什么事，由谁来承担应付？"

钱元璙说："夫人，我身在外，一颗心却也和皮相一样，没有哪一天不系挂着国事，请夫人禀明皮相，内牙军中有名叫水丘昭券的副指挥，是先祖母水丘老夫人的侄孙，当年是我把他从临安牌坊村带出来，又让他跟随我征战多年，是个可以托付的人，万一宫中有事，要他务必挺身护驾！"

李夫人说："老身记下了，待老身回去禀告拙夫。"

钱元璙又想到什么，从身上解下佩刀，递呈李夫人，再说："请夫人把这柄刀带去，让皮相交给昭券，昭券见了，一定能明白我的意思。"

李夫人说："好，那老身尽快赶回。"

钱元璙又说："夫人刚来苏州，不能马上回去，来回过于匆促，怕引人怀疑，还是歇下来，好好游赏一回这苏州城的各处名园吧。"

杨夫人也说："是啊洛姐，我们姐妹总不能才见面就分离，安心住上两天，我们也好叙叙旧。"

李夫人说："好吧，就照钱帅和夫人说的办。"

午夜的丽春院，似乎有轻微的声响，把钱元瓘从睡梦中惊醒，一骨碌起身。这位吴越国后继之君，虽然没有像他父亲钱镠一样是条不睡龙，但行伍出身的人，都不免比常人更加警觉。钱元瓘跃起之后，果真看见一道长长的黑影子，像是剑身，朝他直刺而来。钱元瓘到底具备敏捷的身手，一个转身，错开了正面，没有被刺中胸腹，但还是感觉到手臂上一凉。

他赶紧大喊一声："有刺客！"

一声喊叫，近侍飞身入内，把行刺者按住。

一时众人惊觉，拥上前来，点了灯看。

这一看，人人惊呼，行刺的不是别人，竟然是丽春夫人！

大家都想不明白，大王那样宠她，她为什么还要行刺大王？

钱元瓘同样惊得不行，问道："本王哪里亏待你了？你为什么要向本王下毒手？"

丽春见行刺不成，不由放声痛哭。

丽春绝望地说："大王啊，妾身实在不配得到你的恩宠，请你现在就杀了我吧！"

钱元瓘问："你是不是背后受人指使？"

丽春答："没错，是他们让我唱戏，并带大王来听戏，让我引诱大王，这原本就是一场阴谋！"

钱元瓘听了，还是再痛心地问："本王这么宠你，你为什么还这么狠心？"

丽春答："因为他们事先就给我的父亲和孩子灌下慢性毒药，然后再要挟我，说我要是不听从他们的摆布，就得不到解药，那么我父亲和孩子都会慢慢死去，为了救自己的父亲和孩子，我还有什么事不能做！"

钱元瓘听后，气得发抖，啪一声甩出手中剑，吼问："他们是谁？"

这一激动，手臂上伤口迸裂，鲜血浸红了衣袖。

丽春见了，不知是惊骇还是心疼，颤抖着声音说："是，是陆……"

就在这时，院门外响起喊声。

"开门！"

一听，是陆仁章的声音。

陆仁章喊道："钱元瓘，赶快把门开！你要是快一点，说不定我会留你个全尸，同时我会诏告天下，大王暴毙，吴越国主改姓陆！其余的人，也给听好了，顺着昌，逆者亡，凡是违背我陆仁章命令的，格杀勿论！"

钱元瓘这才醒悟：陆仁章造反了！

想自己自从登基以来，一直把他陆仁章视作心腹，任命他为内牙军指挥使，对他言听计从，信任他远远胜过了自己的骨肉兄弟，在他的挑唆下处决了亲兄弟元球和元珣，疏远了大哥元璙，却哪里料到，他竟然是个心怀不轨的恶贼！

马上想，眼下自己夫人和孩子们，弘佐、弘倧和弘俶，他们怎么样了？

杭州城的民众，没事吧？

再想想，这吴越国，这杭州城，这王宫，是父王九死一生交下来的基业啊！

可自己，已经身处绝境，还有回天之术吗？

想到这些，钱元瓘只觉得脑袋要炸开一般疼痛。

门外，又是叫喊声，又是撞门声，好像又有打杀声……

突然间，一片火光，丽春院起火了！

一片红红旺旺的大火，卷起了幕帘，卷起了各色物品，眼看燃起了柱子和四壁，直往屋梁上蹿。

再看时，只见丽春夫人举着火把，紧闭了双眼，直挺挺地站在火光之中。

陆仁章看见丽春院中的火光，狰狞大笑，一面下令，不用撞门了。只等着大火过后，在灰堆里捡几块骨头，然后自己登上吴越国王的宝座。

这时，却听到马蹄突响，好像有人马冲杀过来了！

是水丘昭券，领兵杀到。

只见追杀而来的军中，有一名将领，身体粗壮，手持一柄钢刀，一路劈杀，刀下血光飞溅，实在强悍。认出来了，这名悍将叫戴恽，也在内牙军任职。

陆仁章没想到关键时刻，会冒出水丘昭券和戴恽。阴谋者，只顾将双眼朝前看，却忽略了自己的身边人，失算了。就算有心拉拢他们，可他们既然有心杀贼，哪里肯轻易收手。眼下紧急，只好慌忙应付，却哪里是强将的对手。

只见水丘昭券与陆仁章交手了没几个回会，就将陆仁章打得没有还手之力。一时，水丘昭券倒没有下杀手，或许他还在想，是不是将人生擒了，让他交代出更多的秘密。却见突然间，戴恽扑马冲上前来，手起刀落，结果了陆仁章。

杀了叛将，赶紧扑火救人。

这时候，丽春院的院门打开，一个人狂奔而出。

是大王！

只见钱元瓘披头散发，衣服上还燃着火苗，一边跑，一边狂乱地喊：

"火，火，起火了！鬼，鬼，全是鬼啊！"

大王他，好像疯癫了。

众人连忙把人按住，扑灭了他身上的火，再护送去瑶台院。

叛逆者歼灭了，但是从丽春院引发的火，却一时灭不了。眼看从丽春院蔓延开来，加上海风江风吹来，火借风势，越烧越旺，整个吴越王宫，成了一片火海。

紧接着，大火卷了王城之后，一直延伸，转眼弥布到了外城。

眼看整座杭州城，都要化为一炬了呀！

幸好江海边多雨，一场大雨赶到，才保住了半座池城。

再说吴越国王钱元瓘，如今身心受创，加上当年目睹狼山江火烧吴军的惨状，或许从此便钻入了心魔，内击外攻，竟然一头栽下，眼看起不来了。

钱元瓘病倒之后，一直昏迷不醒，在病床上挨了一个月，到底挨不过去了。这位也曾久经沙场，为家国奔命一生的钱家男儿，还没来得及交代身后大事，便撒手人寰了。

吴越第二代君主钱元瓘，在火光中胜出，却又在火光中黯然离去。

逝后，被谥为文穆王。

捌

兄亡弟及，撑住东南一片天

弘佐

这一回，吴越国重华殿的王座上，坐的是钱弘佐。

看看这位新任的国王，一张白净的脸上，鼻梁英挺，两道剑眉，炯炯双目，目光清澈如水。只是，嘴唇上还布着一层黄黄的细绒，看上去，不说乳臭未干，却实在是个半大的孩子。

在祖父创建的王国中，钱弘佐原本是青葱般的王室少年，上有父兄为天，下有根基为地，他尽可以在天地间无忧无虑地成长。哪里料到，长兄意外身亡，父王又匆促离世，家国重担，突然落到了他这个小小少年的肩头。

朝堂上，水丘昭券说新王晋位，应该向中原朝廷派出使臣禀明，并且纳送贡品，好取得朝廷封号，顺理成章。

戴恽却说如今中原朝廷的石皇帝，得罪了扶他上位的契丹人，被契丹人打得屁滚尿流，哪里配得上让吴越国称臣。

这个戴恽，他原本是陆仁章的手下，在陆仁章反叛作乱时，他临时倒戈，加入了破敌护主的一方。如今自恃手刃陆仁章，立下了大功，便也想接替陆仁章，把持吴越国朝政。眼下朝中的大小事，必须由他说了算，要是有人反对，那就拔出刀来，让他见识一下刃口的遗渍。再说，听他戴恽的口气，连中原朝廷也不放在眼里了，其野心可想而知。

少年国王钱弘佐，静静地看着朝堂上下，安定从容，一言不发。

这时候，三朝元老皮光业，拄着拐杖上前，先朝殿上行过重礼，再面对阶下。

皮光业说："大王，众位，我吴越国王新立，定国安邦是首要，所以对外要结友好，向中原揖拜，与邻国互修，对内要安抚民心，让利于民，大赦天下。"

老宰相的话，无疑是一言九鼎。

钱弘佐说："按皮宰相说的办！"

而阶下的戴恽，脸上早已露出愠怒。

再说吴越国经历火劫丧君之后，无疑是百废待兴，需要来一场气势宏大的凤凰涅槃之举，来重振国威。然而新主年轻，还没有足够的能力来贯行政令，而朝中戴恽等人趾高气扬。不过呢，好歹外面有伯父钱元璙这样定海神针一样的将帅坐镇，朝内还有皮光业这样的三朝元老扶持，理应平安无事。

只是，很快苏州传来消息，中吴节度使钱元璙亡逝。

紧接着，皮光业卧上病榻，也起不来了。

钱弘佐得到消息，当即赶到相府，只见病榻上的皮光业已经奄奄一息。连忙上前，一把抓住老丞相的手。

钱弘佐说："皮相啊，你把你的一生都交付给了吴越国，现在国家和民众正需要你，本王也一刻都离不开你，你不能丢下这一切啊！"

皮光业说："大王啊，老臣留着一口气，就是为了等大王，说实话，老臣真是放心不下啊，可是大王，阎王三更催，老臣也就再难以待到四更了。老臣给大王提醒一句话，要想家稳国固，必须记住你父祖的治国大略，保境安民！"

钱弘佐说："本王将一生谨记。"

皮光业又说："大王贤能，一定能成就英雄宏业，老臣给推荐两个人，一个便是水丘昭券，另外一个，叫胡进思，他现任水陆将军，在明州军营，大王要早早将他俩拉拢到身边，以防不测。"

钱弘佐说："本王记下了。"

皮光业说："昭券忠心，进思能干，有他们两个辅佐大王，老臣我，可以安心地去地下拜会两位先王了……"

是日，吴越国名相皮光业仙逝。

这真是，半世光阴佐吴越，一生才情付之江。

再说皮光业逝后，李夫人大恸之下，竟然一头晕倒后随夫而去。老夫妻一个前脚走，一个后脚跟，前后相差不到两个时辰。

倒道这人间与天上，果真有连理枝，比翼鸟。

深情伉俪，让人唏嘘。

内牙军的营帐中，指挥使戴恽居中而坐，鼻孔朝天，双眼圆瞪，一副不可一世的神态。几个心腹手下，低头诺诺，肃立一旁。

戴恽说："钱弘佐这个黄毛小儿，不念老子救了他一家老小，再把他托上王位的情，竟然不听从老子的安排，所以老子必须废掉他！"

手下赶紧拍马："戴将军啊，现在吴越国内，你的能力比谁都大，等你废掉钱弘佐之后，干脆戴将军自己做吴越国大王吧！"

却又有手下反对，说："内牙军只有护守王城的军队，而杭州之外还有十三州的兵马，要是各处人马得知王廷生变，带兵来攻，凭内牙军区区人数，恐怕难以抵御。"

戴恽说："那老子废掉钱弘佐后，先扶植个傀儡，要是听话就暂时摆着，不听话再废。"

手下问："宫中小王子有弘倧、弘俶，一个比一个幼稚，戴将军想扶持哪个？

戴恽说："这几个都是钱氏的种，都不要，要扶就扶那个牢里的。"

手下又问："牢里的？哪一个？"

戴恽说："他钱元瓘不是还有个叫钱弘侑的继子吗？"

手下说："丽春夫人的儿子？"

戴恽说："没错，丽春夫人行刺国王又纵火烧宫，犯下了弥天大罪，而钱家人仁慈，见她儿子年幼体弱，并没有斩草除根，只是把人关了起来。"

手下说："当初不是说，陆仁章给丽春夫人的家人灌下了慢性毒药，难道还能活到现在？"

戴恽说："什么慢性毒药，那是陆贼诓那个蠢女人的。"

手下齐答："钱弘侑活着，倒真是个现成的傀儡，将军好主意！"

戴恽正美美地打他的如意算盘，正要给手下下令，让将士行动起来。这时候，突然间有个手下拔刀跳起来，飞身来到戴恽的身边。戴挥哪里提防，只见眼前寒光一闪，感觉到自己脖间一凉，也就一会就仆地蹬腿了。

杀戴恽的人，叫潘阆。

潘阆杀了戴恽之后，以平叛者的姿势，提着带血的大刀，进入宫廷，取代了戴恽的职权，成为内牙军指挥使。

一时间，潘阆在宫中发号施令，目中无人。

并且在宫廷，没有潘阆的同意，谁都不许接近钱王，连水丘昭券这样的股肱将臣也不例外。

而王座上的钱弘佐，继续默默地看着眼前的一切。

咸宁院，钱弘佐的居所，只见门前立着一株枯叶海棠，周边站了几株寂寞青竹。而门庭内外，有侍卫层层把守。不用说，这些人都是潘阆的手下。

内室中，方才弱冠之年的吴越钱王弘佐，正在缓缓踱步。只见他英眉微蹙，明目敛光，似乎心中在思量着什么。忽然，见他停下脚步，来到案前。竟然不是读书或写字，竟然取了棋枰，摆好了。

钱弘佐对着门外的看守，询问了一声："你们，有会弈棋的吗？本王这会来了棋兴，谁来陪本王弈上一局。"

这时一名看守上前，说："大王，小的会一点。"

钱弘佐问："好啊，你叫什么名字？"

看守答："小人叫程昭悦。"

钱弘佐说："程昭悦，本王记住你的姓名了，快来陪本王弈一局。"

一面又对着门外说："本王与程昭悦弈棋，需要安静，把门关上，谁都不许进来打扰。"

看两人一左一右坐在了棋枰前，门果真被关上了。

当下，让程昭悦执黑子先行，钱弘佐执白随落。一时，只见黑白交接，生死交融。只是才下到一半，钱弘佐白子已经领先，枰上胜负已然分明。程昭悦要认输收官时，钱弘佐却再填一子。这一子落下，只见枰面上出现了四面围堵，白子陷入绝境的局面。

真是一子变局，胜负难料。

程昭悦一见，心头明白了什么，连忙跪下。

程昭悦说："大王，你不该如此啊！"

钱弘佐说："程昭悦，潘大人要是问起你陪本王下棋的事，你就照实禀告，本王棋艺欠精，正在专心研习。"

程昭悦说："大王，这里没有旁人，小人斗胆说上一句，大王不该深居内室研习棋艺，大王应该早早脱离困局，为国为民执掌乾坤。"

钱弘佐却是犹疑，小心地问："是潘大人教你这么说的？"

程昭悦说："大王，家父曾受过先王恩典，程家子孙永远铭记，小人虽然身在潘阗营中，心却在大王这里，大王要是不相信小人，可以立马拔剑砍了小人！"

钱弘佐忙道："快起来说话！"

程昭悦起身，说："大王，你如果需要小人做什么，尽可以跟小人说，小人一定想方设法办到，万一暴露，小人立马自决，绝不连累大王。"

钱弘佐听后不由流泪，说："真是父祖有灵，本王眼下四面受堵，被困在这斗室中，眼看是一场死局，却有了你，说不定就有了突围的希望！"

程昭悦说："小人棋艺不行，愿做大王的一枚棋子！"

钱弘佐说："好，有你这枚棋子，本王就把死局给盘活！"

程昭悦说："请大王吩咐小人！"

钱弘佐说："程昭悦，你要想方设法，把本王的诏令传给水陆大将军胡进思，大将军是三朝老将，对我钱氏两位先王，一直是忠心耿耿，本王是他老人家看着长大的，也必然会爱护，所以传他诏令，让他马上返回京师，勤王去贼。"

程昭悦："小人一定把大王的诏令传给大将军，为了让大将军能够相信，需要一件凭证，只是外面把守严密，怕是只字片纸都不能出宫。"

钱弘佐一听，马上解下身上的佩刀，交给程昭悦，说："你带本王的随身佩刀前去，大将军一定认得，要是门外盘查，你就说你同本王下棋，连赢本王三局，本王佩服你的棋艺，就把这柄佩刀赏赐给了你。"

程昭悦也就接过钱弘佐手里的佩刀，走向室外。

胡进思接到钱王的诏令，以进贡为名，返回杭州，并要求进入王城，觐见钱王。潘阗面对手握重兵的三朝老将，到底不敢拦阻，让他进了咸宁院。

钱弘佐见了老将，也就不再遮掩，直接说了想除掉潘阗的想法。胡进思老成持重，说这杭州城里，大都是潘阗的人在把守，要是被他们察觉异常，说不定会来个鱼死网破。钱弘佐听了，点头称是。两人合议，目前重要的，是想办法让潘阗离开杭州，一旦他人离开，余下的事情好办。

当下，朝堂上，钱弘佐下诏，让潘阗担任明州刺史。

同时下诏，胡进思担任湖州刺史。

潘阆一听，让自己离开杭州大本营，去外地任职，那不就将自己架空了？当时就不乐意了，不肯领诏。

这时候，胡进思跟他说："潘大人啊，明州可是好地方，兵多地广，鱼虾肥美，本将要离了明州去湖州，可大大比不上你呀！"

潘阆一想，胡进思也不能留在杭州，那么杭州还不是在自己的手里。当下，就同意赴明州就任。等到胡进思先离开杭州，他潘阆也收拾了上路。

等潘阆前脚一走，钱弘佐马上再下一道诏令，说朝廷中有重要的事情要办，胡进思不需要赴湖州就任了，速速回宫。

当下，钱弘佐联合胡进思，全力追剿潘阆与他的同党，肃清了王城内外。

此后，十八岁的钱弘佐，才成了像他祖父和父亲一样，吴越国真正的王者。

内忧才除，外患又起。

吴越国得到消息，南唐出动大队兵马，攻打闽国。随即，闽国使臣到达吴越国，向钱王求助退敌。

朝堂之上，文臣武将，就出不出兵闽国展开激辩。

胡进思先说："大王，如今南唐入侵闽国，虽说以强欺弱实属不应该，只不过我吴越出兵帮助闽国，那么我国无疑成了南唐的敌手，但是吴越与南唐，已经多年睦邻友好，就算当年王城大火，有人建议南唐国主联合周边趁火打劫，而南唐国主竟然力排众议，没有趁人之危，实在是对吴越有恩啊，所以老将我建议，不出兵闽国。"

水丘昭券又说："大王，南唐目前已有三十六州，实力强大，要是再收取闽国，实力将更加强大，到那时，吴越国南面与北面都是南唐国土，我吴越国夹在其中，届时南唐想要取下吴越，可以在南北双面夹击，这样一来，吴越国也就十分危险了，所以臣下建议，出兵助闽！"

胡进思说："大王，南唐兵马已经抵达闽国，要是我吴越随后人马赶去，不管是海路还是陆路，都肯定一路险阻，困厄难行，就算到达，也是人劳马顿，还能立马投入战斗吗？"

水丘昭券说："养兵千日，用兵一时，就算险阻，也不能不前，更何况我吴越陆上兵马强壮，水上大船航行无阻，不必惧怕南唐！"

钱弘佐思考之后，说："胡大将军的担忧不是没有道理，但水丘将军说的也没错，等到南唐攻取闽国，吴越国成了南唐的掌中肉，到时候就算吴越想与南唐继续保持友好，只怕人家未必愿意了，与其来日受人制约后再决裂，还不如早早决裂，所以本王决定，出兵闽国！"

众臣将答："大王英明。"

钱弘佐又说："出兵前，本王想，我国是不是多多铸些钱币，用来奖励出征的将士们，要知道吴越国建制以来，从没铸造过本国的钱币，而是一直使用由中原铸造的旧币，是不是也该增添币量了。"

钱弘佐的话音刚落，众臣中有一个人先站起来，大声说："不能铸造私币！"

一看，这人不是别人，是钱弘佐的弟弟钱弘亿。

钱弘亿说："王兄，吴越国万万不能私自铸币！"

钱弘佐问："南唐与闽国等等，都铸有私币，吴越国为什么不可以？

钱弘亿说："王兄，私铸钱币有七大害处啊！"

钱弘佐说："那亿弟就把私铸的七大害处说出来。"

钱弘亿说："这铸造私币的害处：第一害，私币可以用在我国，却不能在别国流通，也就阻碍商贸的通畅；第二害，既然官府铸私币，民间也会效仿，在利益的驱使下，许多人铤而走险，犯罪的人一定急剧增多；第三害，铸私钱可能导致国家混乱，甚至亡国，闽国就是例子；

第四害，国人看起来手中有钱，其实购买力下降；第五害，给人的赏赐越多，会导致人心越发贪婪，贪婪往往是作恶的源头；第六害，铸下的私钱放出去容易，如果成了祸害，想要收回来，可就很难了；第七害，我吴越国的国姓就是钱，要是改变旧钱为新钱，恐怕会对国运不利啊！"

钱弘佐听了，对铸不铸私币，还是犹豫不决。

钱弘亿也便再大声地说："祖父曾经一再嘱咐，吴越国不能铸造私币！"

钱弘佐听着，不由心头一凛，马上说："亿弟说得十分有理，铸造私币的事情，就不考虑了。"

当下，钱弘佐把国政托付给弘倧与弘亿两个弟弟，他自己亲自带领兵马，选择从海路出发，奔赴闽国。

闽国福州城，只见四面都是南唐的兵马。眼前，鼓声急骤，箭矢纷飞。有守城的将士中箭，仆身而倒，落下城头。也有攻城的将士中箭，落马的落马，倒地的倒地。大火焚烧着城楼，也焚烧着架向城头的云梯，一派烽火连天的景象。

南唐的将领叫冯延鲁，正坐在战车上，指挥攻城。

手下来报："大帅，刚刚得到哨报，吴越国的战船从北面开来了，即将抵达福州。"

副将说："冯帅，福州城还没拿到，要是吴越国兵马杀来，我们将两面受敌。"

冯延鲁说："好个姓钱的，竟敢无视南唐！好吧，停止攻城，去港口迎接吴越战船，一定叫他们有来无回，杀他个片甲不留！"

吴越国数十艘战船，在钱弘佐带领下，驶向福州港口。

水丘昭券进言："大王，南唐军得报后，肯定会把守港口，他们要是派出船只，占据上风口，对我军将十分不利，是不是暂缓前进，待探明虚实后，再行拔锚？"

钱弘佐却说："要是迟缓，待南唐军拿下福州城，我们想再攻取，可就难了，所以，必须全速前进，尽早抵达，近港后见机而行！"

眼看，船队抵达福州港。

南唐军副将说："冯帅，吴越国的船只就在眼前，快下令让将士们驾船出击！"

冯延鲁却迟疑，说："吴越国的水上战斗力，十分强悍，想想当年的狼山江之战吧，如今不能不顾忌，所以我们还是据守海岸，待吴越兵马登岸后，一举歼灭。"

副将说："吴越兵将远道而来，一旦登岸，必然先死后生，想要岸上歼灭，恐怕不容易啊！"

冯延鲁说："本帅自有决断，不必再言，照本帅命令，岸上迎敌！"

副将只好说："是！"

吴越国战船上，钱弘佐和水丘昭券看着港口水面上的状况，并没有布下战船，也便十分高兴。

水丘昭券惊叹："南唐军竟然没有在上风口布下战船，来个水中打击，这样的形势，对我军十分有利！"

钱弘佐说："哈哈，一定是我父王率兵狼山江一战，让吴地人从此闻风丧胆，放弃上风口绝好的攻击机会，让我军顺利登岸，这样的将帅，蠢材啊！"

当下，钱弘佐下令："吴越国全体将士们，敌军在前，我们登岸后将没有退路，只有破釜沉舟，杀敌取胜！"

吴越国将士登岸之后，果然是先死后生，一个个像冲出水面的蛟龙，挥刀扬槊，杀向南唐兵马。眼见，南唐兵将节节后退，而吴越国兵马所向披靡。

突然间，一支劲箭飞来，射向钱弘佐。

钱弘佐正在领兵冲杀，没有提防暗箭，待飞箭近身，连忙扬臂一挡。眼看劲箭穿透盔甲，扎进了他的臂膀。

钱弘佐受伤，却没有当回事。只见，少年国王一把抓住扎在手臂上的箭矢，一咬牙，便拔了出来。然后将手臂粗粗包扎了一下，继续作战。

很快战场上胜负分明，南唐的残兵败将落荒逃亡。

钱弘佐带领吴越国将士，来到福州城下。

福州城被南唐兵马围困多时，城中早已箭尽粮绝。如今见吴越国神兵天将前来解围，无疑是感恩戴德。赶紧敞开城门，将友军迎进城中。

钱弘佐带领吴越国将士，帮助闽国驱逐了强敌，队伍一路进城时，道路两边全是城民百姓，一个个举臂欢呼。

闽国王室，头顶册印，除去国号，向吴越国称臣，请求得到钱王的庇护。

钱弘佐推辞不过，也就接受了闽国的请求，将福州纳入吴越国疆土。

当晚，闽国的王室旧族，大摆筵席，为吴越国君臣将士接风洗尘。

筵席上，一群舞女上场，一边打鼓，一面跳舞。中间领舞的，是一位身穿黄衣的女子。一眼望去，这女子头顶羽冠，身上纱衣罗裙，纱罗隐隐之下，身姿柔曼无比，加上脸似明玉，眉若染漆，真的是仙岩神姑，人间绝色。

钱弘佐看着黄衣舞者，不由脸上露笑，目不转睛。

闽王看出了青年君王的心思，待到舞罢，也就让黄衣女子留下，叩见钱王。

闽王说："大王，这位是小臣的义女，叫黄裳，听闻大王的仗义与英勇，十分倾慕，一定要亲自上场为大王献舞，如果大王不嫌弃，就请大王接纳小女，为婢为妃，全听大王。"

钱弘佐再看黄裳，只见乌海般的眼眸下，一泓明月秋水，不知不觉，自己已深深沉沦。

钱弘佐问："郡主，你可愿意与本王同生共死？"

黄裳答道："大王，能够生死追随大王，是小婢天大的福分，小婢愿意！"

这真是，越山与闽水，缘分天注定。

一时鸳乐声再起，鼓舞相庆。

只是当夜，钱弘佐解开盔甲，脱下衣衫，才发觉自己的一条手臂已经又黑又肿。

一定是，箭头带毒！

连忙传唤医士，诊疗下药。

钱弘佐率领兵马，返还吴越国。

钱弘佐的箭伤，虽然在治疗之后有所缓和，但是并没有痊愈。从福州回杭的一路上，又少不了一番舟船车马的劳顿。回到杭州王宫之后，他这伤情病势，竟然狂风骤雨一样漫展开来。

浑身烧烫，连日不退，渐渐地，水米难进。

眼看着，这位不亚于父祖的少年雄主，病体难支了。

天哪，他钱弘佐只有二十岁啊！

二十岁的王室后人，要是他的父祖健在，他完全可以从容地吟诗作句，呼朋唤友，徜徉山水，肆意人间。可他钱弘佐，小小年纪就在火光家难中被推上了王位，早早担起了保家卫国的重任。仅仅数年的时间，内定诓乱，外拒强敌，安定了父祖交下来的家国河山，承前又启后，有力更有功。

盛夏的杭州城，原本应该是荷花映日，赫赫炎炎。

可这一天，却是六月霜寒，悲风呜咽，乌云压城，满城伤心。

病榻上的钱弘佐，握着黄裳的手，目光中流露出太多的不舍，却又千般无奈。

钱弘佐只说："裳儿，本王与你，一眼千年，本来想，从此同生共死，可是，没想到，你我竟然有缘无分，来不及行礼合卺，本王就要，先行，先行一步了……"

黄裳说："大王啊，你要是有什么不测，裳儿黄泉之下也要追随！"

钱弘佐却说："你还年轻，要好好活着……"

他又诏令："本王去后，由王弟弘倧继位。"

说完，竟然就撒手薨逝了。

吴越国第三任国王钱弘佐，在咸宁院中去世，年仅二十岁，在位七年。

勤恭好礼，英勇果断，钱氏好男，世间难得。然而，老天却不假英雄以天年，早早地掳他而去了！

钱弘佐逝后，被谥为忠献王。

弘倧

在中原，北方契丹人入侵，灭了后晋朝廷，开始肆意烧杀抢掠。中原百姓奋起抗击，把强虏赶回了北方。原先后晋的河东节度使刘知远，作为抗击契丹的首领，在太原称帝，建立汉（史称后汉）。只是，刘知远刚刚坐上帝王宝座，便一病不起，并且很快病亡了。随后，刘知远的儿子刘承祐继位。

在后汉的府衙，到处是砍头打板子。对私贩盐、矾、酒的，不管数量多少，一律砍头。对进衙门告状的，不管有理没理，先打板子。行刑杖打时，双杖齐下，称为合欢杖。百姓不管干什么都得交税，不管是新人婚娶，还是死人埋葬，先交上税再说。连上街乞讨，甚至上个厕所，也得交税。

百姓百姓，盘剥不尽。

中原大地，真是满目凄惨，暗无天日。

凤凰山上，青山依旧，宫殿恢宏。虽然继武肃王寿终之后，两任后继者都匆促离世，给国人的心头笼上了一层愁云，然而日月奔腾，辞旧迎新，岁月长河总是向前奔流。

王城宫门外，钱弘俶策马而来，从台州赶回杭州，参加二哥弘倧的登基典礼。

却看见一名身穿白衣的女子，提着个小包裹，带着两三仆从，从王城走出来。

钱弘俶见过这名女子，在大哥弘佐的葬礼上，这位女子哭得极其悲凄。听说她是大哥从闽国带回来的，原本可能会成为王妃，但是大哥病殁，让她成了个孤单无依的人。

一打听，知道并不是王宫不容她栖身，而是黄裳姑娘自己决意要离宫，还说要去天竺寺出家修行。

钱弘俶听了，心中感慨，也就赶紧上前，好与姑娘说句话。

待弘俶走到黄裳跟前，只见姑娘素颜淡容，眉眼低垂，脸面凝霜，一副世间再无所恋的模样。

弘俶说："黄姑娘，你的事情，我都知道了，难得你对我王兄情深似海，只是，王兄临终前叮嘱过你，要你好好活着，你不妨看开一些，不要去守那青灯古佛吧。"

黄裳说："奴家感谢将军关心，只是大王走了，奴家也就心如死灰，不如找个清净地方，早早了结这世间的烦恼。"

弘俶又说："姑娘实在不必太心急，先去杭州各地走走，看一看这江南的风光与人情。"

黄裳却说："伤心人的眼睛，哪里还看得见风光。"

黄裳说完，给弘俶行了一礼，便毅然往前走去了。

弘俶望着姑娘的背影，想这白衣素裹下，那女子的身体还是那么青葱玲珑，明明是一朵含苞正放的花，却要眼睁睁地看着它枯萎。

弘俶的心头，不由得一阵酸痛。

在吴越国王宫，新任国王的就职加冕典礼即将举行。只见重华大殿上，钱弘俶头顶王冠，身穿王袍。少年王者，品貌出众，气质超然。

他钱弘俶或许从来没有想过，自己有一天会成为吴越国的王者。这个钱氏儿郎，跟他的堂哥钱文奉一样，喜欢读书吟诗，还喜欢种花侍草。总之要不是出生在王室，他希望像自己晋朝士族那样，谈古论今，吟诗作画，做个隐士，与山水为伴，逍遥自在。他一定认为，在家国之中，祖父走了有父亲，父亲走了还有哥哥，也就是永远有根坚实的柱子，撑住他头顶的天空。

哪里想到，柱子一根根倒下，而他，倒成了柱子，要撑住这方略显灰蒙的天空。

登基典礼开始，眼见吴越国的文臣武将，一个个肃立两边。

这时候，沉沉的殿幕之后，走出了胡进思。已经身历四朝的柱国大臣，从幕后走向前朝，脚步还是稳稳的。眼见他挺胸昂首，一步步走到钱弘俶的面前，一面亲手将印玺与权杖，交到了新王的手上。

钱弘俶接过印玺与权杖，高高举起。

权杖交接之后，胡进思应该领着文武大臣，伏叩新王。但是，文武大臣都跪下了，胡进思却站着没跪。

钱弘俶不由沉下脸，看着胡进思。

胡进思回答："老臣为国驱驰年久，腿脚不太灵便了，请新王准予免跪。"

胡进思也就略略弯腰，给钱弘俶行了一礼。

钱弘俶听了，只是冷冷一笑，转身登上高座。

吴越国第四位国主，正式登上王位。

当日，在王宫天策堂，弘倧与弘俶两兄弟相见。

弘俶说："王兄，你的登基大典已经完成，小弟这就要回台州了，走前，小弟心里有句话想跟王兄说，请王兄不要责怪小弟多事。"

弘倧说："俶弟，不管以前还是现在，我们永远都是最亲的手足，你有什么话，尽管说。"

弘俶说："王兄，小弟想说，你新晋王位，对于朝中重将，就算他们对你不十分恭敬，你还是要像佐哥当年那样，先忍一忍，等到局势稳定了再另行定夺。"

弘倧说："俶弟，道理我懂，只是胡进思这个老东西，本王忍他很久了！佐哥一向仁厚，放纵他多年，既然如今本王主政，就决不做任他摆布的傀儡！"

弘俶说："王兄，胡进思是四朝元老，先助祖父平定徐许之乱，又随父亲南征北战，还帮佐哥攘外安内，朝野都知道，他的功劳极高啊！"

弘倧说："祖父在的时候，他不过是个小卒，刚放下宰牛刀投军入伍。父王在的时候，他也只是个偏将，虽然参与了几次大战，但战功并不突出。只有佐哥受陆仁章、潘阆等人迫害，不得已才倚重他，也就给了他猖狂的资本。到本王这里，他当然是越发倚老卖老，你也看见了，在本王登基的大礼上，当着文武众臣的面，作为臣子，他连跪一跪都不愿意。"

弘俶说："王兄，他胡进思的爪牙遍布王宫内外，这个时候他要是抬脚跺一下，只怕整个吴越国也要震上一震，所以王兄，你一定要当心！"

弘倧说："俶弟，你放心，本王不会操之过急，不过也不会放过他，要一天天地收拾这个老东西，你就安心回台州吧。"

弘俶说："小弟谨遵王命。"

王宫朝堂上，手下来报国王，说是闽国守将李达从福州来杭州，特意前来拜见钱王，纳贡进礼，祝贺新君登陆大喜。

吴越国接收闽国之后，并没有让吴越官兵镇守，还是任用闽国旧将。这李达不远千里，赶来道贺，那也是一片忠心。

钱弘俶一听，也就下令让李达进殿。

李达到来了，带来了丰厚的礼品，还对新王三跪九叩。

钱弘俶很高兴，给了李达赐封与表彰，还赐给他新的名字，叫李孺赟。

钱弘俶还让李孺赟不要急着回福州，留在杭州好好游赏一回。

这一天，钱弘俶带着胡进思、李孺赟等臣将，来到了杭州城的市坊间察访民情。

一路走去，只见街面上车来人往，商肆间商品琳琅，市侩间卖鸡卖鸭卖鱼的，林林总总，一派繁盛。前面还有卖牛的，把肥牛宰了，剥掉牛皮，把鲜红的肉身挂在架子上割售。

钱弘俶指着牛肉，问身后的臣子说："你们可知道，这一头牛的肉，大概多少斤？"

李孺赟说："估计有一千斤吧。"

钱弘俶说："胡大人，你说呢？"

胡进思说："依老臣说，三百斤。"

钱弘俶便上前问屠夫，一头牛能卖多少肉。屠夫说，差不多有三百斤肉。

钱弘俶听后哈哈大笑，说："胡大人啊，还是你说得对，看来你对这一行知根知底呢。"

毫无疑问，钱弘偬这是讥笑胡进思原先是个宰牛卖肉的屠夫。

胡进思见钱弘偬在众人面前就这样揭他的短，不由满脸燥红。

而后，在胡进思与李孺赟私处的时候，胡进思说："李将军，你初次来到杭州，知道大王为什么就带你去看宰牛吗？"

李孺赟回答："小将不知道，还请胡大人明示。"

胡进思说："大王这是要告诉你，再健硕的牛，一旦想宰，也就白刀子进红刀子出，三下两下，连牛皮也扒了。"

李孺赟一听十分害怕，说："胡大人，小将带领福州人马归顺吴越国，从来没有反心，大王为什么要提防小人？"

胡进思说："你是没有反心，要是有反心，早就成了挂在架子上的一坨肉。"

李孺赟听着，一定又想起架子上那血淋淋的鲜肉，不由心惊不已。

当下，李孺赟赶快告辞，离开杭州返回了福州。

钱弘偬接到快报，回到福州的李孺赟，带兵反叛了。

听到坏消息，钱弘偬倒也没有惊慌，一面下令让水丘昭券出兵福州，一面让弟弟钱弘亿调查李孺赟反叛的原因。

弘亿调查之后，结果很快出来了，报说："王兄，据说李孺赟离杭之前，与胡进思私下有过接触，胡进思还跟他说大王带他看宰牛，别有居心。"

弘偬听到，不由大骂道："本王一天天忍着他，把他奉为王公宰相，让他一人之下万人之上，没想到，他却在本王的身后捅刀子！"

弘亿又说："王兄，俶哥离开杭州前一再叮嘱小弟，要小弟在关键时候开导王兄，希望王兄继续忍让，毕竟他胡进思年事高古，黄泉路近，王兄万万不能急躁。"

弘偬说："老东西身体好得很，分明想活到百年千岁！"

虽然心里对胡进思有气，但是为了国家大局，钱弘倧还是忍下了。

很快，福州传来消息，吴越将士在水丘将军的带领下，一举灭了叛将，平复城池。

钱弘倧得到好消息后，也便十分高兴。待出征的将士回到杭州，特意在清波门外的碧波亭设立高台，举行盛大的阅兵仪式。

碧波亭前，只见得胜归来的吴越将士们，身着崭新的铠甲，手举锃亮的兵器，一队队骑马的将军威风走过，又一队队步行兵士迈步而来。一个个踏着整齐的步伐，昂首挺胸，气势宏大，从检阅台前走过。

钱弘倧站在高台上，看着台前朝气蓬勃的阵列，十分高兴。也让手下呈上纸笔，他就要批示嘉奖令，好好犒赏为国远征的将士们。

这时候胡进思上前，看了一眼奖册，赶紧说："大王，你这嘉奖的数量，比往常多出了一倍，不能给将士们过于丰厚的奖赏啊！"

钱弘倧也斜了他一眼，冷冷地说："为什么？"

胡进思："因为国库中的财富，是国家的，君王也不能随意地支配，再说对将士们的奖惩赏罚，武肃王当年就制定了详细的法度，文穆王与忠献王都遵照祖宗法度来执行，你也不能轻易破例。"

钱弘倧一听，掷下手中的笔，怒吼一声："既然是国家的财富，就应该多多奖赏给为国立功的将士！说什么祖宗法度，分明是有人见征远将士立了大功，担心本王过高奖赏了他们，让他们的威望超过这些人！"

胡进思见钱弘倧怒成了一头狮子，也不由吓得发抖，伏地跪了下来。

当晚，在天策堂，钱弘倧秘密接见了大将军水丘昭券。

钱弘倧说："水丘将军，碧波亭阅兵台上的事，你也看见了，胡进思他处处忤逆本王，本王要是再忍，只怕他忍不住了，要先出手了。"

水丘昭券说："大王，胡大人四朝元老，受历代国主大恩，如今已经年迈，照理不会起异心吧。"

钱弘俶说："水丘将军，你是个仁厚的人，但不能以君子之心来度小人之腹，前次要是没有他胡进思挑唆，李孺赟未必反叛，你也不必一路辛苦去福州平乱，所以水丘将军，眼下你认清形势，助本王一臂之力，除奸兴邦！"

水丘昭券又说："大王，就算除奸讨逆，眼下的时机也不成熟，臣下的人马，驻扎在城外，城内的内牙军，全是胡进思的人，所以大王啊，你还得再忍一忍。"

钱弘俶却说："不，本王不忍了，一刻也不能再忍了！"

突然，钱弘亿匆促入内，报说："王兄，水丘将军，不好了，胡进思带兵扑来，已经包围了天策堂！"

钱弘俶怒道："这个逆贼，竟然让他先下手了！"

登楼一看，果真漫天火把，照亮了凤凰山，把天策堂围了个水泄不通。

钱弘俶给身边守护的将士下令，关闭院门，全力抵抗。只是守卫天策堂的内牙军，不少是胡进思的人，趁乱潜上前去，悄悄打开了大门。

一下子，胡进思带领手下涌进内室，控制了局面。

这时，水丘昭券从容上前，对着胡进思斥说："胡进思，胡大人，你可是从来标榜自己是忠于国主的四朝元老，四朝国主也从来没有亏待过你，可你看看现在，竟然带兵围宫，干出如此大逆不道的事情！"

胡进思说："没错，老夫我过去忠于吴越国主，将来也是，只是钱弘俶这个小子，不懂得辨识忠言，不知道天高地厚，骄狂自大，为所欲为，实在是不能留了！"

胡进思说着，取弓搭箭，一箭射向钱弘佐。

这时候，水丘昭券一跃而上，挡在了钱弘俶面前。

眼见疾飞而来的劲箭，转眼到了眼前，竟然一头扎在了水丘昭券的心窝上。

胡进思见没有取下钱弘倧，还要取箭再搭。

水丘昭券捂住插着箭矢的胸口，瞪大一双眼睛，怒视着胡进思。

水丘颤声喝道："胡贼，你也是快入土的人了，要是祸害了钱氏子弟，入土之后怎么面见历任先王啊！"

水丘昭券说完，口喷鲜血，伏倒在地。

一代忠臣名将，以死护主。

胡进思见状，竟然一个哆嗦，手中的弓箭掉落在地。

胡进思没有再赶尽杀绝，只让手下控制了钱弘倧，再让他即刻颁布诏令，称病逊位。

手下又劝胡进思登基称王，号令全国。胡进思听后，倒拒绝了，或许他明知自己黄泉路近，也或许慑于钱氏三代君主九天之上的神威，再或许自己引火上身，受到外面数州兵马围剿。所以他依然主张，选个钱氏子弟来继任。

选谁来继任？

有人说既然选钱氏子弟来继位，那么钱弘亿不就在眼前？但胡进思说不能用钱弘亿，他说钱弘亿当年在朝堂上，一一列出铸私币的坏处，每一句都说在点子上，让吴越国君臣心服口服，并因此杜绝了铸造私币的想法，所以这小子太聪明了，不会轻易受人摆布。不过手下说了，钱氏子弟，没有一个不是聪明绝顶的。胡进思还说，眼下围宫的时候，他钱弘亿就在兄弟钱弘倧的身边，目睹了一切，对他们的所作所为，一定记恨在心，会有报复的念头，所以必须另选一个来继位。

想来想去，还是决定迎回在台州的钱弘俶。

至此，吴越国第四位国王钱弘倧，因为权臣胡进思以武力干政，被迫逊位。

史称，忠逊王。

玖

分久必合，纳土归宋成大统

擎风雨

再说在杭州城中风雨骤起的当时，在东面的台州海岸，倒是波平浪静。站在哨楼上往远眺望，只见水面湛碧，天空青蓝，海天成一色，无比壮阔。看那海面上一处处白点，那是海鸥，在海面上跃起冲下，不停地折腾。

正在观海的钱弘俶，接到京师急报，说是大王得病。

弘俶一听，惊得不行，要知道佐哥因病才走，倧哥这回又怎么了？

弘俶匆匆赶回府，想交代一下府里的事务，自己赶回杭州探视王兄。正这时，报说宫里的宣诏官来了，有诏要宣。

这闹的又是哪一出？钱弘俶实在有点不明白。

随之，宣诏官进府。

宣诏官读道："本王因身患重疾不能主政，自求逊退，大道之行，选贤与能，王弟弘俶，内承祖训，外镇四海，故将主位，归禅王弟。"

诏书宣读完毕，也就要迎接钱弘俶回宫继位。

弘俶虽然听到诏书后更加惊诧，但他很快醒悟过来，宫室一定发生了重大变故，但必定不是王兄身体的原因。王兄安康，这比什么都好。他也就在心中暗暗松了口气，只是，王兄显然被人控制，是生是死，只怕身不由己了。

而自己，也不是因为德才受人拥戴，才得到继位的机会，只怕是人家认为自己年轻，资历比别的兄弟要浅，所以让自己做国王，好让他们随意摆布。

既然钱弘俶明白了王兄与自己的处境，心中也就有了对策。

当下，钱弘俶对接他的人，坚决地说："本将军现在不回京师！"

来人说："大王啊，胡大人一再吩咐，务必请大王即刻起驾回宫。"

弘俶说："那你们赶快回去告诉胡进思，想要本将军返回京师，必须答应本将军几个条件：第一，本将军一旦回到宫中，必须立即与王兄相见，如果王兄有毫发损伤，别怪本将军不客气！第二，必须准许本将军带兵进入王城。第三，本将军回到京师之日，胡进思必须亲自率领文武百官，在清波门外跪迎。"

很快，台州的消息报去杭州，杭州的消息再次传来，说是胡进思代表宫中文武，答应了钱弘俶提出的所有条件。

国家不能一日无主，这个道理钱弘俶怎么能不懂？钱弘俶的内心，也是焦急如焚。但是匆匆赴任，只能落入强人的手心。眼下，既然自己提出的要求，一一得到了满足，也就不能再迟疑，赶回杭州，入主王宫。

吴越国王宫，也就迎来了第五位国主。

令胡进思没有想到的是，他一手扶植起来的新主钱弘俶，并不由他随意摆布。就说上任之初，他就提出条件，不仅保住了他哥哥钱弘倧的性命，还压住了胡进思的威风。加上带兵入宫，及时换掉了宫中守卫，胡进思再强，也左右不了他了。

钱弘俶上任之后，首先颁布恩令，大赦全国，然后制订新政，更好地奖农励商。他又发布诏令，让鼓励国人举报贪腐官员。对于贪腐者，他决不手软，一一给予严惩。一桩桩，一件件，事情都做得有条不紊。

看得出来，新晋国王钱弘俶的才能，不在他的兄长们之下，完全继承了父祖的雄风。

这个时候，谁要是再想架空钱氏，只手掌控吴越国，只怕是做梦了吧。

当然，胡进思也没想只手掌控吴越国，毕竟他是历经第五朝的老臣，他想做强臣，而不是做佞臣。而且眼下，已经是耄耋之年。人生七十古来稀，胡进思已经年逾九十，算得上是稀中之稀了。

只是，哪怕黄泉路就在眼前，胡进思也还想再干一件事。

什么事？

那就是除掉钱弘倧！

当时一念之仁，留下了他，实在是留下了祸种。留下祸种，也就埋下了祸根。想想吧，他钱弘倧就算是个逊王，逊王也是个王，是钱氏王族的一员，更是当今国王的亲哥哥。他钱弘倧说句话，就算不再是一言九鼎，那也是一句顶一句。只要他在，自己逼宫迫主的这一节，就怎么也消不了，抹不去。虽然，自己已是黄土埋到鼻孔下了，但是呢，就算自己赴了黄泉，只要他不想放过自己，还是可以清算，簿册除名，掘坟鞭尸等等。最担心的，还是自己的后人，会不会面临一场大清算。

想到这里，胡进思真是坐也不安稳，睡也不安稳，连一日三顿的茶饭也难以吞咽。看来，不除掉钱弘倧，他胡进思是死不瞑目了。

进入王宫，胡进思也就明里暗里，把自己的心思，透露给钱弘俶。

胡进思说："大王，你即位以来，上奉中原，下恤民心，老臣都听说了，不管是百官还是百姓，都对你赞不绝口，诚心拥戴，所以由大王执政，真是群心所向，吴越之福。"

钱弘俶说："吴越十四州，是父祖与两位兄长拼下的基业，交到本王手上，本王怎么敢有片刻懈怠？尽心尽责，实在是应该的。"

胡进思说："大王，老臣多年来承先王教诲，说国家要平稳，首先得国政平稳，如今大王已经坐稳江山，但是一山不容二虎，要是你的身后，还有一只老虎在觊觎，是不是就谈不上十分安稳了？"

钱弘俶一听，冲冠怒骂："胡进思，你想让本王杀了倧哥？告诉你，痴心妄想！要是不念你为五朝元老，本王这就下令，将你碎尸万段，让你死无葬身之地！"

胡进思连忙伏身哀告："大王多心了，老臣不敢，老臣不敢……"

钱弘俶看着胡进思的背影，皱了皱眉头，若有所思。一面，唤来得力侍卫薛温。

钱弘俶说："薛将军，你护卫本王多年，从台州一直到杭州，现在本王命令你，从今日起，你要全力护卫逊王，保证他的安全，不得有丝毫闪失。"

薛温答："是！"

薛温却又问："大王，既然放任他胡进思对大王和逊王都不利，大王为什么不下令，让小将带兵围了他的府邸，将他与他的党羽一网打尽？"

钱弘俶说："发动兵戈，会让国家发生动荡，国荡家不稳，这样一来，无论对君臣还是对民众，都非常不利，所以，稳住目前的局势，比什么都重要。"

薛温说："大王英明，小将明白了。"

钱弘俶又说："对了，你只要悄悄进入逊王府，不要惊动他人。"

薛温答："谨遵王命。"

逊王府邸，薛温带着几名手下，悄然进入。

想象中，逊位的钱弘倧要不待在内室唉声叹气，要不庭院无奈踱步，甚至早早卧上病榻，愁眉紧锁，形销骨立，心如死灰。

但是呢，见到逊王的时候，他正在后院种花呢。前些天还在王座上端坐的男子，除掉冠带，身上轻衫小帽，脚下便履，手里握着一把铲子，正在一株海棠树下培土。

待薛温禀明来意，他倒轻松笑着，不以为然地说："王弟多心了吧，我在这里种花养草，悠然自乐，从此再不问朝政上的事，谁还会跟我过不去？"

薛温："逊王还是小心才好。"

钱弘倧摆摆手，再说："看这株海棠，自从我进了王宫，府里人照顾得不够周全，差点枯萎了，我回来之后，每日培土养护，你看，眼下添了不少新叶，起死回生了。"

这真是，钱文奉苏州城里修园林，钱弘倧杭州府中侍草木。

薛温既然受王命保护逊王，并没有因为逊王心怀的旷然而放松警惕，每天都小心陪护，到了晚上，更是衣不解带，剑不离身。并且吩咐手下，就算睡觉，也要闭一只眼，睁一只眼，时刻警惕。

这天半夜，薛温听到后院传来轻微声响，马上一跃而起。

扑身出门，果然看到有人翻墙进入府中。

薛温一声口哨，府中守卫冲出。一支支火把，把闯入者围在了中间。

再看这些闯入者，一个个身穿黑衣，脸蒙黑巾，手执利器。看得出来，一定是精心计划，有备而来。

既然被围住，黑衣人一不做二不休，手举利器便朝前冲杀。

薛温见状，也便抽出自己的宝剑。这是一柄以牛首山铜铁，由名师夏华千锤百炼锻造的宝剑，叫虎啸剑。拔剑出鞘，便是一阵虎啸龙吟声，震人耳膜。

薛温一步腾起，同样猛虎下山，利剑挥去，寒光闪烁。黑衣人手中的兵器，在虎啸剑下，那是废铜烂铁，不堪一击。

转眼之间，黑衣人被杀的杀，逮的逮，没有一个漏网。

薛温将逮住的押到火光下，一把撕去面布，再喝问："是谁派你们来的？来逊王府干什么？快说！"

黑衣人见大势已去，吓得直哆嗦，只能如实交代："是，是受胡大人之命，来，来取逊王首级。"

真相明了，是胡进思派出刺客，来王府行刺。

再说胡进思，很快得知自己派出的手下，不仅没有取到钱弘倧的首级，还将他行刺王室的逆行给败露了。一旦坐实了弑王的罪名，一定是诛灭九族。他也想带领家人与手下，杀出杭州城。却不想，手下的将士，早已被钱王派兵控制。眼见，再也无计可施。

当下，又气又急，一头栽倒。

须发尽白的五朝元宿胡进思，就这样一命归西了。

胡进思死后，钱弘俶将他原先的部下，该除的除，该废的废，一一作了整顿。此后，吴越国王室，也就稳定下来。

之后，钱弘俶亲自登临逊王府，来请兄长重归王宫。

弘俶说："王兄，你之前是受到了奸人迫害，被逼逊位，如今奸人已除，国中平定，王兄应该回归王室，国王的职位，也应该归还王兄。"

弘倧却说："王弟，你看愚兄后院中的这些花木，在愚兄的照料下，一片鲜红翠绿，多么明艳，所以啊，愚兄的才能，只适合种花侍草，而治理国家这样的大事，愚兄实在不行，王弟有德有才又有能，眼下只有王弟才能把吴越国治理好，所以只有劳顿王弟了。"

说了半天，钱弘倧心意决绝，发誓余生与花草为伴，永不问政事。

弘俶见兄长决心坚定，也就不再勉强，只说："王兄把王位禅让愚弟，实在是千古贤良，为保王兄安全，愚弟马上下诏，重修逊王府。"

弘倧说："王弟，不用费资了，愚兄见越王府墙高庭广，庭院中的花草娇艳葳蕤，不妨让愚兄迁去越州，从此躬植在会稽山下。"

弘俶只好说："王兄要撇下愚弟，迁去越州，愚弟的心里，实在是非常舍不得，但为了能让王兄开心，愚弟还是遵从王兄的意愿。"

随后，钱弘倧也就带领家小，离开杭州，去了越州。

而坐稳王位的钱弘俶，伴随着家国的命运，又将如何沉浮？

黄妃

在中原，后汉朝廷当权者昏聩无道，造成了民怨载天。朝廷君臣鱼肉百姓，军中将士也就变本加厉。只有天雄节度使郭威，严肃军纪，约束手下，对百姓不得有丝毫侵犯，也就受到了百姓的爱戴，大得人心。而朝中汉隐帝刘承，知道郭威的行为和声誉后，担心他对自己不利，便派兵追杀。郭威被逼无奈，起兵反攻，雄兵健马，长驱直入，直捣开封。很快，灭了后汉，夺取皇位，自己登基称帝，建立周（史称后周）。

郭威称帝之后，随即实施了养民政策，减轻赋税，免除徭役。同时，全国上下都严明纪律，不许官员与将士再扰民害民。而且对于违令者，不论职位高低，决不姑息容奸，一旦发现一律严惩不贷。

有了周太祖郭威的严明，在苦海中浸泡太久的中原百姓，终于有了喘息的时候。

只是，郭威登基不久，却又病故。之后，他的养子柴荣继位。

柴荣与养父郭威一样，懂得民间疾苦，也明白君民鱼水关系，也就继续之前的生养政策，轻徭薄役，以富民求强国。

柴荣还立下宏大的志向，要用十年的时间来开拓进取，以十年的时间来生养百姓，再以十年的时间来实现天下太平一统。

混乱的中原，已悄然改变。

吴越国，中原朝廷的使臣前来，诏告改朝换代，后周取代后汉。接到诏令，少不了又是遣使，又是随贡，好一番忙碌。

忙完国内外大事之后，有件事，得提上日程了。

这件事，不关乎兵戈，也不关乎民生，却是一桩实实在在的大事。

那就是，国王钱弘俶应该大婚了。

弱冠少年，在国事纷乱中匆促继位，虽然经过努力，坐稳了吴越国的王位，但这后位，却仍然空虚。

虽然说，钱弘俶的身边，也有两三个侍妾，但几个人的形容与修养，都难以堪当母仪天下的大任。国人期待的王妃，仪容秀丽，还得是行为得体，举手投足之间，不仅要尽显母性的柔曼，还要展现王族的尊贵。

对于国王的婚配，有大臣建议，向后周求婚。也有大臣建议，向南唐求婚。与后周，入朝称驸马；与南唐，两国和亲。强强联合，总之都不失为大好的姻缘。

钱弘俶自己呢，他压根没去想后周的公主或者是南唐的郡主。在他的脑子里，从什么时候起，就刻下了一个人影。那个人脑海中出现的时候，总陪随轻云薄雾。云是乌山的云，雾是瀛海的雾。处身云雾间的那个人，她轻裳素裙，衣袂飞飞。她脸如清月，眉似春柳，目是深潭，唇为百合。却又，秋水眼眸笼寒霜，颦蹙柳眉诉哀愁。

玉态仙姿的一个人，偏偏披上了件哀婉的外衣，真是天见天也怜，让一个有心又多情的男人见了，从此哪里放得下。

是哪位姑娘呢？

她姓黄。

哦，原来是她。

钱弘俶来到天竺寺，寺院住持永明延寿法师，出寺远远迎接。

永明延寿法师，俗姓王，是余杭人，在文穆王时期，曾经担任余杭的税务官。在税官任上时，延寿一心向善，自己的俸禄，尽数用来行善放生。实在拿不出善款时，他竟然挪用了公款。被查到挪用公款后，官府依律判了他斩刑。在行刑时，文穆王亲自到场监督。只见别的受刑犯，全都吓得面无人色，而延寿却泰然自若。文穆王也便问他怎么不怕死。他说他为行善而死，死了也值得。文穆王听了之后，十分敬佩，竟然下令，当场就释放了延寿。而之后，延寿也就削发皈依，潜心佛法，成为一代佛门大师。

禅室中，在延寿法师陪同下，钱弘俶坐下。

一时，沙弥奉上茶来。

钱弘俶揭开杯盏，只见清冽的汤水之中，翩翩绿芽，如同纤丽秀美的舞者。呡上一口，只觉得仙野氤氲，芳草带露，直扑口鼻，不由得连赞好茶。

延寿法师介绍说，这是闽地方山寺的僧友送来的，叫方山露芽。

钱弘俶听着，微微点头，又连呡了几口。

也便请教延寿法师，有关法门真谛。

延寿法师说："老僧悟禅，竟然是从日常的抽薪当中。当时，老僧还是与大王你一样的年轻人，虽然向往佛门，偶尔也进寺院听讲，但总不开窍，听得云里雾里。就说法王，法王又在哪里？我有一双明亮的眼睛，怎么就看不见？直到有一天，听从灶膛前的母亲吩咐，来到院子里抽取柴薪，抽薪时，手下用劲，竟然使整个柴垛，统统扑落。当时见满地狼藉，怕家母责怪，十分担心，却蓦然间醒悟到，世间所有的东西掉落，不管是高还是低，都在大地的怀抱中，这大地，不就是现身的法王吗？山河并大地，使露法王身，一下子开启了灵窍，从此一心向佛，就算有坎坷有阻挠也改变不了老僧的心志。"

钱弘俶说："听大师妙语，弘俶醍醐灌顶。弘俶治国，也像大师悟禅之前，虽然一心向往，全力作为，但真正治好国家，要从什么地方入手，总归有时清晰，有时迷茫，还请大师指点迷津。"

延寿法师说："以心传心，直指人心。"

钱弘俶一听，拍案而起，高兴地大声说："以我钱弘俶的一颗真心，来换取国人的一片拥戴之心，大师啊，你说得太好了！"

吴越国主与天竺高僧，一番交心彻谈，不觉心意相通，互敬互惜，相见恨晚。虽然僧俗殊途，然而苍苍竹林，斜阳同归，自然是世间世外深挚又淡泊的情谊。

钱弘俶却又向延寿法师问起，这天竺寺所属的天心庵中，是不是有位叫黄裳的出家人。

延寿答："大王所说妙姑，老僧知道，她如今在天心庵戴发修行，法名灵澈。"

钱弘俶忙问："弘俶与她有过一面之缘，也算是故人，如今还能否与灵澈仙姑一晤？"

延寿说："当然可以。"

当黄裳出现在钱弘俶眼睛里的时候，只见她乌丝素簪，僧衣道袍，已然是一副出家人的装束。只是，就算云影几重，月华还是藏遮不去。看她，僧衣素裹之下，依然是蓝天碧海间一轮净月。

只一眼，就让人心涌波涛。

再看她，她的眉头，倒不再是当日那样紧锁，眼睛里，也不见愁云惨雾。她在国王的面前，平静悄然地站着，双手合十，道了声平安。

而钱弘俶的眼睛里，早就显现出千般爱怜，万般珍惜。他想要跟故人说句话，却又不知道该从哪里说起。

他只好将多少个日夜，魂里梦里的思念，都化成了一句："黄姑娘，本王想接你回宫。"

黄裳说："大王，小尼已了却尘缘，心如止水，万念成灰，每日在天心庵念佛诵经，自然是世外飞蝶，怡然孑立，哪里都不想去了。"

钱弘俶连忙说："不，不，黄姑娘，你曾与王兄有缘，而终于无分，而本王的心，姑娘可知道？当日本王见了姑娘，因为姑娘是兄长的故人，本王自然不该也不敢生出非分的想法，但是，本王自从在人群中多看了你一眼，这一眼便是千年，就算想放下，却再也放不下了，魂里梦里，都是姑娘的身影啊！如今早已在心里暗暗发誓，今生今世，我钱弘俶非黄裳不娶！"

黄裳这一听，到底还是惊骇了，说："大王，这江南苏杭，美丽的女子千千万万，而小尼在这人世间，不过是个延口残喘的未亡人，你何苦在小尼身上费心思？"

钱弘俶却说："弱水三千，本王只想取一瓢饮，姑娘要是拒绝本王，本王便此生必不婚娶，只以宫室为寺院，视礼政为修行，漫漫人生，独自慎守。"

黄裳问："大王，你这是何苦啊？"

钱弘俶说："本王心意已决！"

但是，任凭钱弘俶如何苦苦相求，却得不到黄裳的任何回应。

之后，钱弘俶也就只好默默回宫。

延寿法师将黄裳领入禅室，只说："灵澈，依老僧看，你的尘缘未曾了结，还是返还凡尘去吧，要是有心修行，也不必选择寺院，宫室与民宿，都一样可以成为清净地，去吧，去辅佐国王，以心换心，这比你年纪轻轻枯守青灯要有意义。"

黄裳说："大师，灵澈愿意听从大师的开导，只是还俗婚嫁，这是大事，请允许小尼慎重考虑。"

延寿说："也好，慎思量，早定夺。"

是夜，天心庵的禅房里，黄裳默默地坐在青灯下，手里拿着木槌，轻轻地敲击着佛案上的木鱼，咚——咚——

青灯下这个人的心里，是不是不再是昨日般平静？被骤风吹过，再平静的心境，也会波涛汹涌。

又回想，当年见了钱弘佐，那样玉树风华，雄姿英发，一举手，一投足，就像奔腾的太阳，吸引着葵花一样的男女众生啊！自己，也就在不自觉中，把一颗姑娘的心，全盘交予了。

哪里料得到，一柄无情剑，削成阴阳两重天。

一日日，一夜夜，面对这生与死，亡与未亡，其中的绞心断肠，谁知？谁懂？谁怜谁痛啊……

只好来到青灯古佛旁，只想以心为炉，焚去万千凡念。只是，哪怕自己一心向佛，在午夜的梦里，却仍然又与他又相见，与他软语温存。这真是，心中事，腹中情，抽刀断水斩不尽啊！斩不尽，又如何？醒来后，也就孤枕空房，只有泪流成双行。

边流泪，边自警，伊人已逝，红尘已远，心头的思念，必须了断。就算断不了，也要剐心剖腹。也就，自己朝自己下狠手，开斩！

正斩时，不料，他来了。

他是他，不是他！

可是，他与他，一样的面容，一样的身姿，一样的多情。

他们一颦一笑，一言一语，全都一模一样啊！

是他回来了吗？

是的，一定是他回来了！

咚——嗵——

这木鱼声，竟然发出了异响。

吴越国，要举行盛大的王室婚礼了！

自从老国王武肃王离开之后，从文穆王到忠献王，再到忠逊王，吴越国这些年来，历经的伤情，似乎大过了欢愉。眼下，要迎来新国王的婚礼，全国上下，君臣与民众，无疑全都异常开怀。在欢欣鼓舞之中，期待良辰佳日的到来。

这一天，终于来了。

只见国王钱弘俶头戴金冠，身着红袍，跨着金辔玉蹬的骏马，迎来了一顶披光流彩的大红轿子。轿子中，那一定是他千百回萦绕在心头的佳人。

待轿子进入王宫，钱弘俶下马，亲手掀帘，扶下新人。

一时间，钟鼓齐鸣，礼乐高奏。

而参与婚礼的臣民，兴高采烈，纷纷朝新人投花扑彩。

再看被钱弘俶紧紧攥住的黄裳，在凤冠霞帔之下，一张玉脸如同带露芙蓉，身姿柔曼，脚踩莲花。在漫天的祝福声中，跟随她的男人，缓缓进入了宫室。

王庭之上，随着大婚仪礼开始，钱弘俶与黄裳，这一对各自历经磨难的有情人，始终执手对视，四目含情。两个人的手，始终攥得紧紧的。或许都担心，手下一松，这由千红万绿拥簇起的良辰美景，又恐怕是黄粱一梦。一眼千年，一眼也会灰飞烟灭啊！

大婚仪式完毕，两个人牵手转身，登上了王位与后位。

一时间，重华殿上，满朝文武班列进贺。

殿堂内外，红光紫气。

待到夕阳下坠，新月悄然，新人也就被送入洞房。

透过小窗，仰望上苍。想那天上的父祖与兄长，看着自己与良人两相执手，相约白头，一定会开怀而笑，颔首庆贺。

这样想着，心中不免升起许多感慨，不由执起笔墨，填写下诗作《小窗》：

> 粉云牙贴小窗凉，坐见澄波泛夕阳。
>
> 更待夜深方有意，半环新月上重床。

写完之后，见窗外一轮澄净新月，已然挂上中天，便起身拥了新妇，一起步入帐中。

新婚之后不久，黄妃的腹中，如愿结下了两个人的瑞珠。

钱弘俶得知之后，自然是万分欢喜，一面让人精心侍候，一面又四处奉上香火，祈求天佑吴越昌顺，天佑母子平安。他还在西湖南岸夕照山下，修建了一座高塔，命名为雷峰塔，同时还修建了永明禅寺，并亲自去天竺寺，敬请延寿大师，来住持永明禅寺。后来，永明寺又改称为净慈寺，祈愿净土西天，慈悲为怀，护佑母子，护佑苍生。

人夫人父的深深爱意，切切关怀，尽显其中。

而作为一国之主的钱弘俶，忙完了国事，也就来到王妃黄裳的身边，一步不离陪伴着。看着她臃肿的身子，看着她有时候舒眉一笑，有时候敛眉沉思，只觉得都那么动人。有了心爱的女人在身边，什么苏杭佳丽，什么后宫三千，统统激不起钱弘俶心里的丁点浪花。这真是，愿得一人心，白头终不负。

而黄裳，也从心底感激佛祖天神对她的厚爱。原本，以为自己的一生只能枯萎与麻木，哪里想到，枯木还能再逢春，眼见干涸的情怀，又满满回来，芳香四溢。虽然有的时候，还会觉得，眼前的男人，是她所爱之人的替身。但是他鲜活又温暖，明媚又多情，分明是，兄弟两个，不存在彼与此，他们原本就是一个人。

以真心换取真心，国王与王妃，真是一双连理并蒂的璧人。

然而，世间的事，总不会一帆风顺。灾难，也会蓦然地来临。

就在黄妃临盆产子的时候，遇到了难产。

母体出血不止，而腹中的孩子始终不能落地。母子两个，眼看已经一起踏进了鬼门关！

吓得六神无主的钱弘俶，一声声下令，让稳婆救人，救人，务必救下王妃！

一面，来到西湖边宝石山上，设下祭坛，要祭天公地母。

一面祭拜，一面说："天公啊，地母啊，只要你们救下我弘俶的妻与子，我一定在这宝石山上，再筑高塔，四季烟火，永生祭拜，决不辜负！"

又说："要是我的妻儿有难，我钱弘俶决不在世间独活！"

或许是钱弘俶的诚心，感动了天地，黄妃竟然挺过了鬼门关，产下麟儿。

钱弘俶见爱妻平安，总算松了口气，抱上麟儿，感慨万千。

他不由得说："小子啊，让你的母亲受了多大的罪，你也把父王我的一颗心，都揪得挂起来了！"

无比虚弱的黄妃竟然还开玩笑，说："大王的心，挂在哪里了呢？"

钱弘俶说："挂在枝梢，哦不，挂在月尖上，差点被嫦娥捡去了。"

谢天谢地，母子平安，吴越国祥瑞。

钱弘俶给襁褓中的新生儿，起了个惟演的名字。

之后，钱弘俶果然践诺，在宝石山上又修建了一座宝石塔。这座塔的塔身，修得纤巧玲珑，十分别致。每当夕阳西下时，天际的余晖映照着宝石山与这山间的塔，一派流光焕彩，犹如仙境般美艳。

一时间，杭州城的百姓评说这西湖边的双塔，只说雷峰塔雄浑质朴，就像佛门中老成持重的高僧，而宝石塔玲珑秀美，就像是娉婷玉立在山湖间的美女。

而钱王与黄妃互敬互爱的故事，也像这西湖双塔，美丽又隽永，留传天地间。

中原行

中原朝廷，后周君主柴荣，文德武功卓尔不群，在他的治理下，百姓的生活安稳下来，国家也一天天强大起来。但是，他却依然没有逃出英雄多舛的宿命，仅仅在位五年，便突发疾病，不久去世。继承后周皇位的，是柴荣的儿子柴宗训。只是，柴宗训继位时只有七岁，还是个孩子。

好不容易安稳下来的中原天空，是不是又要坍塌了？

这时候，终于出现了一双更强大的手，掣住了天空。

这个人，便是赵匡胤。

却说当时报来军情，说是有契丹人南下犯境，赵匡胤领命北上抗敌。来到陈桥驿时，却说军情有误。对朝廷草率的军令，出征的将士们愤愤不平，哗然兵变，一面将一件黄袍披在了主帅赵匡胤身上，拥立他为君王。赵匡胤也便带兵攻回京师，很快拿下了开封城。之后，柴宗训下旨禅让，后周灭亡。而赵匡胤受禅登基，建立了宋朝。

宋朝建立之后，实力日益雄厚，遵从宰相赵普"先南后北，先易后难"的计策，开始了平定天下的征程。眼看，荆南、武平、后蜀、南汉等各地政权，渐次被消灭。而宋朝的版图，一天天在扩展。

而吴越国，又接到中原改朝的诏告，也便跟之前一样，遣使称臣纳贡。之后，随着宋朝胜仗连连，实力越来越强大，吴越国上贡的次数也就越来越多，贡品也越来越丰富。甚至，连吴越国的镇国神器，发射猛火油的火箭，连同训练有素的火箭军，都贡献给了宋朝。

不管是以心换心，还是以贡物换情谊，吴越国主，只想为东南十四州与十四州土地上的人们，避免战火，换来家国的平安。

然而，宋朝想要的，可不仅是吴越国的臣心与贡品。

吴越国重华殿，国王钱弘俶端坐王座。只是，看得出来，钱王的眉宇紧蹙着，眼角眉梢，分明堆满了化解不开的心事。而文臣武将，列在殿下，同样一个个神情肃穆。

钱弘俶发问："各位爱卿，朝廷于北面已收复幽云等州，于南面也已经收复淮南大部，眼下剑指南唐，并给我吴越国下达圣旨，要吴越兵马北上策应，一起攻克南唐。各位爱卿，你们对我吴越国鼎助朝廷攻打南唐这件事，怎么看？"

马上有人说："南唐是横亘在宋与吴越国之间的一道屏障，要是没了这道屏障，唇亡齿寒，吴越国就完全暴露在宋的铁蹄下，要是想独自存活，只怕就难了。"

又有人说："要是不遵照宋帝的意思，宋帝一怒，反过来联合南唐，先攻吴越国，这样一来，吴越国难道又可能独存吗？"

也有人说："不如联合南唐，共同抵御强宋，将来以长江为界，各据南北，分庭抗礼，像魏蜀吴三国一样，鼎立共存。"

更有人说："以宋朝目前的野心，决不会甘居江北，先灭南唐，再收吴越，直到扫平天下，才是他们的龙图宏志。"

对于臣将的分析，钱弘俶一一听着。他心里也明白，混局已经近百年了，强龙已经现身了，是分是合，已然明了。但是，父祖打拼下的近百年基业，或许将在自己的手里失掉，这叫人如何不忧心忡忡？

这时候，又有南唐信使到达，送来了南唐国主李煜的亲笔书信。

李煜在信中说，吴越国要是帮助强宋，一起灭了我南唐，今天没有了南唐，明天又会放过你吴越国吗？

这位称号词帝的南唐国主李煜，文辞中说得深情，只说南唐与吴越国之间，从来不乏情谊。当年吴越国宫室大火，南唐先主不仅没有趁火打劫，而是送金币慰问；南唐攻闽国，也只是因为闽国君臣荒淫无度，并非是想取闽国而合围吴越国；这些年南唐与吴越国，睦邻友好，互通有无，两地的百姓也如同兄弟亲友，如今强权来侵，是不是应该兄弟抱团，亲友合力，一致对外，肝胆相照，共保江南太平？

钱弘俶看到李后主恳切的言辞，难免心头苦涩，处境相同，忧戚共通。然而眼下对方落水，自己却只能眼睁睁地看着，不能出手相救。因为，要是出手，凭自己的力气，只能被落水者拽入水中，不出意外，将双双溺亡。

就算自己溺亡不算什么，可自己身后，有着十数州的百姓啊！

一阵思量之后，钱弘俶还是下定决心，听命朝廷。

钱弘俶说："本王先祖父武肃王，早就留下遗训，九州华夏，本来就是一家，分崩离析，只能是让炎黄子孙伤心痛惜，吴越国不管到哪一天，都只可以奉中原为正朔，中原局势混乱，吴越国只好自守，一旦中原清明，强主现身，马上归从。"

钱弘俶决心已定，并且派人把李煜的书信，交给赵匡胤，一面下令起兵。

既然国主有令，文臣武将，也就照令而行。

很快，宋朝廷发兵十万，从西北两面，攻打南唐。而吴越国主钱弘俶，亲自率领数万兵马，由杭州北上策应宋军，从东面攻打南唐。南唐三面受敌，会战长江，战后精锐兵力丧失殆尽，很快国都金陵被攻破。

金陵城门前，南唐国主李煜奉表投降，南唐宣告灭亡。

吴越国王宫，外出征战的钱弘俶，回到了妻儿的身旁。

黄妃一见，一把抓住了夫君，左看右看，害怕他有稍许不慎，留下什么伤口。还好，完整的一个人。

却还是泣泪不止，说："大王你要是有个三长两短，叫妾身怎么活？"

钱弘俶也伤心泪下，只宽慰说："爱妃，我们不会有事，吴越国不会有事。"

钱弘俶这趟回来，照理说是击败了南唐，胜者凯旋，应该高兴才是。只是南唐亡了，吴越国又该怎么样呢？兔死狐悲，物伤及类，哪里还能高兴得起来。

一时，惟演蹦跳过来，扑向父母。

看着聪明又懂事的孩子，自己身为父王，恐怕不能把祖上交下的基业，再交付给到他的手上了，心头不觉又是一阵悲戚。

那么，宋朝已经收拾了南唐，什么时候动手收拾吴越国呢？

这种身不由己的等待，真叫人度日如年。

钱弘俶决定，亲自去趟中原。虽然吴越国从没叛离中原朝廷，更是听凭大宋君王耳提面命，但是圣心难测，稍有不慎，恐怕就是巨臂一扬，挥师来见。如今自己在偏安躲避，在提心吊胆中揣摩圣意，不如直接去面君，为自己表明心迹，再看看人家到底如何处置。

对于钱弘俶前去中原，吴越国文武都齐心阻拦，说国主在杭州，就像游龙在池，宋主就算想取，也会盘算再三，要是国主去了中原，无异于自投罗网，很可能立马被扣押，那么吴越国无主，宋军攻城掠地，也就轻易许多。

黄妃得知，也是哀婉不尽，泣泪挽留。见夫君心意坚决，又要求与夫君同行，就算入了牢笼，相互也有个照应。

可钱弘俶说："爱妃，路上艰辛，你留宫中，安心照顾好自己和家人，本王也就免了后顾之忧。本王此行，一定万分谨慎，务必回来与你们团聚。"

既然拦不住，也就只好叮嘱，早去早回。

目送着，与自己血肉相连的那个人，踏上风雪前路。

又日日焚香叩拜，祈求佛主保佑平安。

钱弘俶带领薛温等人，携带大量的贡物，登船入海，扬帆起航。近了中原，又转换内陆船渡，一路浩荡，进入京师。

到达汴京时，只见码头间遍布船只，上装下卸，一派忙碌。入了城门，只见街面上酒楼林立，各色店铺纷呈。沿街过去，街头有唱曲的，有说书的，有算命卦，卖杂货的，卖刀剪的，卖各色糕点吃食的……夹杂着人来人往，车马川流不息，总之是十分热闹。

宋朝皇宫，逶迤数里，高墙密树之上，一片琉璃华彩的屋顶。穿过禁军肃立的重门，眼前的呈现一片宫宇，只见殿堂恢宏，玉阶高耸，雕梁画栋，全都光耀夺目，真叫人眼界大开，惊叹不已。

大庆殿中，雕龙漆金的高座中，坐着位头戴长翅冠，身穿大红龙袍的，也就是当今的真命天子赵匡胤。只见赵匡胤粗眉大眼，身形强壮，姿态威严，与吴越国武肃王的形容身态竟有些相似。

殿中前列，又一位龙颜虎威的，形容与天子相似，应该是赵匡胤的亲弟弟，晋王赵光义。

再说赵匡胤见钱弘俶不远千里，亲自赴京朝贡，自然是十分高兴。当下，摆开盛大的宫殿宴席，迎接来自江南的客人。

只见宫宴之上，盛装簪花的宫娥秀娘，端盘举碟，穿梭一般。洛阳花，杜康酒，汴梁的瓜，新郑的枣，一样样上来了。

待主客入席坐下，也便开宴。只见君臣欢笑，推杯置盏，觥筹交错。一时鼓乐声起，一群纱衣飘扬的女子，踩着拍点，伸展柔曼的身子，献上妙舞。其中领舞的女子，更是头簪金凤步摇，一边舞时，只见凤头摇摆，无比生动。

既然君臣愉悦，鱼水融洽，在这样的欢快场合中，也就需要吟诗助兴。

这时候，钱弘俶早已摆出受宠若惊的样子，见君王开口，也便看着眼前的舞者，应和着景，开口吟道："金凤欲飞遭掣搦，情脉脉……"

一眼看去，只见赵匡胤的眼神有异，隐隐露出了碧青色，明白自己漏嘴，赶紧止口，一面装作醉酒的样子，仆倒在桌上。

突然间，背上被人重重击了一拳。既然装醉，也便不敢起身查看。

这时候，只听到身后人说："官家发誓，永远不杀钱王！"

一听，不是别人，就是帝王赵匡胤。

赵匡胤说完，哈哈大笑。

这在歌舞升平的时候，帝王竟然敲山震虎般给了一拳，嘴里还冒出一个杀字。虽然说不杀，那是不是有杀的念头，才说不杀？

想到这里，钱弘俶不觉后背直冒冷汗。

在汴京住了些时日，听了汴河夜雨声，也赏了隋堤烟柳。眼看，霜寒已去，东风再起，又到了春和景明的时候，想西湖边，也该是一片花红柳绿了。

钱弘俶也便以思乡情切为理由，向帝王辞行，想要返还故乡。

对钱弘俶的请求，赵匡胤爽快答应了。只是让他在离京之前，不妨再去一个地方看看。

帝王圣意，哪敢不遵从。

只是，这回又是去哪里？

却是穿过深巷，来到一处偏僻的所在，看见一幢独立的庭院。这院落看上去倒也精美别致，红墙绿栏，清池假山，草树掩映。只是见这院里院外，都站了着盔带甲的兵将。看来，是禁军把守的重地。

这重地，是谁的住处？

进入内院，透过门窗，只见轩室中摆着一架琴台。一名身穿白衫的男子，走到琴台前坐下，一面轻拨琴弦，开始弹奏。旁边，一名容颜娇美的女子，应和着琴声，开嗓吟唱。

只听得，琴声呜咽，歌声幽抑。

这唱的，是《虞美人》：

春花秋月何时了，往事知多少？小楼昨夜又东风，故国不堪回首月明中。

雕栏玉砌应犹在，只是朱颜改。问君能有几多愁？恰似一江春水向东流。

钱弘俶一听，十分惊骇。心里也就明白，这白袍男子，一定是南唐后主李煜。而唱歌的美貌女子，也就是后主的宠妃小周后吧。

眼见，曾经的国主与王后，如今俨然成了一双笼中鸟。

下人要将钱弘俶引见给李煜，钱弘俶却连忙摆摆手，只说不敢打扰后主与小周后的清雅。一面匆促转身，逃离而去。

赵匡胤没有食言，如期让钱弘俶走上了回程的路。临行前，还交给他一个小包裹，嘱咐他不要急着看，起程后再打开。

起程的船只离了岸，钱弘俶才放心坐下来。把赵匡胤给予的小包裹拿出来，打开一看，竟然是各类奏折。打开奏折再看，却是宋朝官员的奏本，上面写的全是奏请宋君扣下他钱弘俶。

钱弘俶看过，又是一头冷汗。他心里当然明白，赵匡胤把这些奏折交给他的意思。明看，是帝王信任，按下了臣将的折子，还特意让钱弘俶过目；暗里，当然说，朝廷的文武，都在等待收拾吴越国，一旦帝王下令，随时可以动手；还有，回去之后你可要掂量了，要是轻举妄动，南唐废王的今日，就是你钱弘俶的明天。

中原强君，果然厉害，不仅能杀人，还能诛心啊！

纳土归宋

眼看钱弘俶从中原回来，又两年过去了。这一天，薛温进入内廷，急急面见国王。

薛温说："大王，根据我们留在汴京的人员来报，说是皇帝驾崩了，庙号太祖。"

钱弘俶听着，只想着宋太祖赵匡胤，那么孔武有力的一个男人，与他道别时还好好的，怎么说没就没了呢？这样想着，就算强君如同头顶的山丘，只是面对英雄遽然离世，心中还是黯然，不由流下泪来。

薛温又说："大王，如今继位的，不是太祖的子孙，而是他的亲弟弟，晋王赵光义。"

钱弘俶听了，也便点点头，说："当日殿上见了，也就只觉得晋王天威，与众不同，如今看来，果然是真龙。"

薛温又说："大王，据小道密报，太祖之死，死得蹊跷，当晚他让晋王留宿宫中，兄弟俩跣足欢饮，饮后半夜，然后起了争执，最后有下人透过灯光下幕帘，看到了斧影。"

钱弘俶问："你是说，晋王弑兄篡位？"

薛温反问："大王，宫中的钩斗我们可以不管，但我们是不是正可以以这件事为借口，与宋廷脱去关系，并且以剿贼为名，杀向京师。"

钱弘俶一听，连忙摆手，说："不可，万万不可！"

薛温还说："大王啊，小将还要告诉你一件事，晋王刚刚继位，就给南唐后主送去了牵机断肠毒酒，将后主与小周后一起毒杀了。你要是再不作出决断，眼下这位心狠手辣的帝王，他又会放过你吗？"

也是，后主与小周后，已经成了笼中鸟，也就在囚室里填填词，唱个曲，聊以解述心怀，怎么还容不下他们，要生生赶尽杀绝呢？

要是到了那一天，自己和黄妃，是不是正是后主与小周后？

想着这些，钱弘俶只觉得心意纷乱，何去何从，没个头绪。

净慈寺，待钱弘俶来到，永明延寿大师依旧是在山门外远远迎接。

禅室落座，茶水上来。

钱弘俶取茶饮了一口，一下子皱起了眉头，说："大师，茶水怎么这么苦？"

延寿却说："只怕大王的心里，比这茶水还苦。"

钱弘俶听了，只有苦笑，无话可说。

延寿又说："大王心底有什么话，尽管说吧，老衲听着。"

钱弘俶听了，也便把汴京传来或是或非的消息，自己对新君的认识，以及对吴越国的前程道路如何选择，一一诉给了大师。

延寿说："大王，中原显然是缓缓相逼，又步步紧逼，再也容不下吴越国独立一方。你要是一心想着父祖交下的基业，不惜与中原对抗，那么你应该趁朝廷帝王新旧更替，尽快行动，而你要是想着吴越国的万千百姓，遍地生灵，你也要早早行动。"

弘俶问："本王怎么行动？"

延寿答："将吴越国十四州，交付朝廷。"

弘俶惊呼："大师，你是说，要本王投降？"

延寿说："战而不胜，伏地求饶，才叫投降，大王不战，和平融入中华，这叫归国还家，要知道中华本来就是一家，因战乱不得已而自立门户，如今正是还家的时候了。"

弘俶说："大师啊！本王也明白这个道理，只是实在举棋难定。一来父祖基业，却被儿孙拱手相送，本王实在是愧对先人；二来宋君强悍，卧榻之侧哪里容得别人酣睡，本王投宋，也未必有好下场。"

延寿说："大王归于宋廷，也就是帝王殿下的一名臣子，君强臣弱，委屈难免，但是大王要明白，如果与朝廷对抗，以吴越国之力，虽然能抵挡一阵，恐怕最多不过三年五年，三五年之后的局面，看看当年的南唐就明了了，前车既覆，前辙要鉴啊，否则一样跌落深坑。"

听了延寿的话，钱弘俶脸上有所松动。

延寿便又说："大王啊！佛祖说救人一命，胜造七级浮屠，大王罢兵息战，纳土归宋，虽然自身受尽委屈，却能救下成千上万，甚至数十万、数百万将士与百姓的性命，这样的功德，惊天动地啊！相信华夏的子孙后世，不论到千年还是万古，都会深深铭记！"

钱弘俶听着，一口饮干了杯中茶，说："大师，这茶水是很苦，可饮过之后，却又觉得舌心之中回泛起甘味。"

延寿说："苦针茶，就是这个味道。"

弘俶说："听大师一席话，我钱弘俶豁然开朗。父祖从来教导，百姓比天大，万事以民为天，只要吴越国万民安好，我钱弘俶是生是死，又何足挂齿？纳土归宋，吴越国也就是大宋的吴越，东南北西，汇成一家，只盼泱泱中华，从此兵戈不起，昌盛繁荣，屹立万年。"

延寿说："大王仁义啊！千古难得，阿弥陀佛——"

吴越国王宫，钱弘俶带着一包东西来到黄妃跟前，打开，是一包衣服。却不是什么珍贵华美的服饰，竟然是两套粗布衣衫，一套男装，一套女装。他先脱下锦袍，换上了粗布衣衫。一面，让黄妃也换了。

黄妃惊诧，只问夫君是不是出了什么事。

钱弘俶却笑着说没事，让爱妃换了，还说要带她出宫。

国王和王妃，换上了与村夫民妇一样的衣着，趁人不注意，悄然地溜出王宫了。

只是黄妃不明白，夫君这是要干什么。

钱弘俶牵着黄裳，离了凤凰山，沿着中河路，一路过去。只见烈日之下，眼前碧梧垂柳。在梧桐柳树下，有坐卖瓜的老儿，一面摇着扇子，一面打着盹。有几个孩子，有的扎着冲天辫，有的束了把垂髫，正在奔跑嬉戏。又有妇人，提着小篮，呼喝着卖莲蓬。一时，看到有赶牛车的，也就叫了过来，一起坐了上去。坐了一阵，眼看到了街市，要下车时，才发觉没带钱。黄裳也就从云鬟间拔下一根簪子，递给了人家。

街市上有卖桂花糕的，称半斤吃起来。又有卖炒糖栗子的，也要。又有冲西湖藕粉的，来，一人一碗。没钱，把耳环解下，把玉佩解下，把戒指也脱下。

两个人就在杭州的街市上，一路跑，一路看，一路吃，一路笑。

眼看就到了西湖边，只见满湖碧波，堤如丝带，眼看就到了断桥边。桥下的湖面上，看见一双双鸳鸯鸟，带着小鸳鸯，在悠闲地凫水。又看见不远处的桥头，有穿青衫的少年郎，与穿白衣白裙的娘子，同撑着一把油纸伞，一同走过桥去。

这时候，钱弘俶才说："裳儿，今天我不是国王，你也不是王后，我只想和你，在这故国家园，做一天的烟火夫妻。"

黄裳说："俶郎，我懂你的心思，你不要伤感，哪怕今生我们注定要去国离家，并不能做西湖畔的烟火夫妻，也还有来生。来生，我还在这里等你，就站在断桥上，穿一身白衣与白裙。"

钱弘俶说："好裳儿，来生你的俶郎一定如约而来。"

黄裳也就笑起来，说："可别忘了带把油纸伞。"

一时，有雕花红漆的画舫从碧波间缓缓划来，在他们身边停下。夫妻俩相视一笑，一同迈了上去。也就从湖滨出发，穿过断桥，经苏小亭，又经过雷峰塔，听着南屏钟，来到了宝石山下。

爬上了宝石山，登上了黄妃塔。在七层的塔楼上，向四面极目远眺。只见在璀璨夺目的夕阳余晖下，四面河山如烟如画更如梦。

看吧，山平静，水安详，百鸟归巢，万民还家。

布谷声里，炊烟袅袅四起。

多好啊！

钱弘俶和黄裳，也就收回了眺远的目光，转过头来，各各凝视着对方。从对方的眼瞳里，都看到了韧忍，看到了坚强，也看到欣然。忽然就双双敞开怀抱，紧紧地抱住了对方。

然后，一起欢笑起来。

笑——笑——

尽情地，肆意地，放浪地，欢笑——

笑声里，泪如雨下。

既然必须踏上风雪前路，那就做好起身的准备吧。

先来到故乡临安，祭拜了开创吴越国的祖父武肃王。临安城东的茅山，已经更名为太庙山。太庙山上的钱王陵墓，在参天古树的掩映下，庄严又静穆。慈祥贞德的两位祖母，陪同着祖父，一起在故土长眠，多么平静安祥。

面对先人，身为钱氏后人，钱弘俶的心里，无疑有无力保国的愧疚，却略略也有欣慰，那就是自己向来遵从祖训，并没有肆意妄为，让吴越国继续保持了安稳与繁华。

只是，从此要离乡去国，再也不能亲自为祖父的陵墓祭扫，不能前来奉上清明的香火与寒食的思念，想到这些，心里又是多么的伤心与惆怅。还有，万般的不舍与无奈。

钱弘俶蹲在祖父的陵墓前叩头，咚咚咚，把额头都叩破了。

手下人好不容易拉他起身，他却还是不肯离去，抱着陵前的石马，呼喊着阿公阿婆，呼喊着爹爹娘亲，一面放声大哭，直哭得身子颤抖，瘫软在地。

手下人见了，没有一个不泪流满面。

祭陵之后，又去了临安城外，走上开满野花的阡陌小花，再看一看苕溪飞絮，看一看田园中的桑树与稻禾，听一听村居里的鸡鸣与狗吠。

看这眼前，竹树参差，芳草遍野，稚子游戏，雏鸡啄食，农人戴笠，雨中耕田。

世间祥和，没有比这样的景象更好了。

面对故里乡村，钱弘俶心里又是一番感慨，不由对景写下了一首小诗。

《村家》：

竹树参差处，危墙独木横。

> 锄开芳草色，放过远滩声。
>
> 稚子当门卧，鸡雏上屋行。
>
> 骑牛带蓑笠，侵晓雨中耕。

这是用文字，描绘着故乡的一草一木，将被游子珍存着，陪伴他远行。也将成为藏在游子心底的，任谁也抹不去的暖意。

祭拜完天地宗庙，也就到达背井离乡的日子了。

钱弘俶很清楚，作为这片土地上曾经的王者，这一脚踏出去，从今往后，不管是生是死，这辈子肯定是回不到故土了。

他带上家人，本来想悄悄地走，不想惊动吴越国的臣民百姓。却不想，大家都来了。

万千百姓，跪伏在北去的道路两边，一个个再也忍耐不住了，敞开喉咙，发出排山倒海般的嘶吼。

"大王啊！保重啊！"

"大王王后，一定要保重！"

见远去的人上船了，众人赶紧跑上楼去看。船启动了，向前驶去了。赶紧跑上山，跑上宝石山远眺着。船影越来越小。再爬上塔，爬上黄妃塔。

船影也不见了。

百姓们只好叩请上苍，保佑贤主平安。

又将宝石山上的黄妃塔，改名叫保俶塔。

钱弘俶带领家小和臣将，来到汴京宋宫，进入崇元殿。

殿中央的龙座上，赵光义龙姿虎踞，挺拔巍峨。

看到钱弘俶一行进殿，天子展开虎眉，绽开龙颜，满脸带笑，一面离开龙座，走下高殿，快步向前，亲自迎接钱弘俶。

钱弘俶跪拜在大宋皇帝面前，拱手呈上王玺与簿册。

簿册上登记：

十三州、一军、八十六县、五十五万六百八十户、十一万五千三十六兵卒。

赵光义挺立身姿，伸展龙臂，接收钱弘俶呈送的簿册。

至此，忠懿王钱弘俶完成使命，纳土归大宋。

吴越国亡。

尾　声

钱弘俶纳土归宋，进入中原之后，朝廷封他为淮海国王，随后改为汉南国王，又改封南阳国王，再更改为许王、邓王，名字也改为了钱俶，以避宋太祖的父亲赵弘殷的名讳。

在朝廷为官的日子里，他每天准时上下朝，低眉伏首，侍奉在帝王左右。不管在朝还是在野，他都一直谨言慎行。若遇君王优待、赐物等，他也总是"臣懑已平难展报，只将忠孝训儿孙"，"惭愧圣恩优渥异，不教炎暑冒长歧"，"早暮三思恩泰极，饱餐丰馔饱亲光"，等等，尽是奉承与赞美。

钱俶这样唯唯诺诺的表现，据说连黄夫人也看不下去了，只说自己当年看中的，是他钱俶与他兄长钱弘佐一样的姿容，原想钱俶一样威风八面，铁心铮骨，却没想到，到头来，他是这般奴颜婢膝，简直就是条软骨狗。而钱俶在夜深人静的时候，才敢悄悄跟夫人解释，说只要故乡的百姓与山河无恙，只要吴越钱氏一族安好，他自己就算做条软骨狗也值了。夫人这才明白，夫君心里所牵挂的，永远是故国家园，是子民百姓，是钱氏一族。他的忍耐与屈膝，实在比冲天一怒更加艰巨，也更加难得。

背负巨塔般重压的夫妻俩，只有在午夜的被窝里才敢抱头痛哭。

从春到夏，从秋到冬，钱俶坚忍了整整十年。

十年间，他把对故国家园的思念与眷恋，把对江南山山水水和万千亲人的魂牵与梦绕，都压抑在了心底。

十年后，他六十岁了。六十一甲子，岁月轮回，人生也算圆满了。所以，在六十寿庆的这一天，离乡十年的钱俶，再也忍不住了，就在寿宴上，挥笔写下：

帝乡烟雨锁春愁，故国山川空泪眼。

京城再好，却整天被愁怨紧锁，展不开眉眼，打不开心扉，默默地遥望故乡，故乡又在哪里？谁知道每一天自己的心头都在淌血，午夜梦回，只有泪眼啊！这份力透纸背的深情与哀痛，与南唐后主的"小楼昨日又东风，故国不堪回首月明中"，还不是如出一辙吗？

总算，把心里话畅畅快快地吐出来了。

只是寿宴完毕的当夜，钱俶就骤然离世了。

是不是，同李后主一样，寿庆完毕的当晚，也接到了皇帝派人送来的最后赏赐——牵机断肠酒。

不得而知，也不必知道了。

钱俶去世后，黄夫人生死追随，即刻也去了。

钱氏夫妇生不离弃，死也同归。夫妇俩远赴天国的道路上，于幽微混沌的时空里，万芳团簇的云山旁，仙风缥缈的月宫前，是不是听到了歌声？

是隐隐约约的歌声，凄清却悦耳，从天外缓缓地飘过来。

女声：我窦花开时，侬在放牛呀。

男声：我跨青骢马，侬在垂柳下。

……

声音越来越近，也越来越响。这歌声生动如春草，明媚如夏花，纯美如秋阳，洁净如冬雪，一时间又清越如泉流，高亢如奔马。一下子惊醒了天地，日现光彩，月涌华晕，日月相照，前路一派亮堂。

圣光之中，只见武肃王大笑而来，文穆王敞开怀抱，忠献王鼓拳迎接……

忠懿王和黄氏，双双扑上前去。

后世，又有许多人用如椽巨笔，或重彩浓笔，写下了对吴越国和三世五王的评说。

欧阳修《有美堂记》：

> 若乃四方之所聚，百货之所交，物盛人众，为一都会，而又能兼有山水之美，以资富贵之娱者，惟金陵、钱塘，然二邦皆僭窃于混世。及圣宋受命，海内为一，金陵以后服见诛，今其江山虽在，而颓垣废址，荒烟野草，过而览者莫不为之踌躇而凄怆。独钱塘自五代始，知尊中国，效臣顺，及其亡时也，顿首请命，不烦干戈，今其民幸富完安乐……

苏轼《表忠观碑》：

> 故武肃王镠，始以乡兵破走黄巢，名闻江淮。复以八都兵讨刘汉宏，并越州，以奉董昌，而自居于杭。及昌以越叛，则诛昌而并越，尽有浙东西之地。传其子文穆王元瓘。至其孙忠献王弘佐，遂破李景兵，取福州。而弘佐之弟忠懿王俶，又大出兵攻景，以迎周世宗之师。其后，卒以国入觐。三世四王，与五代相终始。天下大乱，豪杰蜂起，方是时，以数州之地盗名字者，不可胜数。既覆其族，延及于无辜之民，罔有孑遗。而吴越地方千里，带甲十万，铸山煮海，

象犀珠玉之富甲于天下，然终不失臣节，贡献相望于道。是以其民至于老死不识兵革，四时嬉游歌鼓之声相闻，至于今不废……

赵抃《武肃王赞》：

时惟五纪乱如何，史册闲观亦皱眉。
是地却逢钱节度，民间无事看花嬉。

范仲淹《忠献王赞》：

保国惟贞，勤王惟诚。传曰畏天，继绪休明。
东南重望，吴越福星。允文允武，厥精厥神。
威扬八表，不令而行。

司马光《忠懿王赞》：

破景迎周，以国入觐。富甲东南，臣事惟谨。
三世五王，公守其成。西湖水浒，至今令名。

苏轼《忠懿王赞》：

文武忠懿，堂堂如春。中有樗里，不以示人。
雷行八区，震惊听闻。提十五州，共为帝民。
送君者自崖而返，以安乐其子孙。
九万里则风斯在下矣，渺大物而成仁。

黄庭坚《武肃王赞》：

> 匹马一呼，奄有吴会。椟而藏之，百年有待。
>
> 子孙其昌，生民永赖。衣锦故城，山川不改。

王十朋《武肃王赞》：

> 吴越之乡，乃王封疆。俎豆于庙，剑佩于堂。
>
> 龙飞辅宋，豹变兴唐。光昭史乘，於穆贤王。
>
> 图形麟阁，虎步龙骧。有美文孙，凤羽鸾章。
>
> 箕裘不坠，食采吴闾。乃摹先型，玉质金相。
>
> 鲰生瞻仰，凤见羹墙。再拜稽首，浣笔称扬。

尾声

各种诗文，林林总总，十分丰富，却都能归结为一个字——赞。
如今只能从钱文选《钱氏家乘》等文献中采撷一二，作为后记。

而在吴越国旧都杭州，西湖畔的柳浪闻莺公园里，还建有一座钱
王祠。祠前立有武肃王巨像，披盔戴甲，昂首前望，双目有神，执槊而立，
如同泰山北斗般沉稳威武。

祠庙的正殿中，供奉着吴越三代五王。只见香火缭绕之中，巨大
的神座上，五位神王，各个拢手端坐，既庄严肃穆，又文雅亲和。正
中高座上坐着的，便是武肃王，只见黑冕蟒袍，脸带微笑，一定是当
年在石镜山大石镜中照出的形象吧。

又有诗为记，张岱《钱王祠》：

> 扼定东南十四州，五王并不事兜鍪。

英雄球马朝天子，带砺山河拥冕旒。

大树千株被锦绂，钱塘万弩射潮头。

五胡纷扰中华地，歌舞西湖近百秋。

又有楹联镌刻：

斗牛分野，吴越一星，两浙荷帡幪，犹有国人怀旧德；

戎马生郊，风云万变，百灵通肸蚃，安得壮士挽天河。

以及：

天地几沧桑，叹龙拏虎攫，四境驿骚，

幸此邦民气太和，依然陌上花开，江中潮静；

湖山新殿宇，仰玉带金丸，千秋威肃，

愿今后神保是格，再见仓多积粟，野献嘉禾。

这真是，千年恍惚白驹过隙，百年功德永刻人心。

再看：

旧国新城，风清月明，江海奔涌，湖山秀丽，紫微太微，熠熠生辉。

钱王故里，山河披锦，苕溪郎碧，花开四季，山川不改，百业俱兴。

后　记

　　作为临安人，我很小的时候就知道县府所在的太庙山麓有座钱王陵墓，墓前站立着石像生，墓里安葬着一位了不起的人物，他是吴越国的国王。

　　想大唐末期，历史身处那一个纷乱的时间段，中华大地群雄并起，四面烽火。其中却出现了一个吴越国，生生挡住了四面的烽火烟尘，依然保持境内山水澄明、花红柳绿、经济富裕、民众歌舞升平，多么难得。所以在我想象中的吴越国，可以用两个字来形容——瑰魅。然后，知道吴越国正是钱王陵墓的主人所创建的，"满堂花醉三千客，一剑霜寒十四州"，多么雄伟。如此一来，我也便对唐末到五代十国那段历史有了阅读与探研的兴趣。

　　但我没有想过以吴越国为题材进行文学创作，因为之前已经有许多书写吴越国的作品，其中还有一些是我的老师与朋友创作的，全都翔实而生动，相当全面。"眼前有景道不得，崔颢题诗在上头"，就算题材很好，好作品在前，我等只能望而却步了。后来，因为参与"杭州优秀传统文化丛书"的写作，而我的选题正好是吴越国。因写作需要，我才真正全面细心地去学习阅读与吴越国相关的文章与史料。之后，我也便创作了《从此天堂在人间》这一部文化随笔，着重描述吴越国时期的杭州城市建设。

　　在完成《从此天堂在人间》写作之后，我觉得我所描述的，只是吴越国其中的一部分。而吴越国时期发生的故事太多，人物也非常生动，

一剑霜寒十四州——云烟百年吴越国

在特定的文本及有限的篇幅中没法一一表述。于是，我决定再一次书写。这一次，是以小说的形式。并且，我想书写吴越国从始至终的整个时间段。也就是，从我们的临安老乡、吴越国创建者钱镠着手，以"武肃开河"为开篇，然后是他的儿孙继业，也就是"四王相继"为续篇。书中描写有八百里之战、杭越之战、千秋关之战、狼山江之战、衣锦还乡、钱王背母、陌上花开、纳土归宋等，这些与吴越国以及钱氏三代五王有关的故事，都有所展现。

当然，我是以历史小说的形式来写作的，而历史小说在事件与人物的处理上，往往禀承"大事不虚，小事不拘"的原则。"大事不虚"，也就是历史大事件是不可以胡编乱造的。而之所以"小事不拘"，是因为小说为了达到良好的阅读效果，必须有效地制造矛盾冲突，而大量的情节，需要有虚虚实实的人物来完成演绎。如果完全依照史实来写作，很可能不连贯也不够精彩，所以作者会作出一些合乎情理的改变。

在该书中，有些事件和人物要是与史料记载对照，是有出入的。比如钱镠娶亲双轿进门，而史载戴夫人与吴夫人前后隔一年进门；比如吴越国将领高彦和成及其实并不是钱镠的临安发小；再比如钱惟演的生母也并不是黄妃；等等。诸如此类，我想，阅读者应该能够给予理解与宽容。

在此，我要感谢有力促成此书早早面世的领导们、老师们、朋友们以及家人，是你们的关心与关爱，才让我能够全身心投入创作，也是你们的支持与帮助，才让此书得以及时付梓。

非常希望有更多的人来发掘与探索吴越国的历史，从而更好地书写吴越国，纪念吴越国，并纪念历史上一位位功绩卓著的临安乡贤。

张爱萍
2025年5月

张爱萍，笔名耳环，女，杭州临安人。在各类期刊发表文学作品150余万字，出版长篇小说《薄地厚土》《大宋女医官》，散文随笔《从此天堂在人间》《一卷诗书入天目》等。中国作家协会会员。现供职于杭州市临安区文联。